몸에 무르닫다

에물들다

아라이 장편소설

1

흔들리는 대지

임제재 옮김

디오네

옮긴이의 글

'먼지는 결국 아래로 떨어진다'
경련과 같은 흔적을 남긴 티베트 몰락의 슬픈 우화

　이 작품은 선뜻 발걸음 내딛기 어려운 오지, 낯선 티베트 근처 풍광의 차분한 묘사만으로도 독자의 시선을 사로잡는다. 많은 사람이 꼭 가고 싶어 하는 곳이, 준엄한 설산이 내려다보고 있는 티베트 일대 아니던가. 부족장의 명칭조차 중국에서 하사받은 어느 변방이지만, 불과 얼마 전까지도 이어져 내려오던 '투스'가 우리에게는 생경할지 몰라도 중국 땅으로 편입되기 전까지 그곳 사람들에게는 너무도 당연하고 익숙한 제도였다.

　장자세습을 원칙으로 하는 이 제도는 절대군주 사회가 그렇듯 자리다툼에 대한 근심이 상존한다. 또한 근린 군주끼리의 땅뺏기, 인습에 대한 고루한 주장 등 세상 어느 곳에서나 볼 수 있는 알력과 갈등이 똑같이 벌어지는 곳이기도 하다. 그렇지만 주인공 바보는 권력이나 물질에 관심 둘 필요가 없기에 내키는 대로 살아갈 수 있다. 애가 타는 것은 바보가 아니라 자기의 시선이 옳다는 편견에 사로잡혀 한 발도 내딛지 못하는 주변사람들이다.

똑똑한 사람과 바보는 무엇을 기준으로 나뉜단 말인가, 그걸 아는 사람이 있기는 한 것인가.

작가는 주인공 바보의, 남들은 결코 알지 못할 생각과 행적을 담담하게 서술해나간다. 하지만 덜 떨어진 바보의 마음속을 그려내는 문학적 수사는 읽는 사람의 한숨을 자아낼 만치 탁월하고 섬세하다. 바보의 깊은 가슴을 그려내는 필치가 눈물겹기도 하고 몸서리쳐지기도 한다. 티끌에 불과할 인간의 삶을 역사적 바탕, 신화적 허구와 뒤섞어 만든 하나의 시선은 무척 절묘하게 다가온다. 그 비틀어진 시선은 오늘의 티베트 현실을 말해주고 있다.

이 책의 원제는 중국 베이징 인민문학출판사에서 1998년에 출간된 『진애낙정塵埃落定』이다. 티베트 투스의 권력을 먼지로 상징화해 그것의 몰락을 그려낸 이야기가 깊고 슬프게 다가온다.

지난 3월 티베트 사태를 접하며 나는 아린 마음을 가눌 길 없어 티베트인들이 의식에 사용하는 종을 살그머니 울리며 학생들과 조용히 눈을 감고 그들의 안녕을 기원했었다.

또, 지금은 아수라에 내던져진 수많은 사람을 어떻게 위로해야 하나 마련이 서지 않아 감히 섣부른 위로의 말도 쓸 수 없는 심정이다. 인생은, 그리고 인류는 이렇게 내려온 것이라고 하기에는 지금 지진으로 만신창이가 된 사람들의 눈물을 가늠조차 할 수 없기 때문이다.

쓰촨 일대, 평화롭게 살다가 죄 없이 스러져 간 수많은 목숨에 간절한 마음으로 명복을 빌며 2008년 5월 끄트머리에 두 손을 모으다.

목차

1

야생 화미새

눈이 내린 새벽이었다. 나는 침대에 누운 채 야생 화미새[野畵眉]들이 창 밖에서 서로를 불러대는 소리를 들었다.

어머니는 질 좋은 구리 대야에 손을 씻고 있었다. 희고 긴 손가락을 따뜻한 우유에 담근 채 힘겹게 숨을 내쉬었다. 손을 예쁘게 가꾸는 일이 몹시도 힘들다는 듯. 어머니가 대야의 변죽을 울리자 안에 담긴 우유가 잘게 물결쳤고 찰랑이는 소리는 천장을 울리며 날아올랐다.

어머니는 쌍지 출마를 불렀다.

쌍지 출마는 우유가 담긴 또 다른 대야를 냉큼 들고 들어와 바닥에 내려놓았다.

"뚜오 뚜오, 이리 와!" 어머니가 부드러운 목소리로 부르자 장롱 밑에 있던 강아지 한 마리가 캥캥거리며 뛰어와 꼬리를 흔들더니 대야 속으로 고개를 들이밀었다. 얼마나 급하게 우유를 들이켰는지 사레가 들렸다. 어머니는 강아지의 그런 꼴을 보며 슬며시 웃음을 머금었다.

강아지가 우유를 마시며 내는 숨소리를 들으며 어머니는 깨끗한 물에 손을 헹궜다. 그러면서 쌍지 촐마에게 내 몸의 열이 좀 내렸는지 가보라고 시켰다. 어젯밤 어머니는 내가 열이 오르는 바람에 내 방에서 주무셨다.

"엄마, 저 일어났어요."

내 목소리를 들은 어머니는 침대 곁으로 다가와 물기가 남아 있는 손으로 내 이마를 짚었다.

"열이 떨어졌네."

말을 마친 어머니는 나는 내버려둔 채 자신의 늙은 두 손을 살펴보기 시작했다. 세수가 끝나면 늘 그랬듯이 나날이 늘어가는 검버섯을 바라보면서, 한편으로는 시녀가 건물 아래로 대야의 물을 쏟아버리는 소리를 기다렸다. 이런 기다림은 조마조마했다. 물이 높은 곳에서 쏟아져내려 마당의 돌판에 부딪치는 소리를 낼 때마다 어머니는 몸서리를 쳤다. 4층에서 쏟아져내리는 물소리는 온몸이 부서지거나 간이 오그라드는 기분을 자아냈다.

하지만 오늘은 두껍게 쌓인 눈이 그 소리를 삼켜버렸다.

물이 떨어지는 소리가 들릴 때쯤 되자 어머니는 역시 부르르 진저리를 쳤다.

"마님께서 떨어지는 것도 아닌데……." 촐마가 애교스러운 목소리로 종알거렸다.

"너, 뭐라고 했느냐?"

나는 촐마 쪽으로 고개를 돌렸다.

"이 계집애가, 뭐라고 그러는 거야?"

어머니가 내게 물었다.

"배가 아프대요."

내가 둘러대는 소리를 듣고 난 후 어머니는 다시 촐마에게 물었다.

"정말로 배가 아프냐?"

"지금은 아프지 않대요."

나는 얼른 촐마를 대신해 대꾸했다.

어머니는 주석으로 만든 상자를 열어 왼쪽 새끼손가락으로 크림을 찍어 오른쪽 손등에 바르고, 다시 오른쪽 새끼손가락으로 크림을 찍어서 이번에는 왼쪽 손등에 발랐다. 방안에는 금방 시큼한 냄새가 퍼졌다. 이 크림은 마르모트의 기름과 돼지의 췌장, 그리고 사원에서 바친 신비로운 인도 향료를 섞어 만든 것이었다.

"이건 냄새가 정말 지독해."

투스(^{역주} 티베트의 부족장을 일컬음)의 부인인 내 어머니는 참을 수 없다는 듯 인상을 썼다.

쌍지 촐마는 곧바로 정교한 모양의 상자를 어머니 앞에 대령시켰다. 그 안에는 왼쪽 손목에 차는 옥팔찌와 오른쪽 손목에 차는 상아팔찌가 들어 있었다. 어머니는 팔찌를 손목에 걸고 빙빙 돌리며 입을 떼었다.

"살이 또 빠졌네."

"예."

촐마가 대답했다.

"너는 '예' 말고 다른 말은 할 줄 모르느냐?"

"예, 마님."

촐마는 놀라서 얼굴이 벌게졌다. 투스 부인이 다른 사람에게 하듯 촐마의 주둥이를 후려칠 줄 알았는데, 그러지는 않았다.

어머니는 아침을 먹으러 아래층으로 내려갔다. 촐마는 내 침대 곁에 서서 어머니가 계단 내려가는 것을 확인하더니 이불 속으로 손을 집어넣어 나를 아프게 꼬집었다.

"내가 언제 배 아프다고 했어요? 언제 배 아프다 그랬냐고요?"

"배 아프다고 한 건 아니지만… 다음번에 세숫물 버리면서는 '마님이 떨어지는 것도 아닌데…….' 이렇게 말할거지?"

이 협박은 금방 효과를 보였다. 내가 뺨을 부풀리자 그녀는 어쩔 수 없다는 듯 뽀뽀를 해주면서 제발 주인마님에게 이르지 말라고 부탁했다. 나는 촐마의 가슴속으로 손을 집어넣고 작은 토끼 모양으로 사람을 흥분시키는, 봉긋 솟아오른 유방을 거머쥐었다. 내 몸속인지 머릿속인지에서 무언가가 강렬하게 솟구쳤다. 촐마는 내 손을 떼어내면서 또 한 번 "제발, 주인마님께 이르지 마세요."라고 부탁했다.

이날은 내가 여인의 몸에서 즐거운 마음으로 몸이 들뜰 수 있다는 것을 처음으로 경험한 아침이었다.

촐마가 입을 열었다. "이 바보!"

나는 눈곱 낀 눈을 뜨고 촐마에게 물었다.

"그래, 그런데 대체 누가… 바보란 말이야?"

"정말 바보가 따로 없네."

말을 마친 촐마는 내 팔뚝에 새가 쪼아놓은 듯 불그레한 흔적을 남기고는 옷도 입혀주지 않고 나가버렸다. 촐마가 내게 남긴 통증은 야릇하게 달뜨는 신선하고도 특별한 흥분이었다.

창 밖에 쌓인 눈빛은 얼마나 환하게 비쳐드는지! 밖에서 하인의 자식들이 야생 화미새를 따라가며 내지르는 환호성이 방안으로 밀려 들어왔다. 나는 침대 위의 곰 가죽 담요와 두툼한 비단 이불 위에 누워 촐마가 긴 회랑을 걸어가는 소리를 들었다. 문득 촐마가 정말로 내 시중을 들지 않을지도 모른다는 생각이 들자 화가 났다. 나는 이불을 걷어차며 악을 썼다.

마이치 투스가 다스리는 땅에서 투스의 두 번째 여인이 낳은 아이가 바보라는 사실을 모르는 사람은 없었다.

그 바보가 바로 나였다.

나를 낳은 어머니 한 사람을 빼고는 거의 모든 사람이 내가 바보라는 사실을 좋아했다. 만약 내가 똑똑한 놈이었으면 벌써 황천객이 되었지 이 자리에 앉아 찻잔을 바라보며 터무니없는 생각에 잠길 수도 없었을 것이다. 내 아버지의 첫 번째 아내는 병으로 죽었다. 그때 모피와 약재를 파는 장사꾼 한 사람이 내 어머니를 투스에게 데려왔던 것이다. 아버지는 술에 흠

빽 취한 상태에서 나를 낳게 만들었다. 그랬기 때문에 나는 별수 없이 내가 바보라는 사실을 기꺼이 받아들였다.

주변 사람 모두가 나에 대해 잘 아는 이유는 내가 투스의 아들이기 때문이다. 노예나 평민의 아들이면 알아줄 리가 있겠는가.

나는 바보다.

내 아버지는 황제의 책봉을 받고 수만의 민중을 관할하는 투스다. 그렇기 때문에 시녀가 옷을 안 입혀주면 나는 큰 소리로 악을 쓸 수 있는 것이다. 하지만 암만 기다려도 시녀는 오지 않았다. 나는 발로 이불을 걷어차며 몸부림을 쳤고 그 바람에 비단 이불은 흐르는 물처럼 바닥으로 쏟아졌다. 첩첩이 둘러싸인 산 저 너머 한족들이 사는 지방에서 온 비단은 얼마나 잘 흘러내리는지…… 어려서부터 나는 왜 우리가 그렇게 필요로 하는 비단, 차, 소금이 한족들이 사는 곳에서만 나는 건지 이해할 수 없었다. 게다가 우리 투스 가족의 권력이 왜 그곳에서 오는지는 더욱 알 수 없었다. 어떤 사람이 그 이유는 날씨 때문이라고 내게 말해줬다. 그랬구나. 잘 생각해보니 날씨나 기후 때문인 것도 같았다. 그렇다면 날씨는 어이하여 나를 똑똑한 사람으로 변하게 만들지는 못하는 걸까? 안개가 끼고 바람이 분다. 더운 바람이 일었다. 바람이 차가워지면 비가 눈이 되어 내린다. 날씨는 만물을 변화시키니 그렇다면 내 눈앞에 드러난 모든 것을 다 변화시킬 수 있다. 그것도 눈 깜빡할 사이에 그렇게 만들 수 있기 때문에 눈을 깜빡거려야만 한다. 그래서 바로 지금 이 순간 모든 물체가 눈 깜빡할 시간에 다시 원래의 모습으로 돌아가는 것이다. 그러면 어떤 순간에라도 눈 깜빡할 사이에 누구라도 변화해야 하는 것 아닌가? 제사 지낼 때 신에게 향불을 켜고 신성한 그림을 그려넣은 종이를 태우면, 금가루와 붉은색으로 칠한 신의 입술이 크게 벌어지며 웃는 것도 같고 우는 것도 같다. 얼마 후 그 얼굴이 신전 앞에서 엄청난 소리를 내며 맹렬히 타 들어간다. 그 소리는 얼마나 사람을 떨게 만드는지. 눈 깜빡할 사이에, 종이에 그려진 얼굴이 오그라들며 모든 표정을 감아쥐고 근심도 없고 즐거움도 없는 장엄한 경지로 흘러 들어가 버리고 만다.

오늘 아침에 내린 눈은 봄을 재촉하는 듯했다. 봄에 내리는 눈은 촉촉하고 끈기도 있어 바람에 날리지 않는다. 봄눈은 대지 위로 깊고 멀리 펼쳐져 천지의 빛을 다 모을 수 있다.

온 세상에 퍼진 하얀 눈빛이 내 침대의 비단 이불 위로도 올라왔다. 나는 비단이 빛과 더불어 흘러가버릴까 봐 걱정이 되었다. 가슴에 느닷없이 이별의 고통이 솟아올랐다. 반짝이는 빛이 내 가슴을 송곳처럼 찌르자 나는 대성통곡하기 시작했다. 내 울음소리가 들리자 유모인 더친뭐추오가 깜짝 놀라 방안으로 뛰어 들어왔다. 결코 늙지 않았는데도 나이가 많은 척하기를 좋아하는 여인이었다. 이 양반은 첫애를 낳고 바로 내 유모가 되었다. 자신의 애가 태어나자마자 죽었기 때문이다. 나는 그때 태어난 지 석달밖에 안 되었는데 성질 급한 내 어머니는 자신이 속한 세계에서 볼 수 있는 어떤 표정을 내가 지어주기를 바라고 있었다.

한 달이 지났으나 나는 절대로 웃지 않았다.

두 번째 달이 되었으나 어떤 사람도 내 얼굴에서 자기들 행동에 반응하는 표정을 이끌어낼 수 없었다.

투스인 아버지는 평소 부하들에게 명령을 내리듯이 "웃어봐!"하며 소리를 질렀다. 하지만 내가 아무런 반응을 보이지 않자 내게 부드럽게 입을 맞춘 다음 엄하게 다시 명령했다.

"웃어봐! 웃어보라니까! 내 말이 들리느냐?"

그 모습은 정말이지 되게 웃겼다. 내가 입을 벌리자 침이 줄줄 쏟아졌다. 눈물이 어머니의 뺨을 적시며 흘러내렸다. 이런 꼬락서니를 보고 난 후 바로 어머니의 젖이 말라버렸다.

"이런 애는 차라리 굶어죽는 게 더 낫지." 어머니가 단호하게 말했다.

어머니의 이런 말에도 아버지는 별로 신경 쓰지 않았다. 아버지는 열 개나 되는 은돈과 귀한 차 한 봉지를 집사에게 건네며 바로 얼마 전 갓난애가 죽은 더친뭐추오에게 가져다주라고 했다. 그 물품으로 절에 시주해 죽은 젖먹이를 천도해주라는 의미였다. 주인의 마음을 잘 읽는 집사는 일을 깔끔하게 처리했고, 아침에 나갔던 집사는 오후에 그 여인을 데리고 돌아왔다. 산채에 두 사람이 도착하자 사납게 생긴 개들이 미친 듯 짖기 시작했다.

"저 놈들이 당신의 냄새를 알 수 있게 해요."

집사의 말에 유모는 빵을 꺼내 몇 조각으로 나눈 다음 거기에 침을 뱉어 개들에게 던졌다. 개들은 즉시 공중으로 뛰어올라 빵 조각을 받아먹었다. 그런 다음 유모를 둘러싸더니 주둥이로 유모의 치마를 걷어 올리고, 발 냄새를 맡고, 다리 사이에서 나는 냄새도 맡았다. 더친뭐추오의 몸에서 나는 냄새가 빵을 준 사람과 똑같다는 것을 확인하고 나서야 개들은 꼬리를 흔들었다. 개들이 빵을 뜯어 먹기 시작하자 집사는 유모를 데리고 산채의 대문을 넘었다.

아버지는 흡족해했다. 비록 새로 온 여인의 얼굴에 여전히 비통한 표정이 남아 있었지만, 넘치는 젖은 옷섶을 적시고 있었다.

바로 그때 나는 악을 쓰며 울고 있었다. 어머니는 나오지도 않는 빈 젖으로 바보 같은 아들의 입을 틀어막느라 애를 쓰고 있었다. 아버지가 지팡이로 바닥을 두드렸다.

"그만 울어라. 유모가 왔다."

나는 말귀를 알아듣기나 한 듯 울음을 뚝 그쳤다. 유모는 어머니에게서 나를 건네받았다. 나는 뚝뚝 젖이 드는 유방을 금방 찾아냈다. 유모의 젖은 샘물처럼 솟구쳤고 그것은 말할 수 없이 달콤했다. 그것엔 씁쓸한 고통의 맛도 있고 야생의 초원에 피어난 꽃의 맛도 났다. 어머니의 젖은, 온갖 복잡한 생각을 하게 만들어 나의 작은 머리에서 항상 윙윙거리는 소리가 나게 만들었는데.

얼마 안 되어 내 작은 배가 가득 찼다. 만족하다는 표시를 내느라 나는 유모의 무릎에 오줌을 쌌다. 내가 젖꼭지를 물었던 입을 떼자 유모는 몸을 돌려 통곡했다. 바로 얼마 전 유모는 죽은 아이를 위해 스님인 라마에게 경문을 읽어달라고 부탁했고 야크 털로 만든 담요에 젖먹이를 감싸 맑은 물 속에 수장시켰던 것이다.

"그만 해, 재수 없게!" 어머니가 호통을 쳤다.

"주인마님, 한 번만 봐주세요. 참을 수가 없어서 그래요." 유모는 용서를 빌었다. 어머니는 유모에게 스스로 뺨을 때리게 했다.

나는 이제 열세 살이 되었다. 그 많은 시간 동안 유모는 수많은 다른 하인처럼 투스 가족의 여러 가지 비밀을 알게 되었다. 유모도 나를 바보로 알기 때문에 항상 내 앞에서 "주인님, 에이, 에이 하인, 엑퉤!" 이러면서 양털처럼 찐득거리는 뭔가를 입에서 벽으로, 옷에 매달린 실밥을 뜯어내듯 사납게 내뱉었다. 그러나 요 몇 년 전부터는 그렇게 높은 곳에 침을 날릴 힘이 없어진 것 같았다. 그러고는 아예 늙은이처럼 행동했다.

내가 큰 소리로 울자 유모는 황급히 뛰어와서 "도련님, 제발 주인마님께 들키지 않게 해주세요."라고 애원했다. 그런데 문제는 이렇게 울고 나면 내 속이 시원해진다는 거였다.

"도련님, 눈이 내렸어요."

눈 내린 것이 나하고 무슨 상관이 있담? 하지만 나는 울음을 그쳤다. 침대에서 보니 작은 창문에 가슴을 두근거리게 하는 새파란 하늘이 박혀 있었다. 그녀가 나를 부축해 일으켰다. 두꺼운 눈에 덮인 나뭇가지를 보자 나는 입이 실룩거려지며 또 울고 싶었다.

"보세요, 화미새들이 산에서 내려왔어요."

"정말?"

"그래요, 산에서 내려왔어요. 들어 봐요. 도련님 또래 아이들이 같이 놀자고 부르잖아요?"

나는 얌전하게 옷을 입었다.

화미는 이곳에 사는 야생의 새다. 날이 어두워졌을 때 그 새들이 어디에 있는지는 아무도 모른다. 그런데 날이 밝으면 모두 나와서 노래를 부른다. 노랫소리는 구성지고 맑다. 잘 날지 못하는 화미새는 높은 곳으로 날아 오르기가 힘들기 때문에 낮은 곳으로 쉽사리 내려오지도 않는다. 그러나 눈이 내리면 경우가 달라진다. 살던 곳에서 먹을 것을 찾을 수 없기 때문에 사람들이 있는 곳으로 내려올 수밖에 없는 것이다.

봄눈이 화미새들을 산에게 내려오게 만들었다.

어머니와 밥을 먹을 때 하인들이 쉴 새 없이 들어와서 이것저것 물었다. 절름발이 집사는 어머니에게, 도련님이 눈밭에 놀러 가기 전에 따뜻한 장화를 신겨도 되느냐고 물었다. 주인 나리께서 갈아 신기라고 분부했다는 말을 덧붙이자 어머니는 버럭 소리를 질렀다.

"이 절름발이야, 꺼져! 영감이 바꿔 신기라는 그 장화 따윈 목에 걸고 나가버리라고!"

집사는 장화를 목에 걸지 않은 채 나갔다. 조금 있다가 그는 또 절뚝거리며 들어와서는 커빠 마을에서 산으로 내쫓긴 문둥병 여자가 먹을 것을 못 구해 이곳까지 내려왔노라 아뢰었다.

"어디까지 왔느냐?"

어머니는 다급하게 물었다.

"내려오다가 멧돼지를 잡는 구덩이에 떨어졌습니다."

"올라왔을 수도 있잖아?"

"못 올라오고 구덩이에서 악을 쓰고 있습니다."

"묻어버려!"

"산 채로요?"

"그건 내가 알 바 아니야. 하여튼 이 집으로 들어오면 안 돼!"

이제 절에 보시하는 일과 백성들이 씨 뿌리는 일만 남았다.

방안의 황동 화로에서 숯불이 이글이글 타오르고 있었고 얼마 지나지 않아 나는 땀을 흘렸다.

일을 처리하는 동안 어머니 얼굴에서는 평소 권태롭고 지쳐 있던 기색이 싹 달아났다. 그 얼굴은 기름등잔에서 일렁이는 불꽃처럼 광채가 돌고 있었다. 나는 빛나는 어머니의 얼굴을 쳐다보느라 내게 묻는 소리를 못 들었다. 어머니는 또 화가 치밀어 큰 소리로 내게 물었다.

"너, 뭐라고 했어?"

"화미새가 저를 불러요."

투스 부인은 바로 인내심을 잃어버리고 씩씩거리며 방을 나갔다. 그러거나 말거나 나는 천천히 차를 마시기 시작했다. 귀족의 자식이라는 특권을 마냥 누리는 것이다. 두 잔째 차를 마셨을 때 위층의 법당에서 종소리, 북소리가 야단스럽게 들려왔다. 어머니가 승려들의 영생을 비는 모습을 살피는 중이라는 것을 나는 알고 있다. 내가 바보가 아니었다면 이럴 때 어머니의 기분을 망치지는 않았을 것이다. 요 며칠 간 그녀는 투스의 권력을 충분히 누리고 있었다.

아버지는 근처의 왕뻐 투스를 고발하러 형을 데리고 한족이 사는 성도^{省都}

에 갔다. 아버지가 얼마 전 보석반지에서 산호 알이 빠지는 꿈을 꾸었는데 왕뻐 투스가 그 산호 알을 주워 들었다고 한다. 그건 좋은 꿈이 아니라고 라마가 해몽해줬다. 아닌 게 아니라 얼마 안 되어 변경의 소족장 하나가 우리를 배반하고 휘하의 십여 가족과 함께 왕뻐 투스에게 투항했다. 아버지는 사람을 보내 정중하게 교섭했지만 거절당했다. 나중에 사람을 시켜 금덩이를 보냈다. 그 배신자의 머리만 주면 백성이나 토지는 왕뻐 투스에게 다 주겠다고 했는데도 왕뻐는 금덩이를 되돌려 보냈다. 공을 세운 사람을 죽인다면 자기 부하도 마이치 투스의 부하처럼 사방으로 달아날 것이라는 말과 함께.

마이치 투스인 아버지는 어쩔 도리가 없자 은구슬이 박혀 있는 상자에서 청나라 황제가 하사한 오품五品 관인과 지도 한 장을 꺼냈고, 중화민국 쓰촨성四川省 군정부軍政府로 고발하러 간 것이다.

마이치 가족은 나와 어머니 외에 아버지, 이복 형, 그리고 인도에 간 이복 누나와 장사하는 작은아버지가 있다. 나중에 누나는 더 먼 나라인 영국까지 갔다고 했다. 다들 영국은 아주 큰 나라며, 해가 지지 않는 제국이라는 별명이 있다고 말했다. 나는 아버지에게 해가 지지 않으면 언제 잠을 자느냐고 물은 적이 있다.

"이 멍청아." 아버지가 웃었다.

그 사람들 모두 지금은 내 곁에 없다. 그래서 나는 외로웠다.

말을 끝내고 나는 일어나서 아래층으로 내려갔다. 아래층에는 노예의 자식들이 있었다. '잘 봐라, 저 애들은 너의 가축이란다.' 부모님은 늘 그렇게 말하곤 했었다. 내 발이 마당의 석판에 닿자 장래의 내 가축들이 기다렸다는 듯 나를 둘러쌌다. 그 애들은 맨발에 가죽 외투도 없지만 추운 기색이 없었다. 그 애들 모두 꼿꼿이 서서 내 명령을 기다리고 있었다.

"화미새를 잡으러 가자!"

아이들 얼굴이 이내 환하게 빛났다. 나는 손을 휘저으며 소리를 지르면서 노예의 자식들을 데리고 산채 밖으로 뛰어나갔다. 문을 지키는 개들이 놀랐는지 미친 듯 짖기 시작해 이 아침의 즐거운 분위기를 한층 돋워주었다.

얼마나 큰 눈인가! 바깥세상은 또 얼마나 넓고 밝은지! 나의 노예들도 흥분하여 꺅꺅 소리를 질렀다. 그 애들은 맨발로 쌓인 눈을 걷어차 얼음덩어리보다 더 딱딱한 돌멩이를 주워 품에 넣었다. 화미새들은 눈이 없는 담 밑에서 먹을 것을 찾느라 갈색 꼬리날개를 쳐들고 비척거리고 있었다.

"시작!" 나는 단 한 마디를 내질렀다.

나와 어린 노예들이 화미새를 향해 달려들었다. 새들은 높은 곳으로 날아갈 수 없어서 기겁을 하며 냇가의 과수원으로 뛰어 들어갔다. 우리는 발목까지 덮이는 눈밭으로 화미새를 쫓아 내려갔다. 품에 간직했던 돌멩이를 화미새들에게 던지자 몸의 균형을 잃은 새들이 돌에 맞아 눈밭으로 떨어졌다. 요행히 살아남은 것들도 바위틈이나 나무 가지에 머리가 끼는 바람에 결국 우리 손에 들어오고 말았다.

이것은 내가 소년 시절에 처음 지휘한 성공적이고 아름답게 마무리된 전투였다.

나는 산채에 들어가서 불씨를 가져오게 하고 사과나무와 배나무의 마른 가지를 꺾어오라고 했다. 그리고 마지막으로 제일 용감하고 약삭빠른 놈에게는 부엌에 가서 소금을 훔쳐오라고 명령했다. 나머지는 십여 명이 둘러앉을 자리를 만들기 위해 겨울 과수원의 눈을 쓸기 시작했다.

소금을 훔치러 간 쑤오랑쩌랑은 내 심복이었다. 그 녀석은 금방 돌아왔다. 나는 소금을 건네받은 뒤 그 녀석에게도 다른 아이들과 함께 눈을 쓸라고 분부했다. 쑤오랑쩌랑은 숨을 몰아쉬며 발로 눈을 걷어찼다. 그렇게 설렁설렁했는데도 다른 아이들보다 훨씬 빨랐다. 그러니 그 녀석이 일부러 내 얼굴에 눈을 튀게 해도 나무랄 수가 없었다. 노예라 하더라도 누군가는 총애를 더 많이 받을 권리가 있는 것이다. 통치자에게 이것은 진리라고 할 수 있다. 참 효과적인 진리다. 바로 이런 이유로 나는 그 녀석의 버르장머리 없는 짓거리, 예를 들어 내 목에 눈 덩이를 밀어 넣는 짓을 당하면서도 낄낄거리며 웃어넘겼다.

불이 활활 피어올랐다. 모두들 화미새의 털을 뽑기 시작했다. 쑤오랑쩌랑은 화미새를 죽이지도 않고 털부터 뽑았다. 살아 있는 새가 그의 손에서 비참하게 울부짖었다. 다른 사람은 모두 소름이 돋았는데 그 애는 아무렇지도 않은 모양이었다. 다행히 곧 사람의 마음을 안심시키는 고기 굽는 냄새가 퍼졌다.

얼마 안 되어 우리는 모두 야생 화미새 고기로 배를 가득 채웠다.

태양을 다스리다

그때 어머니는 집안 구석구석을 돌아다니며 나를 찾고 있었다. 아버지가 집에 계실 때라면 이런 놀이를 해도 괜찮지만 요 며칠은 어머니가 집안 일을 주재하고 있는 상황이라 사정이 달랐다. 마침내 하인 하나가 과수원에서 나를 찾아냈다. 꼭대기까지 높게 떠오른 태양이 내린 눈에 반사되어 눈을 제대로 뜰 수 없을 때였다. 나는 두 손에 피를 잔뜩 묻힌 채 작은 새의 가느다란 뼈다귀를 꼼꼼하게 갉아먹고 있었다. 애들과 한 덩어리가 돼 얼굴이 온통 새 잡아먹은 흔적으로 지저분한 내가 산채의 문을 들어섰을 때 피 냄새를 맡은 개들이 우리를 보고 환장을 하며 짖기 시작했다. 어머니는 매서운 얼굴로 위층에서 우리를 내려다보고 있었다. 어린 노예들은 마님의 눈빛에 주눅이 들어 사시나무 떨듯 오금을 못 폈다.

나는 위층으로 올라가 옷을 벗어서 화로에 쬐어 말렸다.

마당에서 채찍질하는 소리가 났다. 마치 독수리가 하늘을 스쳐가는 것 같은 날카로운 소리가 귓전으로 계속 파고들었다. 아이들이 맞던 그때, 나는 어머니가 미웠고 마이치 투스 부인이 한없이 싫었다. 그런 어머니가 치통이 도진 듯 뺨을 감싸며 "네 몸엔 쌍놈의 뼈가 없단다."라는 말을 했다.

뼈, 이것은 우리가 살고 있는 이곳에서는 대단히 중요한 단어다.

뼈대는 교만한 단어로 말하자면 '태양을 다스리는 일'이다.

세상은 물·불·바람·공기로 이루어져 있고, 인간의 몸은 뼈대 또는 근본으로 이루어져 있다.

어머니가 내게 하는 말을 들으며, 나는 포근하고 깨끗한 옷으로 갈아입으면서 이 '뼈대'라는 문제를 생각했지만 도무지 무슨 뜻인지 알아먹을 수가 없었다. 오히려 내 뱃속에 펼쳐 있는 화미새의 날개로 생각이 옮겨갔다. 가죽 채찍이 장래 나의 노예가 될 사람들의 몸에 떨어지는 소리가 계속 들리자 소년인 내 눈에서 눈물이 흘러내렸다. 어머니는 내가 잘못한 일을 후회하는 것으로 여겼는지 내 머리를 쓰다듬으며 말했다.

"아들아, 명심해라. 넌 그 애들 등을 말 삼아 탈 수도 있고, 개처럼 팰 수도 있다. 그것들을 절대로 사람으로 봐서는 안 된다."

어머니는 자신이 아주 똑똑하다고 생각하는 모양인데, 나는 똑똑한 사람도 멍청한 구석이 있다는 걸 알고 있다. 나는 바보지만 다른 사람들이 흘려버리는 것을 주워 담는 구석도 있다. 결국 얼굴에 눈물을 흘리고는 있지만 히죽거리며 나오는 웃음을 참을 수가 없었다. 그때 집사와 유모, 시녀들이 우르르 몰려왔다.

"도련님, 어떻게 된 거예요?"

그들의 목소리가 들렸지만 모습은 보이지 않았다. 나는 내가 눈을 감고 있는 줄 알고 떠보려고 했는데 사실은 눈을 뜨고 있었다. 나는 놀라서 크게 소리를 질렀다.

"내 눈이 없어졌다!"

내가 한 말은 아무것도 보이지 않는다는 뜻이었다.

투스 아들의 눈은 벌겋게 부어올랐고 빛을 조금만 쐬어도 송곳으로 찌르는 것처럼 아팠다. 의술을 공부한 멘바 라마는 봄눈의 빛 반사 때문에 눈병이 생긴 거라고 했다. 라마는 죽은 화미새들을 대신해 복수하듯이 측백나무 가지와 약초를 태운 지독한 연기를 내 눈에 쐬었다. 그리고는 약사 보살상을 내 침대 앞에 걸어놓았다. 얼마 후 소리소리 지르던 내가 조용해졌다.

잠에서 깨어나자 멘바 라마는 깨끗한 물 한 대접을 가져왔다. 라마는 창문을 닫은 뒤 내게 눈을 뜨고 그릇 속에 뭐가 있는지 보라고 했다. 나는 그 속에서 밤하늘의 별빛을 보았다. 물 아래쪽에서 올라오는 거품에 빛이 비치고 있었다. 다시 한 번 들여다보니 그릇 바닥에 잘 여문 보리알이 모여 있었다. 보리에서 반짝이는 거품이 일어나고 있었다. 한참을 그렇게 들여다보니 눈이 많이 시원해졌다. 멘바 라마는 약사 보살에게 감사의 절을 한

다음 벌려놓았던 도구를 주섬주섬 챙긴 후 나를 위한 기도를 시작했다.

나는 다시 잠에 빠졌다가 문어귀에서 탕탕 머리를 짓찧는 소리에 깨어났다. 쑤오랑쩌랑의 어머니가 내 어머니 앞에 무릎을 꿇은 채 불쌍한 아들을 용서해달라고 빌고 있었다. 어머니는 나에게 물었다.

"네가 쑤오랑쩌랑에게 소금을 훔쳐오라고 했느냐?"

"네, 그랬어요."

"정말 했어?"

"정말 했어요."

어머니는 나를 흘겨보더니 하인에게 말했다.

"그 잡종을 채찍으로 스무 대 때리고 풀어줘라!"

한 어머니가 또 다른 어머니에게 고맙다는 인사를 하고 내려갔다. 쑤오랑쩌랑 어머니의 울음소리가 여름날 꽃 사이로 빙빙 날아다니는 벌 떼를 연상케 했다.

아! 하지만 아직은 내가 사방을 돌아다니면서 우리 집안이 대단한 뼈대를 지닌 존재라는 것을 말할 수는 없었다.

우리가 믿는 교리를 신봉하는 곳에서 뼈대는 어떤 계급을 의미한다. 석가세존이 아주 고귀한 신분이었던 그곳은 흰옷 입은 사람들이 산다는 인도라는 곳이다. 그런데 우리의 권력이 지배하는 이곳은 검은 옷을 입은 사람들이 사는 중국의 변방에 불과한데 뼈대라는 것이 우리와 어떤 관계를 가지는 건지는 내가 잘 모를 일이었고 또 그 문제를 쉬운 말로 옮길 재간도 없었다. 우리 어머니는 신분이 몹시 낮은 여인이었다. 어머니가 마이치

가의 일원이 된 것은 정말로 천우신조였다. 어머니로서는 '이렇게 대단한 요새에 비집고 들어왔는데 하필 멍청이 아들을 낳다니……' 라는 생각으로 골머리를 앓았다.

"문이 저렇게 높은 곳까지 열려 있는데 우리가 구름 끝까지 드나들 수 있지 않을까요?

나의 이런 질문에 어머니는 쓸쓸하게 웃고 말았다.

"그럼 우리 투스 가족들은 신선이겠군요."

멍청한 아들이 이처럼 염장을 지르자 실망스러운 쓴웃음을 지은 어머니는 내 안에 있는 머저리 기질로 봐서 도저히 사람 노릇을 못 할 거라고 단정하고 말았다.

마이치 투스의 가족이 사는 요새는 굉장히 높았다. 7층이나 되는 높이에 옥상과 지하 감옥을 합치면 그 높이가 스무 장(역주 약 육십오 미터)이나 되었다. 많은 방과 수많은 계단, 회랑이 연결된 내부의 어지러운 구조는 마치 우리네 삶처럼 복잡했다. 산채가 위치한 곳은 자그마한 강 두 개가 솟아나는 수맥의 원천 가까운 곳으로, 산채 아래로 돌집 수십 채가 내려다 보이는 지세가 뛰어난 땅이었다.

산채에 사는 사람들은 마을 사람들을 '커빠' 라 칭했다. 마을에는 수십 가구가 있는데 그들의 뼈대는 '하이르' 라 하며 우리 집의 하인이다. 농사를 짓는 것이 주업이지만 투스가 부르면 산채로 달려와 자잘한 일을 했다. 또 우리 집에서 동서로 삼백육십 리, 남북으로 사백십 리 지역에 사는 삼백여 개 마을 이천여 가구에 파발꾼 노릇을 했다. 커빠의 속담 중에 '내 발

등에 떨어진 불은 투스의 닭털보다 못 하다' 는 것이 있다. 그들은 산채에서 파발꾼을 부르는 징 소리가 들리면 친어머니가 죽어가는 중이라도 즉시 달려와야만 했다.

강을 따라 멀리까지 강과 산을 끼고 마을이 늘어서 있다. 그곳의 마을 사람들은 농사를 짓고 가축을 먹였다. 마을에는 등급이 서로 다른 부족장이 있다. 마을은 낮은 등급의 소족장이 관할하고, 우리 아버지처럼 고위족장인 투스는 바로 그 낮은 등급의 소족장들을 통제했다. 이 역시 뼈대의 등급에 관한 구분이었다. 소족장의 관할을 받는 사람들은 백성이라고 불리는데, 우리 아버지 같은 투스는 소족장들을 통해서만 그들의 공물을 받을 수 있다. 백성들 숫자가 꽤 많았다. 이들은 자기의 뼈를 귀족의 피와 섞어 한 단계쯤 뼈대를 높일 수도 있지만 몰락하여 노예가 되는 경우가 더 많았다. 그리고 일단 몰락하게 되면 다시 벗어나기란 거의 불가능했다. 투스는 자유를 가진 백성이 자유 없는 노예로 추락하는 것을 좋아하기 때문이었다. 노예는 가축과 같이 임의로 매매할 수도 있고 일을 시킬 수도 있었다.

자유인을 노예로 만드는 것은 아주 간단하다. 인간이라면 누구나 쉽게 저지르는 실수에 대해 특정한 규칙을 정해놓으면 되는 것이다. 이것은 경험 많은 사냥꾼이 만드는 함정보다 더욱 확실하다.

쑤오랑쩌랑의 어머니가 바로 그런 사람이었다.

이 여인은 본래 일반 백성, 즉 평민의 딸이었다. 그래서 자연스럽게 평민계급을 이어받았다. 평민을 노예로 만들기 위해 투스는 사람을 시켜 이

처녀의 뒷조사를 했다. 이 처녀는 결혼하기 전 어떤 남자의 아이를 가지게 되었고 사생아에 관한 규범을 위반했기 때문에 갓난 아들과 함께 자유를 박탈당한 채 노예가 되어버린 것이다.

언젠가 사관 한 사람이 투스들에게는 법이 없다고 말한 적이 있다. 그렇다. 이런 규칙들은 종이에 기록된 것은 아니다. 그러나 이 규칙은 골수에 사무쳐 있었다. 그것은 종이에 기록한 것보다 더욱 효력이 있었다. '설마 이렇게 하지는 않겠지요?' 내가 물은 적이 있다. 낮고도 낮게 돌아온 대답은 그러나 내 생각과는 달랐다.

"하지만 그렇게 한단다."

한마디로 이 규칙은 사람을 밑으로 밀어내는 것이지, 위로 올려주는 것이 아니었다. 무겁고 고귀한 뼈대를 가진 사람이 바로 이러한 규칙을 만드는 예술가다.

뼈대는 사람의 귀천을 구별한다. 그 순서는 이렇다.

투스.

투스 밑에 소족장.

소족장은 백성을 관할한다.

그 아래 계급이 커빠(파발꾼)고, 가장 아래 계급은 노예다.

그밖에 지위가 수시로 바뀔 수 있는 사람도 있는데 그들은 승려, 장인匠人, 무당, 노래 부르는 가객歌客들이다. 투스는 자기를 곤란하게 만들지 않는다는 전제 하에 이런 사람들에게 관대했다.

훗날 라마 한 사람이 내게 이런 말을 했다.

"설산雪山이라는 울타리 안에 사는 티베트 사람들은 죄악에 직면해서는 시비가 분명하지 않아서 중국 사람 같고, 생활에 괴로움이 있어도 그것을 즐기는 것 같아 보이니 인도 사람 같기도 하다."

이곳 사람들은 중국을 '가나'라고 하는데 검은 옷을 입는 나라라는 의미이다. 인도는 '기꺼'라고 칭하는데, 흰옷을 입는 나라 사람을 뜻한다.

그 라마는 누구도 깊이 따지지 않는 문제를 들먹였기 때문에 나중에 마이치 투스, 즉 우리 아버지의 징벌을 받았다. 그는 혀가 잘린 후에 말할 수 없는 고통을 겪다 죽었다. 이 문제에 대해 나는 이렇게 생각한다. 석가모니 이전은 선지식의 시대였고 석가세존 이후 우리는 더 이상 스스로의 머리로 사고를 할 필요가 없어졌다. 영특한 사람인데 고귀한 신분으로 태어나지 못했다면 내세의 광경을 설명해주는 라마가 되려 할 것이다. 만약 지금 현세를 생각하고 인생이 무엇인가를 고민한다면, 그래서 어떻게든 할 말을 하려 한다면 아주 서둘러서 해야 할 것이다. 그렇지 않다면 혀가 잘리지 않도록 아무 말도 하지 말아야 할 것이다.

그대도 보았을 것이다. 할 말이 있어 몇 마디 지껄이면 이내 혀가 달아나 버리는 것을.

백성들은 죽기 전까지 아무 말도 하지 않다가 죽음이 다가오고 나서야 하고 싶은 이야기를 했다. 겨우 임종의 자리에서 그들은 이렇게 말한다.

"밀주蜜酒 한 모금만 줘."

"내 입에 작은 옥돌 하나 넣어줘요."

"날이 곧 밝아올 거야."

"엄마, 그들이 와요."

"내 발이 없어졌다."

"세상에, 세상에."

"귀신, 귀신아!"

등등.

쌍지 촐마

내 기억은 눈 내린 아침, 내 나이 열세 살 때의 이른 아침부터 시작된다.

봄이 왔는데 한바탕 눈이 내렸고 나는 눈 때문에 눈이 멀까 겁났다.

하인들이 쑤오랑쩌랑을 채찍질하는 소리가 벌겋게 부은 내 눈을 시원하
게 만들고 있었다. 어머니는 어디를 가려는지 유모에게 나를 잘 돌보라고 당
부하고 있었다. 어머니가 외출하면 예쁜 시녀 쌍지 촐마도 따라가야 된다.

"안 돼, 촐마는 내 곁에 있어야 해!"

나는 눈을 가린 수건을 걷어내며 소리쳤다.

"그래, 우리는 아무 데도 안 간다. 네 곁에 있을게."

어머니한테 있어달라는 것이 아니었는데도 어머니는 나를 달랬다. 내

머리에 얼마나 많은 생각이 오가는지 모를 것이다. 아무튼 나는 촐마의 따뜻하고 보드라운 손을 꼭 잡고 잠이 들었다.

잠에서 깨어났을 때는 이미 밤이었다.

산채 아래의 다리 어귀에서 어떤 여자가 비참하게 울부짖는 소리가 들려왔다. 누군지는 모르지만 귀신이 출몰하는 곳에서 혼을 잃어버린 자식에게 집으로 돌아오라고 부르는 것이었다. 나는 침대에 엎드려 시녀에게 말했다.

"촐마, 네가 필요해, 촐마."

촐마는 키득키득 웃었다. 그녀는 또 나를 꼬집었고, 발가벗은 채 내 이불 속으로 미끄러져 들어왔다. 그리고 노래를 불렀다.

죄 많은 아가씨야,
물처럼 흘러 내 품으로 들어왔구나.
물 속의 어떤 고기 같으냐,
사람 꿈속을 헤엄쳐다니게.
사람들 너무 놀라게 하지 말아라,
죄 지은 스님과 어여쁜 아가씨야!

세상의 기원에 관한 신화 중에 이런 이야기가 있다. 어딘가에 살고 있는 신이 "하!" 소리치니 허공이 생겼다. 신이 다시 허공을 향해 "하!" 했더니 물과 불, 그리고 먼지가 생겼다. 또 한 번 신기한 기운으로 "하!"라고 하자, 바람이 불어 세상이 공중에서 빙빙 돌기 시작했다.

그날, 나 역시 어둠 속에서 두 손으로 촐마의 젖가슴을 받쳐 들고는 신이 놀라운 일을 하듯 흥분과 놀람으로 '하'를 외쳤다.

"어 어… 으음… 음……."

촐마는 반벙어리 모양으로 흥얼거렸다. 그러더니 곧 물과 불의 세계, 빛과 먼지의 세계가 한데 엉겨 재빠르게 돌기 시작했다. 그 해 나는 열세 살이었고, 촐마는 열여덟이었다.

열여덟 살 먹은 촐마는 나를 자기 몸 위로 올렸다.

열세 살 먹은 내 몸속에서 뭔가가 타올랐다.

촐마는 자기 몸 어딘가에 문이 있는 것처럼 "들어가, 들어가!"라고 했다. 나도 어디론가 들어가고 싶은 강한 욕망이 생겼다.

"이 바보야, 바보." 이렇게 말하며 손으로 나의 그것을 잡고 들어가게 해 주었다.

열세 살이 된 나는 큰 소리를 지르며 폭발했다. 눈앞에서 갑자기 세상이 사라졌다.

아침이 되자 앞을 보지 못할 정도로 내 눈이 다시 부었다. 촐마는 상기된 얼굴로 어머니의 귀에 대고 뭐라고 했다. 투스의 아내인 어머니는 나를 보고 픽 웃으면서 손을 들어 예쁜 시녀의 뺨을 때렸다.

멘바 라마가 다시 왔다.

"주인 나리께서 곧 돌아오실 텐데 얘 눈이 낫지 않으면 어떻게 하나요?"
어머니는 걱정스럽게 라마를 바라보았다.

"도련님께서 무슨 부정한 것을 보셨나요?"

"귀신 말인가요? 아무래도 당신들이 누르지 못한 원귀가 아직 이곳에 있나 봐요."

"아뇨. 그게 아니라 혹시 개 흘레 붙는 걸 봤다거나 뭐 그런……."

내 눈은 다시 측백나무 연기에 쐬어졌다. 라마는 나에게 약초 가루를 한 웅큼 먹였다. 조금 지나니 오줌이 마려워졌다. 라마는 이제부터 좀 아플 거라고 했다. 과연, 밤이 되자 그 부분이 바늘로 찌르듯이 아팠다.

"거 보세요, 내가 틀릴 리가 없지요. 도련님은 이제 어른이 됐습니다."

"그 요물이 도련님을 어떻게 했어요?"

방에 둘이 남게 되자 이렇게 묻는 유모의 질문에 나는 아픈 눈을 가린 채 웃었다.

유모가 심통이 나는지 입을 열었다. "멍청한 도련님, 저는 도련님이 다 크고 난 다음에 기운 쓰기를 바라는 거예요. 그런데 벌써 그 요부한테 홀려 내 머리 꼭대기에 올라앉으니, 원." 유모는 황동 화로 가장자리를 탕탕 치면서 야단이었다. 나는 그러거나 말거나 혼자 생각에 잠겼다. 투스의 아들이 된다는 것은 참 좋다. 신이 그랬던 것처럼 "하!"라고만 하면 이 세상이 금방 빙빙 돈다. 그런데 라마가 준 약 때문인지 나의 창자가 노래를 부르기 시작했다.

"우리 도련님 배를 어떻게 한 거예요?"

유모가 날카로운 목소리로 묻자 라마는 그녀를 매섭게 째려보고 나가 버렸다. 내가 웃기 시작하자 묽은 똥이 뿜어져나왔다. 이날 나는 오전 내

내 변기에 앉아 있을 수밖에 없었다. 어머니가 라마에게 죄를 물으려 했지만 라마는 다른 환자를 보러 밖에 나가고 없었다. 우리가 숙식을 다 제공하는데도 라마는 돈을 밝혔다. 오후가 되자 아팠던 눈과 배가 다 나았다. 사람들은 다시 한 번 그의 솜씨를 칭찬하기 시작했다.

아주 맑은 오후였다. 바람처럼 불어오는 말굽 소리가 사람의 정신을 번쩍 들게 만들었다. 햇빛도 줄기마다 팽팽한 활시위가 된 것 같았다.

왕뻐 투스를 고발하러 갔던 마이치 투스, 내 아버지가 돌아오는 길이었다. 아버지 일행은 산채에서 십여 리 떨어진 곳에 장막을 치고 밤을 지냈다. 아버지는 중국 군정부의 고관을 모셔왔으니 내일 환영행사를 거창하게 준비하라고 파발꾼을 보내왔다. 얼마 안 되어 발빠른 말 몇 마리가 산채에서 출발해 부근의 각 마을로 달려갔다. 나와 어머니는 3층 난간에 서서 그 말들이 늦가을 들판에서 먼지를 흩날리는 것을 바라보고 있었다.

3층 난간은 동남쪽의 산골짜기를 향하고 있다. 바로 아래층은 하인들이 사는 곳인데 정면에서 적이 공격해 오더라도 즉각 대항할 수 있도록 만들어져 있었다. 그 아래층은 노예들이 사는 곳이었다.

강물은 동남쪽으로 흐르면서 갈수록 넓어졌다. 세찬 물줄기가 굽이쳐 흐르면서 골짜기를 넓히고 있었다. 내일 아버지와 형은 바로 그쪽에서 올 것이었다. 산채의 뒤쪽으로는 높은 산이 있는데 태양은 그곳으로 진다.

'한족 황제는 아침 태양 아래에 있고, 달라이 라마는 저녁 태양 아래에 있다'는 이야기가 있다. 그런데 우리는 정오의 태양보다 약간 동쪽에 있었다. 이 위치는 결정적인 의미를 가진다. 우리가 종교 지도자인 달라이 라마가 아닌 중국 황제와 더 많은 관계를 가진다는 것을 의미하기 때문이다. 우리의 정치적 관계는 오로지 지리적 요소에 달려 있는 것이었다. 누구나 알다시피 우리가 이렇게 오래오래 존재할 수 있는 것은 자신의 위치에 대한 정확한 판단을 가지고 있기 때문이다. 그러나 심정적으로 우리의 적이 된 왕뼈 투스는 오직 전통 라싸 왕국의 예불에만 참석했다. 왕뼈 밑에 있는 똑똑한 사람이 한족이 사는 중국에도 가야 된다고 말했지만 왕뼈는 되레 자기가 강력한가 한족의 힘이 더 센가 하는 질문을 던졌다. 그는 자신의 투스 지위를 인정해주는 인정서 역시 베이징에서 왔다는 것을 까맣게 잊고 있었다. 하긴 검은 머리의 티베트 사람은 하늘에서 내려온 양털 줄을 따라 이 고결하고 험준한 땅에 내려왔다고 말하는 문헌이 있긴 하다. 그래서 왕뼈 투스는 사람이 하늘에서 내려온 이상 중국의 인정서나 은돈, 총칼 같은 것도 파란색 번개와 함께 하늘에서 떨어진 것이라고 믿을 수밖에 없는 것이다.

"왕뼈 투스를 혼내줄 분이 오신다. 우리는 내일 그분을 마중 나가야 돼. 내 고향에서 오시는 그분들을 만나서 내가 중국말을 할 수 있을까? 세상에나, 애야, 한번 들어봐라, 중국말을 제대로 하는지."

"관세음보살님, 아직 기억하고 있습니다. 기억이 나는군요." 어머니는 내 머리를 꽉 쥐고 흔들고 중얼거리며 눈물까지 흘렸다.

"네게 한족의 말을 가르쳐야겠다. 세상에, 내가 왜 아직까지 그 생각을 못 하고 있었을까? 애가 이렇게 크도록 말이야."

하지만 나는 그것이 별로 재미있을 것 같지 않았다. 난 멍청하고 바보 같은 말로 또다시 어머니를 실망시켰다.

"보세요, 라마의 노란 우산이 왔어요."

우리 산채에는 두 파의 승려들이 있다. 한 파는 산채의 법당에 있고, 다른 한 파는 강 건너편 사원에 머물고 있다. 사원에 있는 지거 활불이 내일 큰 행사가 있을 것이라는 소식을 듣고 급히 달려오는 중이었다. 승려들이 강을 건너기 위해 나무다리까지 왔을 때 갑자기 회오리바람이 불어 노란 우산을 쓰러뜨렸다. 그러자 우산을 들고 있는 어린 스님이 강물에 떨어졌다. 간신히 물 밖으로 나온 어린 스님이 흠뻑 젖은 모습으로 다리 위에 올라서자 어머니는 깔깔 웃었다. 어머니의 웃음소리가 얼마나 경망스럽던지. 그들 일행이 산채 앞의 긴 돌계단으로 올라올 때쯤 어머니는 느닷없이 산채 문을 닫으라고 명령했다.

요즘 사원과 우리 아버지 사이가 그리 좋지 않았다.

원인은 지거 활불에게 있었다. 내 할아버지가 돌아가시자 그는 머리를 쥐어짜더니 내 작은아버지가 마이치 부족의 투스가 될 거라고 말했었다. 하지만 나중에 내 아버지가 투스가 되었고, 따라서 사원은 당연히 썰렁해졌다. 아버지는 정상적인 질서에 의해 투스가 된 후 우리 산채에 법당을 확충한 다음 다른 곳에 있던 유명한 스님을 초빙했다. 물론 분수를 모르는 지거 활불의 사원이 아버지 눈 밖에 난 것은 말할 것도 없었다.

어머니는 하인 한 사람을 데리고 산채의 높은 곳에서 동쪽을 바라보고 있었다.

산채에 도착한 활불은 대문에 달려 있는 사자머리 위의 놋쇠 고리를 힘차게 두드렸다. 절름발이 집사가 하인에게 문을 열어주라고 하자 어머니가 막았다. 어머니는 내게 물었다.

"문을 열어줄까?"

"기다리라고 하세요. 우리에게서 은돈을 받고 싶으면 우리가 그렇게 서두르면 안 되지요."

집사, 시녀, 그리고 하인들이 다 웃었다. 유모만 웃지 않았다. 유모는 스님을 부처님과 동일하게 생각하는 사람이었기 때문이다.

"도련님, 참 똑똑하시네요."

촐마가 말하자 어머니는 아주 날카로운 눈으로 그녀를 쳐다봤다. 촐마는 입을 다물고 더 이상 찍소리 하지 않았다.

"아니 누가 활불에게 이렇게 무례하게 군담." 어머니가 화난 듯 입을 열었다.

어머니는 긴치마의 밑단을 살짝 들고 우아하게 내려가서 몸소 문을 열어주었다. 활불이 인사하자 어머니는 답례도 하지 않고 애교스러운 목소리로 말했다.

"활불의 노란 우산이 강물에 빠지는 것을 봤어요."

"아미타불, 제 덕행이 아직 많이 부족해서 그렇습니다."

강에서 바람이 일어났다. 바람은 높은 공중에서 휘파람 같은 소리를 냈다. 어머니는 활불을 산채로 들어오게 하지 않았다.

"바람이 부는군요. 활불께서도 내일 우리 손님을 마중하러 가시지요."

활불은 너무 감격한 나머지 말도 못하고 허리를 굽혀 인사했다. 하지만 엄격히 말하면 그의 이런 행동은 옳지 않았다. 보라색 가사를 입고 노란 띠만 두르면 그는 자기 자신이 아니라 수많은 신령과 부처들이 있는 이 땅의 대표가 되는 것이기 때문이다. 그런데 이 순간 지거 활불은 이 모든 것을 깨끗하게 잊어버렸다.

아침 일찍 망루에서 두 차례 대포 소리가 나는 걸 듣고 나는 일어나서 혼자 옷을 입었다. 유모가 급히 변기를 가져왔지만 나는 아무것도 누지 못했다. 어제 뱃속의 모든 것을 다 비워버렸기 때문이었다.

사원에서 북소리가 둥둥거리고 산채에는 음식 만드는 향기가 감돌고 있었다. 마당과 산채 앞 광장에는 땀에 젖은 말들이 가득 매어 있었다. 소족장들은 각자 부하와 말을 데리고 사방에서 달려왔다. 어머니와 내가 내려오자마자 거대한 무리가 한꺼번에 출발했다.

어머니는 붉은 말 사이에서 하얀 말을 타고 있었다. 손바닥만한 은 허리띠를 차고, 가슴에는 보석 장식을 주렁주렁 달았으며, 새로 땋은 머리는 반지르르했다. 어머니는 말을 타고 쫓아가는 나를 보며 상큼하게 웃었다.

나의 붉은 말은 다른 말보다 살이 피둥피둥하고 몸집이 큰 놈이었다. 어머니와 나란히 가고 있을 때 사람들은 두 마리의 준마를 향해 환호했다. 어머니는 바보 아들과 같이 가는 걸 싫어할 줄 알았는데 그렇지 않은 모양이었다. 아들과 같이 말을 타고 가면서 환호하는 군중을 향해 어머니는 빨간 술이 달린 채찍을 흔들었다. 그 순간 내 마음속에 어머니에 대한 무한한 사랑이 가득 찼다.

나는 고삐를 조이고 앞으로 달려갔다. 똑똑한 다른 아이들처럼 "사랑해요, 엄마."라고 말하고 싶었다.

그런데 그만 "콩새 좀 봐요, 엄마."라는 말을 내뱉고 말았다.

"멍청아, 저건 매야."

어머니는 허공에 왼손으로 매의 발톱 모양을 그려보였다.

"이렇게 하고 토끼와 양 새끼를 잡아먹는단 말이야."

"물고기도 잡아먹을 수 있어요?"

"독사도 잡아먹을 수 있지."

나는 어머니가 말한 독사가 배신한 소족장, 혹은 우리에게 대항하는 왕뼈 투스를 가리킨다는 것을 알고 있었다. 어머니는 말을 끝내고 말에 채찍질을 해 다른 곳에서 온 소족장들에게 둘러싸인 채 앞으로 나아갔다.

나는 말을 멈추고 길가에 섰다. 쌍지 촐마가 산뜻한 옷을 입고 하인들과 함께 가고 있는 것이 보였다. 오늘은 하인들도 단장을 했지만 그들의 옷과 얼굴은 언제나처럼 산뜻하지 못했다. 나는 촐마가 이런 사람들과 섞여 있는 것이 참 안쓰러웠다.

나를 쳐다보는 촐마의 눈빛에도 슬픔이 고여 있었다.

촐마는 내 앞으로 다가왔다. 나는 손에 든 고삐를 그녀에게 던졌다. 이처럼 멋진 말을 탄 소년, 머리에 문제가 있긴 하지만 태어날 때부터 고귀한 사람인 나는 모든 희망을 미래에 거는 하인과 백성들로부터 촐마를 분리시켰다.

어머니는 위풍당당한 자세로 수행원들과 함께 산모퉁이를 돌아서 사라졌다. 우리 앞에는 햇빛이 쨍쨍 비치는 들판이 펼쳐져 있으며 높은 곳에는 황금빛의 숲이, 낮은 곳으로는 반짝이는 강물이 흐르고 있었다. 그리고 우거진 겨울 밀밭이 하나하나의 마을을 둘러싸고 있었다.

이런 곳을 지나갈 때마다 대열이 계속해서 커져 내 뒤로 구불구불 이어졌다. 그들 누구도 감히 주인을 앞서갈 생각을 하지 않았다. 내가 머리를 돌려 뒤를 볼 때마다 튼실한 사나이들은 모자를 벗어 인사하고 예쁜 아가씨는 밝은 표정을 짓곤 했다. 아, 작은 땅의 왕, 투스가 되는 것은 얼마나 좋은가. 만일 아버지가 술에 만취해 나를 만들지 않았다면, 그래서 내가 정상적인 사람이라면 아마도 나는 지금 아버지를 죽일 생각을 했을 것이다.

"촐마, 멈춰 봐. 목이 말라."

내가 요구할 수 있는 것은 그러나 겨우 이 정도인 것이다. 촐마는 몸을 돌려 뒤쪽의 사람을 불렀다. 뒤따르던 남자 몇 명은 발뒤꿈치에 먼지가 일도록 빠르게 달려와서 내 앞에 무릎을 꿇고 여러 가지 술 주전자를 내밀었다. 촐마는 깔끔하지 못한 그들의 주전자를 물리쳤다. 거절당한 사람은 집안 식구가 죽기라도 한 듯 슬픈 표정을 지었다. 나는 작은 새 모양으로 만들어진 술 주전자로 갈증을 풀었다. 입을 닦으면서 나는 물었다.

"넌 누구냐?"

"은 세공장이 취짜입니다."

호리호리한 그 남자는 허리를 굽히고 대답했다.

"세공하는 솜씨가 좋은가?"

"저는 솜씨가 좋은 편이 아닙니다."

그 사람은 아주 여유 있게 대답했다. 사실 나는 그에게 뭔가 상을 내리려고 했는데 그 말을 듣고는 덤덤하게 말했다.

"됐어. 가봐."

"도련님, 그 사람에게 상을 주셔야 되는데요."

촐마가 의아한 눈으로 나를 보았다.

"그 자가 너를 바라보지 않았다면……."

나는 왕들이 얼마나 쉽게 마음에 상처를 받는지 알고 있다. 촐마가 나를 꼬집고 나서야 나는 기분이 좋아졌다. 나는 촐마를 바라보았다. 그녀도 대담하게 내 눈길을 받았다. 나는 그 눈의 심연에 빠지고 말았다. 나는 기분이 좋아서 노래를 하나 불렀다.

아, 그대 위를 처다보라
그곳에 무슨 좋은 경치가 있는가
거기엔 라마의 부도가 있다네.

아, 깊은 곳을 들여다보라.
그곳에 무슨 좋은 경치가 있는가
거기엔 총을 멘 미소년이 있구나.

아, 산 아래를 내려다보라
그곳에 무슨 좋은 경치가 있는가
거기엔 예쁜 처녀가 비단옷을 입고 서 있구나.

내가 고개를 들자 촐마는 노래를 부르기 시작했다. 그 노랫소리는 내 온 몸을 울리듯이 우아하고 부드러웠다. 하지만 나를 위한 노래가 아니라는 생각이 들었다. 노래 속의 소년은 내가 아니라 다른 사람인 모양이었다.

"다시 불러."

노래가 끝나자 나는 촐마에게 명령했다. 촐마는 내가 신이 나서 그러는 줄 알고 다시 불렀다. 나는 또 부르라고 했다. 그녀는 또 불렀다. 이번에는 노랫소리가 그다지 간드러지지 않았다. 나는 다시 세 번째로 명령했다.

"다시 불러라!"

그제야 그녀는 눈물을 흘렸다. 앞서 말했듯이 오늘 나는 왕이 되는 것이 얼마나 좋은지 알게 된 동시에 또한 왕은 얼마나 쉽게 슬픔을 느낄 수 있는지도 알게 되었다. 촐마의 눈물을 보고 나서야 내 마음의 통증이 점점 가라앉았다.

귀한 손님

그날 아침 우리는 산채에서 십 리 정도 떨어진 곳에 손님을 환영하는 장막을 쳤다. 남자들이 승마술과 창술을 보여줄 예정이었다.

우리 집에서 거주하는 라마들과 사원의 라마들은 각각 악기 연주와 신에게 바치는 춤神舞을 보여줄 예정이었다. 그들은 최선을 다해 경쟁할 것이 분명했다. 솔직히 말하자면 우리는 라마 사이의 이러한 경쟁을 좋아했다. 그렇지 않으면 그들의 지위가 너무 높은 곳에만 머무를 것이기 때문이다. 그들은 부처님께서 이렇게 저렇게 말씀하셨다고 한결같이 말할 것이고, 투스도 그들의 허튼 소리에 어쩔 수 없이 귀 기울여야 했을 것이다. 그러나 무슨 문제가 생기면 그들은 달려와 투스 가족의 흥성을 위해 기도하겠노라 말하곤 했다. 아울러 자기들의 기도는 누구의 것보다 더욱 영험하다고 주장했다.

양 한 마리가 막 통째로 가마솥에 안쳐졌고 방금 우려낸 차는 짙은 향기를 뿜었다. 기름 가마에서 여러 동물의 귀 모양을 한 튀김을 막 건져냈을 때 산등성이에서 두 줄기, 세 줄기의 푸른 연기 기둥이 하늘로 치솟아 오르는 것이 보였다. 귀빈이 도착했다는 신호였다.

우리는 즉시 장막 안팎에 양탄자를 깔았다. 양탄자 앞의 낮은 상위에는 방금 기름 가마에서 건져낸 여러 동물의 귀 모양 튀김 등이 놓였다. 갓 튀겨낸 귀들이 서로의 소리를 듣고 있는 것만 같았다.

호각 소리가 몇 번 울리자 누런 먼지를 일으키며 기마대가 뛰어나갔다. 뒤에는 목소리가 낭랑한 가수들이 죽 늘어서 있고 하다(^{역주} 티베트 사람들이 환영의 뜻으로 쓰는 흰색, 노란색, 남색의 비단 수건)를 들고 있는 백성들도 있었다. 그 중에는 음역이 아주 높은 가수도 있었고 백성들 뒤로는 나팔 비슷한 소라 등의 악기를 들고 있는 라마들이 있었다.

아버지는 귀한 손님을 모시고 길에서 차례대로 사람들의 환영을 받았다. 기마대는 하늘을 향해 일제히 예총을 발사하며 성깔을 드러냈다. 백성들은 노래를 불렀다.

그리고 소라를 손에 든 스님들도 노래를 불렀다. 노랫소리가 들려왔을 때 손님들이 우리 앞으로 다가왔다.

마이치 투스는 고삐를 당겨 말을 멈춰 세웠다. 모든 사람이 투스의 득의양양한 표정을 볼 수 있었다. 하지만 투스와 나란히 서 있는 귀한 손님은 우리가 생각했던 것만큼 그렇게 위엄 있어 보이지 않았다. 삐쩍 마른 그 손님은 모자를 벗어 사람들에게 춤추듯 흔들었다. 와! 와! 하는 소리와 함께 엄청난 무리가 누렇게 마른 초원에 꿇어 엎드렸다. 노예들은 양탄자를 말 앞에 깔았고, 어린 노예 둘은 사지를 굽혀 사다리를 만들었다. 그 가운데 하나가 바로 내 친구인 쑤오랑쩌랑이었다.

그 삐쩍 마른 한족 사람은 모자를 쓰고 검은 안경을 가다듬더니 다리를 들어 쑤오랑쩌랑의 등을 밟고 말에서 내렸다. 그가 손을 흔들자 복장 단정한 수십 명이나 되는 병사들은 탁탁 소리를 내며 그의 앞으로 왔다. 그들은 아버지와 어머니를 향해 정연하게 군대식으로 경례를 했다. 황추민이라는 이름의 특파원은 어머니에게 비단, 옥, 황금을 선물로 주었다. 어머니도 술 한 사발과 노란색 하다 한 장을 바쳤다. 아가씨들이 술과 하다를 한족 병사에게 바칠 때 라마들의 악대가 붕붕, 와와 시끄러운 음악을 울리기 시작했다.

특파원은 장막으로 들어가서 앉았다. 아버지는 통역관에게 지금 춤을 공연해도 되겠느냐고 물었다.

"좀 기다리십시오. 특파원님께서 아직 시를 다 짓지 않으셨어요."

이 한족 귀빈은 알고 보니 시인이구나. 처음에 나는 그가 눈을 감는 것을 보고 아가씨의 미색에 도취되어서 그러는 줄 알았다.

특파원은 눈을 감고 한참 있더니 어느 순간 눈을 뜨고는 시를 다 지었다고 했다. 곧이어 공연이 시작되었다. 그는 아가씨들의 노래와 춤은 흥미진진하게 보았지만, 라마들의 신에게 바치는 장황한 춤을 보고는 하품을 깨물고 병사들의 부축을 받으며 담배를 피우러 나갔다. 충격받은 라마승들은 흥이 깨지면서 춤사위가 느려졌다. 어렵사리 이번 기회를 얻은 민쭈닝사敏珠寺의 활불은 속이 탔다. 그가 손을 흔들자 부처 상이 그려진 탕카 한 폭이 무대로 들어왔다. "우와!" 하는 소리와 함께 사람들은 즉시 땅에 엎드렸고 춤추는 승려들의 걸음이 다시 빨라졌다.

"활불이 사력을 다해서 하는군."

아버지가 어머니에게 말했다.

"그러게 말이에요. 이럴 거면 애당초 그렇게 하지 말았어야죠."

아버지는 껄껄 웃었다.

"안타깝게도 그런 이치를 아는 사람이 너무 드물어."

"그 이치를 알게 되었을 때는 이미 너무 늦고요."

활불이 수정 안경을 낀 채 어색한 표정으로 다가왔다. 아버지는 퉁퉁하게 살찐 그의 손을 잡고 말했다.

"우리는 곧 왕뼈 투스와 결판을 낼 것입니다. 활불님, 우리가 가는 곳마다 당할 자가 없도록 잘 기도해주십시오."

오랫동안 냉대를 당했던 활불의 얼굴에 불그레하게 화색이 돌면서 이내 생기가 피어올랐다.

"내일 시주를 보내드리겠습니다."

아버지는 얼른 한마디 덧붙였다. 활불은 합장하며 나갔다.

장막 안의 특파원 옆자리는 병사들 대신 이미 우리 아가씨들로 교체됐다. 특파원의 눈은 야행성 동물처럼 광채를 발했다. 그날의 마지막 행사는 사진을 찍는 것이었다.

우리 가족이 특파원을 가운데에 두고 좌우로 앉았을 때야 나는 비로소 형이 아직 돌아오지 않았음을 깨달았다. 형은 제일 뒤에 남아 보병총, 기관총, 총탄 등 무기를 이송하고 있었다.

사진을 찍은 사람은 통스通司, 즉 통역관이었다. 우리는 한 언어를 다른 언어로 바꿀 수 있는 이런 사람을 통스라고 불렀다. 아버지는 나를 안았고 특파원은 가운데, 어머니는 아버지의 반대편에 앉았다. 그것은 우리 마이치 투스 역사상 최초의 사진이었다.

지금 생각해보니 그 사진기술은 정말 절묘하게 시간을 맞춰 우리 땅에 들어왔다. 마치 우리의 종말을 상징하는 그림을 남기기 위해 온 것 같았다. 물론 당시에 지금 우리는 이 모든 것을 우리가 더욱 번성할 수 있는 징조라고 간주했다.

사진은 생각처럼 멋지게 나오지 않았다. 아버지와 어머니가 실제로는 생기 가득한 모습이었지만 사진 속에서는 잔뜩 기가 죽은 모습을 하고 있었다. 사실 우리 아버지는 패기만만한 사람으로 모험심에 가득 차 인근에서는 누구도 당할 수 없이 용맹한 사람이었다. 일단 한번 누군가에게 공격을 해야겠다고 결정하면 어느 만큼은 반드시 뜻한 대로 결과를 이끌어내고야 마는 인물이었던 것이다.

며칠 후 형은 새로 구입한 무기를 가지고 돌아왔다.

산채 옆에는 아무리 말을 달려도 끝이 없을 정도로 넓은 땅이 있었다. 특파원이 온 후 그 곳은 우리의 훈련장이 되었고 매일같이 누런 먼지가 일었다. 특파원이 데리고 온 엄격한 교관들이 교육을 담당했다. 그 사람들이 힘차게 호령을 하면 우리 부족 사람들은 구호를 외치면서 뻣뻣하게 앞을 향해 걸었다. 당연히 사람들에게는 명확한 목표도 없었다. 단순히 구호를 외치면서 황토를 차고 땅 끝까지 갔다가 다시 황토를 차면서 돌아왔다. 이런 훈련은 우리가 알고 있는 전투 훈련과는 완전히 달랐다.

아버지는 이게 뭐 하는 거냐, 이렇게 훈련시키면 정말 왕뼈 투스를 이길 수 있느냐고 묻고 싶어졌다. 그런데 특파원은 아버지가 채 입을 떼기도 전에 먼저 입을 열었다.

"축하합니다, 마이치 투스. 당신은 현대식 군대를 가진 유일한 투스가 됐습니다. 이제 당신을 이길 사람은 없을 겁니다."

아버지는 이 말을 이해하지 못하고 어머니에게 물었다.

"군대를 이렇게 훈련시키는 것 본 적 있소?"

"글쎄요. 못 봤는데요."

어머니의 말에 특파원은 소리 내어 웃었다.

우리에게 맞섰던 소족장을 어찌할 것인지 가르쳐주는 사람 없이 속수무책으로 시간을 보내고 있었다. 한참이 지나도록 그들은 우리에게 총 쏘는 것을 가르쳐주지 않았다. 날씨가 따뜻해졌는데도 우리는 하늘을 찌를 듯한 소리를 질러대며 걷기만 했다. 싸우는 것을 배우는데 왜 걸음 맞추어 가는 것부터 배워야 하고, 공기가 촉촉해진 3월, 왜 봄날의 하늘을 먼지 가득하게 만들어야 하는지 누구도 알지 못했다. 나의 이복형도 빈총을 메고 땀을 뻘뻘 흘리면서 대오의 가운데서 걷고 있었다. 마침내 참다 못한 형은 아버지에게 물었다.

"총 쏘는 법을 가르쳐줄 때가 되지 않았나요?"

아버지는 특파원을 찾아갔다. 그 결과 사람들은 총알 세 발씩을 받았다. 그러나 총알만 줬지 사격은 여전히 가르쳐주지 않았다. 단지 총을 든 채 돌격하는 훈련을 시킬 뿐이었다. 며칠이 지나 형은 다시 아버지한테 물었다. 아버지는 특파원에게 씨 뿌릴 때가 다가오는데 그 마을은 여전히 왕뼈 투스의 손에 있다고 말했다.

특파원은 "서두를 필요 없소."라고만 할 뿐이었다.

아버지는 자기가 만만찮은 신을 불러왔다는 것을 깨달았다. 불길한 예감이 들자 라마승을 불러 점괘를 빼보라고 했다. 라마승은 이렇게 말했다. 잃은 마을을 다시 빼앗아올 수 있고 한두 마을을 더 얻을 수도 있지만 대가를 치러야 된다는 점괘가 나왔노라고.

사람이 죽느냐고 물으니 그렇지는 않다고 했다.

은돈이 필요하냐고 물었더니 그렇지도 않다고 했다.

그럼 도대체 뭐냐고 물었더니 분명하지 않다고 하는 것이었다.

아버지는 집안에 있는 라마의 점괘 가지고는 안 되겠다는 생각에 건너편 사원에 있는 활불을 불러왔다. 그런데 결과는 마찬가지였다. 활불은 화염처럼 생긴 꽃을 봤다고 했는데 그 꽃이 무엇을 바라는지는 알 길이 없다고 했다.

아버지는 하인을 시켜 젊은 처녀 둘과 은돈 한 상자를 특파원에게 보냈다. 그리고 어머니에게 말했다.

"당신도 가보구려. 나는 도대체 한족 사람의 마음은 알 수가 없어. 당신이 가서 잘 처리해봐요."

어머니는 마이치 투스의 이런 면을 좋아했다. 투스 부인으로서 사람과 상대할 권리를 갖게 되기 때문이었다. 투스 부인이 되기 전에는 특파원처럼 힘 있는 사람과 나란히 앉을 수 있다는 것은 감히 상상도 못했었다. 다음날, 특파원이 어머니에게 말했다.

"은돈은 그냥 가져가십시오. 우리 정부가 오랑캐를 도와주는 것은 은돈 때문이 아니라 중화민국의 질서를 위해서입니다. 아가씨 두 명은… 음… 그건 괜찮아요. 사실은 그것도 안 되는데, 여기는 중국의 문화가 미치지 않는 곳이기 때문에 풍속이나 투스의 입장을 고려해서 할 수 없이 체면을 살려주는 겁니다." 특파원이 다시 물었다. "부인은 중국사람이라고 하던데요? 나중에 무슨 일이 생기면 서로 돕고 의지하지요. 어느 날 오랑캐 땅에 당신의 봉지封地가 생길지도 모르니까요."

"봉지 얘기는 하지 마세요. 당신들 군대가 우리 아버지의 가게를 박살내지 않았더라면 제가 여기 이 땅으로 몰려나지는 않았을 테니까요."

황 특파원이 다시 입을 열었다. "그것도 어떻게 하지요. 우리가 보상할 수 있을 겁니다."

"사람의 목숨을 보상할 수 있을까요? 우리 부모님의 목숨을 말이에요."

특파원은 공모자를 찾는 데 실패할 줄은 몰랐다 그렇게 되자 얼른 말을 덧붙였다. "부인은 정말로 여장부시군요. 감탄했습니다, 감탄했어요."

어머니는 이번 일에서 분명한 빛을 봤다고 생각했다. 그래서 황 특파원이 은돈만 돌려보냈다고 아버지에게 얘기했다. 아버지는 이런 상황에 어떻게 대처할지 몰라 이를 악물었다.

"언젠가는 내가 그 놈을 죽이고 말겠어."

얼마 지나지 않아 특파원이 아버지를 찾아왔다.

"일단 왕뼈 투스를 불러서 함께 의논을 하는 게 나을 것 같소"

아버지는 특파원을 쳐다봤다. 그의 누런 얼굴은 아주 진지한 표정을 짓고 있었다. 아버지는 집사에게 사신을 보내라고 명령했다.

사신은 금방 돌아왔다. 왕뼈 투스는 마이치 투스에게 와 있는 한족 특파원이 어떤 인물인 줄 모르고 있었다. 그가 '빌어먹을 개새끼 한족 관리'에게 보낸 것은 답장이 아니라 예쁜 장화였다. 어느 모로 보나 '꺼져버려라'는 뜻이었다. 어머니는 무슨 뜻인지 모르는 특파원에게 그 의미를 해석해 주었다. 우리의 존귀한 손님은 격노하고 말았다.

훈련장에서는 긴장된 총소리가 한 발 또 한 발 이어졌다. 이젠 누구나 우리가 곧 전쟁을 벌일 것이라는 사실을 알고 있었다.

사흘 뒤, 완전 무장한 한족 병사와 우리 병사가 변경에 도착했다. 전쟁이 시작되자마자 연발총은 상대방이 고개를 못 들 정도로 타격을 주었다. 적들은 와! 와! 소리만 질렀지 손에 들고 있는 총에서는 총알이 나오지 않았다. 마이치 투스를 배반한 마을은 겨우 밥 한 끼 먹을 정도의 시간에 굴복하고 말았다. 소족장은 다른 집 식구들에게 죄를 뒤집어씌우고는 혼자서 도망쳤다. 그 가족은 모두 한 줄로 묶인 채 집 앞의 호두나무 아래에서 무릎을 꿇고 있었다.

해가 떠오르기 시작하자 풀 위에 맺혔던 이슬도 스러졌다. 그들은 병사들의 칼과 총이 자신들에게 다가오지 않는 것을 보고 투스가 자신들을 죽이지는 않으리라는 생각에 안도의 숨을 내쉬었고 하얗게 질렸던 얼굴에 혈색이 돌아오고 있었다. 그러나 그들은 한 가지 사실을 모르고 있었다. 마이치 투스는 다른 투스와 달리 포로를 죽이는 일을 병사에게 맡기지 않았다.

이 땅에서는 세 종류의 가족이 세습되었다. 첫 번째는 투스고, 두 번째는 망나니인 얼이 집안, 그리고 세 번째는 사관이었다. 그러나 안타깝게도 제3대째 사관은 "사실대로 써야 된다"는 주장을 굽히지 않아 제4대 투스 때부터 사관을 없애버렸다. 그래서 지금 우리는 마이치 투스와 망나니 가계가 몇 대까지나 내려왔는지 알 길이 없게 되었다.

망나니가 왔다. 그는 긴 팔과 휘청거릴 정도로 기다란 다리, 거기에 목까지 긴 모습이 전문적으로 사람의 생명을 뺏는 직업과 절묘하게 어울렸다. 사형을 집행하기 전 아버지는 얼마 안 있으면 죽을 사람들에게 말했다.

"너희 소족장이 너희를 대신 넘겨줬으니 나도 사양하지 않겠다. 그 배신자가 도망을 안 쳤으면 너희들도 목숨을 잃지는 않을 텐데……."

이 말을 들은 사람들의 얼굴 표정에서 희망이 와르르 무너졌다. 자신들이 적국의 포로가 아니고 자기 주인을 배반한 사람들이란 생각에 몸서리치는 것 같았다. 그들은 땅에 팔다리를 내던진 채 엎드려 살려달라고 애걸했다. 아버지가 기다리는 결과가 바로 이런 것이었다. 처형당할 사람들이 무릎을 꿇자마자 투스는 손을 흔들었고 망나니의 손에 들린 칼이 번쩍 빛을 발하자 머리 몇 개가 땅으로 데굴데굴 굴렀다. 머리가 없어진 신체는 깜짝 놀란 듯 한동안 뻣뻣하게 버티다가 빙그르르 돌면서 땅으로 고꾸라졌다.

나는 고개를 쳐들고 하늘로 올라가는 영혼이 어디 있는지 살폈지만 보이지 않았다. 사람마다 다 영혼이 있다고 하는데 어째서 내 눈에는 보이지 않는지 이상했다.

어머니에게 물었더니 사납게 나를 흘겨본 후 자기의 남편 곁으로 가버렸다.

그것은 전쟁의 첫째 날에 벌어진 일이었다.

둘째 날, 전쟁의 폐해는 왕뼈 투스의 땅을 태워버리고 말았다.

황 특파원과 아버지, 그리고 어머니는 몇 사람을 데리고 위험하지 않은 곳에서 싸움구경을 했다. 나도 그들 가운데 끼여 있었다. 지휘관은 내 형과 특파원 밑의 소대장이었다. 우리 편 병사들은 벌써 골짜기를 지나 변경으로 삼는 시내를 건넌 뒤 관목 숲으로 들어갔다. 우리는 아무것도 보이지 않는 전투를 구경하고 있는 것이었다. 더할 수 없이 맑은 하늘에 짱짱한 총소리만 맴돌아 퍼졌다.

왕뼈의 병사들은 땅을 지키기 위해 더 이상 물러설 곳이 없기 때문에 어제보다 훨씬 용감해졌다. 하지만 우리 병사들은 강력한 화력을 지니고 있었기 때문에 보무도 당당하게 앞으로 나아갔다. 얼마 지나지 않아 산채 하나가 타오르면서 불꽃이 하늘로 솟아올랐다. 어떤 사람은 새처럼 불 위로 날아올랐다가 허공에서 총알을 맞고 땅으로 떨어졌다.

다시 또 다른 산채 하나가 거대한 불덩이로 변했다.

황 특파원은 망원경 한 대를 가지고 있었다. 세 번째 건물에 연기가 오르자 황 특파원은 누런 이빨이 다 보이도록 입을 크게 벌리며 하품을 했다. 깔끔하게 생긴 한 어린 병사의 부축을 받으며 그는 나무 그늘로 걸어가 담배를 피웠다. 아버지는 망원경을 눈에 댔지만 어떻게 조절해야 하는지 몰라 아무것도 볼 수 없었다. 내가 그것을 건네받아 만지작거리자 갑자기 맞은편 산비탈의 광경이 한눈에 보였다. 나는 우리 병사들이 허리를 굽힌 채 흙더미, 바위, 관목 숲으로 마구 뛰는 것을 보았다. 그들이 들고 있는 총에서는 종종 푸른 연기가 솟았다.

넓은 빈터에서 한 사람이 넘어졌다.

하나, 또 하나. 그들은 넘어질 때 모두 손을 흔들고 입을 벌려 땅의 흙을 먹었다. 두 사람은 몸을 돌려 산 밑으로 기어 내려갔다. 이때 또 다른 녀석이 넘어졌다. 그의 손에 들려 있던 총이 아주 멀리로 날아! 갔다! 나는 참다못해 소리를 질렀다.

"총을 주워. 이 바보야, 총을 주우라니까"

그러나 그는 거기 누워 꼼짝도 않았고 내 명령을 듣지도 않았다. 나는 그가 오로지 내 형의 명령만 듣는 모양이라고 생각했다. 그래, 내 형이 장차 투스가 될 것이니 병사들은 내 사람이 아니고 형의 사람이다. 생각이 여기에 미치자 슬퍼졌다.

형은 대오의 맨 앞에서 아주 용감하게 돌진하고 있었다. 총을 들고 몸을 숙인 채 뛰는데 은색의 총구가 햇빛에 반짝거렸다. 형이 총을 쏠 때마다 한 사람씩 새가 나무에서 팔을 펼치고 내려앉듯 대지를 향해 날아 내렸다. 나는 흥분해서 소리쳤다.

"죽였다, 죽였어!" 형이 아니라 마치 내가 총을 쏜 것 같은 생각이 들었기 때문이다.

아버지는 또 다른 아들 때문에 마음이 심란했다. 내가 망원경을 들고 소리치는 것을 보더니 못 참겠다는 듯 손을 흔들며 하인에게 말했다.

"집으로 들여보내라. 나도 아무것도 못 봤는데 이 바보가 뭘 봤겠느냐?"

나는 아버지에게 볼 수 있다고, 오늘뿐만 아니라 내일의 일까지도 다 볼 수 있다고 말하고 싶었다. 그건 느닷없이 내 입가를 맴돌던 말이었다. 하지만 내일의 어떤 일을 봤는지 나도 잘 모르기 때문에 입을 다물었다. 그때 우리 병사가 앞의 목표를 점령했고 산을 넘어 다음 골짜기로 공격해나갔다.

밤이 되자 양측은 휴전했다. 왕뼈 투스는 사신을 보내 어떤 사람의 귀를 마이치 투스에게 전했다. 그 귀에는 큼지막한 은 귀고리가 달려 있었다. 귀를 덮고 있던 하얀 천을 천천히 벗겨내자 귀는 쟁반에서 펄쩍 한 번 뛰었다. 귀고리는 놋쇠 쟁반에 부딪혀 맑은 소리를 냈다.

"배신자가 아직 안 죽었다."

"날 죽이시오."

왕뼈 투스의 사신이 흥분한 아버지 앞에 무릎을 꿇었다.

"사신을 죽여? 그것은 내 명예를 더럽히는 짓이다."

"당신은 이미 평판이 좋지 않습니다. 한족 사람을 불러온 것은 이미 규칙을 위반한 것인데 또 무슨 명예를 얻으려고 합니까? 집안사람끼리 싸우는데 외부인의 도움을 청한 것에 비하면 사신 하나쯤 죽이는 것이야 무슨 부끄러움이 있겠습니까?"

우리 땅에서 결혼은 상대방이 어떤 뼈를 가지고 있는가가 제일 중요한 고려사항이다. 투스들은 여러 차례 통혼했기 때문에 복잡한 촌수를 갖게 된다. 말하자면 다 친척 사이인 셈이다. 마이치 가문과 왕뼈 투스 가문도 예외가 아니다. 두 집안은 사촌 관계이다. 지금은 싸우고 있지만 다음 번에는 다시 혼맥이 이어질지도 모를 일이다.

"나는 당신의 목숨을 원하지 않아. 당신들이 귀 하나로 나를 속이려 했으니 나도 당신의 귀 하나만을 갖겠어. 하인이 투스에게 어떻게 말하는 건지를 가르쳐주는 거지."

아버지의 말이 끝나자 허리춤에 있던 칼이 불빛에 번득하더니 귀 하나가 바닥에 떨어져 굴렀다.

황 특파원이 어둠 속에서 나와 귀 하나가 없어진 사신에게 말했다.

"나는 바로 당신의 투스가 보낸 장화를 받은 사람이다. 겨우 장화 한 켤레로 어떻게 나를 움직이려 하는가? 이 말을 그대로 전해라. 마이치 투스는 정부를 지지하는 좋은 사람이다. 보고 배우라고 해. 오늘밤 안으로 배반자의 머리를 보내라. 그렇지 않으면 내일 더 험한 일이 일어날 거다."

사신은 아주 침착하게 자기의 귀를 주워서 먼지를 털고 나더니 허리를 굽혀 인사하고 물러갔다.

과연, 배신한 소족장의 머리가 베어져왔다. 왕뼈 투스는 아울러 배상의 뜻으로 원래 반란을 일으켰던 마을의 두 배에 달하는 땅을 바쳤다.

승리의 환호성이 밤하늘 아래 울렸다. 모두들 불을 피웠고 술 단지도 하나하나 열렸다. 사람들은 불더미와 술독을 둘러싸고 춤을 추기 시작했다. 하지만 나는 하늘에 떠 있는 새벽달을 바라보며 산채에 남아 있을 촐마를 생각했다. 그 몸에서 나는 냄새, 손, 그리고 젖가슴을 생각했다.

나의 형, 이번 전투의 영웅이 팔을 벌려 달빛 아래 벌어진 춤꾼들 사이에 끼어들었다. 춤의 박자가 갈수록 빨라지고 동그라미는 갈수록 작아지면서 모두의 기분이 꼭대기까지 들떠 올랐다. 형의 손에 잡힌 아가씨가 새된 소리를 지르고 있었다. 존귀한 영웅과 같이 춤을 추는 것이 얼마나 큰 영광이고 기쁨인지 모두에게 보여주려는 과장된 행동이었다. 사람들은 형에게 환호했다. 그의 얼굴은 평소보다 더욱 생생하고 활기차며 모닥불에 비쳐 광채를 냈다.

그러나 무대 뒤의 집에서는 전사한 두 사람의 친척들이 시체 옆에 앉아 통곡하고 있었다. 상대편의 더욱 많은 시체들은 아직 야외에 있었다. 늑대 떼가 몰려나왔는지 아우—아우— 긴 울음소리가 산골짜기를 휘몰아쳤다.

가장 문제가 된 것은 이번 승리를 아버지가 그리 기뻐하지 않았다는 사실이다. 새로운 영웅의 탄생은 원래의 영웅은 늙어간다는 것을 의미하기 때문이었다. 새로 태어난 영웅이 자기의 아들이라고 해도 마음속의 처량한 느낌이 전부 없어지는 것은 아니었다. 새로운 영웅이 늙은 영웅을 핍박하지 않는 것만도 다행이었다.

형은 쾌락에 빠져 있었다. 이것도 형이 아버지와 비교해 자신의 행복을 추구하는 방식이었다. 형의 장점은 자신과 백성들을 애써 구별하지 않는데 있었다. 그는 어떤 남자와 술을 마시면서 다른 여자와 시시덕거리고 있었다. 마지막에 형은 그 아가씨를 데리고 숲으로 들어갔다. 숲에서 나온 형은 다시 나타나서 엄숙한 얼굴로 전사자를 위한 의식을 치르러 갔다. 나는 졸음이 쏟아졌다.

전사자를 화장할 때까지도 아버지는 술에서 깨지 않았다.

나는 말 등에서 사람들이 구슬픈 노래를 부르며 몸을 흔드는 것을 보고 들었다. 긴 대열은 초봄, 먼지가 이는 큰길을 행군하고 있었다. 형은 나에게 칼 한 자루를 주었다. 그의 전리품으로 적의 손에서 빼앗아온 것이었다.

"이걸 받고 앞으로 네가 용감해지기 바란다."

나는 사람을 죽인 그의 손을 만져보았다. 사람을 죽인 것 같지 않게 따뜻했다.

"형, 정말 사람들을 죽였어?"

형은 나를 힘껏 잡았고 나는 아파서 눈썹을 찡그렸다. 이제 나는 그가 진짜 사람을 죽였다는 것을 믿게 되었다.

2

마음속에 핀 꽃

군대가 개선해 산채로 돌아오자 마이치 가문은 사흘 동안 잔치를 치렀다.

잔치가 끝나자 산채 앞 광장은 갓 잡은 소뼈와 양뼈로 가득 찼다. 노예들은 뼈를 산더미처럼 쌓았다. 아버지가 그것들을 태워버리라고 했고 집사는 이런 지독한 냄새 때문에 굶주린 늑대 떼가 내려오겠다고 너스레를 떨었다. 아버지는 하하 웃었다.

"마이치 가족은 이제 옛날과는 다르다. 이렇게 좋은 총도 많은데 늑대 떼가 오면 사격연습이나 하지 뭐."

그리고는 황 특파원을 바라보았다.

"당신도 며칠 있다 직접 늑대를 한번 쏴보시지요."

특파원은 코를 찡그리며 대답하지 않았다. 그 이전에도 누구 하나 황 특파원이 사냥 간다는 말을 들은 적이 없었다.

뼈가 타는 지독한 냄새만 초봄의 대지에 자욱했다.

저녁이 되자 굶주린 늑대들이 산에서 내려왔다. 산 밑에서 자신들을 기다리는 것은 불구덩이에 던져진 마른 뼈밖에 없다는 것을 그 놈들은 몰랐다. 뼛속의 기름은 불꽃이 되었고 사람이 갉아먹다 남긴 고기도 불 속에서 재가 되어버렸다. 늑대들은 하늘을 향해 분하다는 듯 으르렁 소리를 높게 울렸다.

뼈 무더기는 광장의 오른쪽에서 타고 있었다. 광장의 왼쪽, 사형을 집행하는 기둥에는 양 두 마리가 묶인 채 늑대 떼를 보며 울부짖고 있었다. 곧 총소리가 울리고 늑대는 묶여 있던 양 앞에서 차례대로 쓰러졌다.

이렇게 사흘이 지나자 늑대는 더 이상 산에서 내려오지 않았고 뼈가 타는 냄새도 점점 엷어졌다. 황 특파원은 떠날 때가 다 되었는데도 자신의 거취에 대해 시치미를 떼고 있었다.

"얼마 안 있으면 씨를 뿌려야 할 텐데 그렇게 되면 바빠서 당신을 돌봐 드릴 수 없을 겁니다." 아버지가 말했다.

"여기는 정말 좋은 곳이군요."

특파원은 그런 건 아무렇지도 않다는 듯 먼 산을 바라보았다.

그 후 황 특파원은 포상을 요구하는 라마승들이 귀찮다며 문을 닫고 나오지 않았다. 그의 부하들은 그가 있는 방을 철저히 경비했다.

아버지는 어떻게 해야 할지 몰랐다. 형에게 물어보려 했지만 형이 어디에 있는지 아는 사람이 없었다. 혹시라도 내가 쓸 만한 의견을 낼 수 있을지도 모르지만 아버지는 나에게는 묻지 않았다. 일이 이렇게 되자 아버지는 화가 나서 어머니에게 분풀이를 했다.

"당신도 한족이니까 중국사람 머릿속에 뭐가 들어 있는지 알겠지? 그 사람이 지금 대체 무슨 생각을 하고 있는 것 같소?"

"내가 당신에게 뭘 어떻게 해준단 말인가요?"

어머니는 담담하게 대답했다. 아버지는 그제야 자신의 말이 좀 지나쳤다고 생각했는지 머리를 긁었다.

"그 사람은 왜 안 가는 거야? 도대체 우리한테 원하는게 뭐야?"

"당신은 그가 좋은 일만 하러온 줄 알았어요? 신을 불러오는 것은 쉽지만 보내는 것은 어려운 법이에요."

아버지와 어머니는 특파원을 보내는 방법을 연구한 뒤 계획대로 하기로 했다. 그날 아버지는 하인들에게 팔천 개의 은돈이 들어 있는 큰 상자를 들게 하고 특파원이 머무는 곳으로 갔다. 경비하는 병사가 경례를 하더니 곧이어 총으로 입구를 막았다. 아버지가 그 병사의 뺨을 후려치려 했을 때 퉁스가 웃으면서 계단을 내려왔다. 그는 은돈만 받고 투스를 방안으로 들이지는 않았다.

"조금 기다리십시오. 특파원님께서 시를 읊고 계시거든요."

"기다리라고? 자기 집에 온 손님을 만나려는데 기다려야 된단 말인가?"

"그럼 돌아가시던가요. 황 특파원님께서 틈이 나시면 제가 바로 모시고 가겠습니다."

아버지는 자기 방으로 돌아와 술잔을 세 개나 깨뜨리고 시녀 몸에다 차를 끼얹었다. 투스는 발을 동동 구르며 소리소리 질렀다.

"봐라, 그 놈을 반드시 혼내줄 테니!"

마이치 투스의 산채에서 이런 일은 한 번도 없었다. 누구든 투스를 만나기 위해 기다리지 투스가 다른 사람을 기다린 적은 단 한 번도 없었다. 지금 이 놈은 좋은 방에서 먹고 자면서 이렇게 싸가지없이 구는 것이다! 아버지는 물론이고 나도 화가 나서 참을 수가 없었다. 나는 용감하게도 아버지 앞에 섰다. 그러나 나는 아들도 아니라는 듯 아버지는 아들을 찾아오라고 소리소리 질렀다.

하인 하나가 뛰어나갔다가 금방 돌아오더니 지금 광장에서 열리는 신성한 연극에 큰 도련님도 출연한다고 아뢰었다. 아버지는 목소리를 높였다. 연극은 스님들이 하고 자신의 아들은 돌아와 투스가 되어야 한다는 것을 전달하라고 외쳤다. 이 말은 한 층 한 층 밑으로 전해져 내리고, 다시 산채 안에서 산채 밖으로 전해졌다.

연극은 요괴와 신이 한참 싸우는 장면을 공연하고 있었다. 출연자마다 분장을 하고 티베트 연극의 필수품인 가면을 쓰고 있기 때문에 누가 형인지 구분해낼 도리가 없었다. 이 말은 종전의 반대 순서로 다시 아버지에게 전해졌다.

"연극을 중단하라고 해라!"

"안 됩니다. 중단하면 안 됩니다. 그것은 신의 뜻을 어기는 일입니다."

투스의 뜻을 어긴 적이 없었던 라마가 이번에는 즉시 반발했다.

"신이라고?"

"연극은 역사이자 시이고, 신이 창조한 것입니다. 멈출 수 없습니다."

그렇다. 우리는 연극, 역사, 시 같은 것이 승려 계급의 특별한 권리라는 말을 항상 들어왔다. 이것은 승려들이야말로 하늘의 뜻을 충실하게 받드는 계급이라는 느낌을 준다. 아버지도 이 말 앞에서는 어쩔 수 없었다.

"제기랄, 연극만 잘한다고 국가가 다스려지나?" 아버지는 고함으로 마무리했다.

여기서 주의할 점이 있다. 방금 말한 국가라는 단어 말이다. 아버지 입에서 나온 국가라는 것이 사실은 완전한 독립국가가 못 된다는 것을 드러낸다. 말이란 것이 이렇다. 투스란 외래어이다. 우리가 아버지를 칭하는 투스와 대치되는 단어로 "짜얼뻬"라는 게 있는데 이것은 고대 국왕의 명칭이었다. 그렇기 때문에 투스인 아버지는 이곳 영지에 해당되는 것을 "국가"라고 대충 얼버무려 표현한 것이었다.

이 순간 나는 아버지가 가여웠다. 그래서 너무 화내지 말라는 뜻으로 소매를 잡자 그는 나를 뿌리치며 욕했다.

"너는 왜 연극을 하지 않니? 설마 네가 국가를 다스리는 것을 배울 수 있다고 생각하는 건 아니겠지?"

"내 아들도 뭔가 할 수 있을지 몰라요."

어머니는 쌀쌀맞게 말하고는 나를 데리고 황 특파원을 만나러 갔다. 아버지는 뒤에서 우리가 자기보다 특파원 방문을 순조롭게 이룰 수는 없을 거라고 소리쳤다. 얼마 안 되어 돌아온 우리는 황 특파원이 아버지를 만나

젰다고 했던 말을 보고했다. 아버지는 놀랐고, 나는 그 순간 어머니의 눈에서는 매서운 빛이 뿜어져 나오는 것을 봤다.

아버지는 소매를 펄럭이며 황 특파원을 만나러 갔다. 입구에 선 병사 두 명이 경례를 했고 아버지는 '흥' 이 한 마디로 인사를 받았다. 방에는 황 추민 특파원이 단정하게 꿇어앉아 눈을 게슴츠레 뜨고 보이지 않는 무엇엔가 도취된 표정을 하고 있었다.

아버지가 입을 열기도 전에 하인이 손가락을 입가에 대며 "쉬―" 했다.

투스인 아버지는 두 손을 모은 채 서 있다가 자기의 이런 자세가 너무 공손하다는 느낌이 들자 기세등등하게 양탄자에 털썩 엉덩이를 내려앉혔다.

황 특파원 앞에 흰 종이가 한 장 놓여 있었다. 아버지는 그 종이가 특파원의 콧김에 떨리는 것 같아 보였다. 황 특파원이 드디어 눈을 뜨더니 신이 오른 듯 붓을 들고 종이에 냅다 뭔가를 휘갈겼다. 땀이 이마의 머리카락을 적셨다. 그는 곧 붓을 던지고 "후―" 숨을 길게 쉬었다. 그리고는 힘이 빠지는지 표범가죽 방석에 주저앉았다. 한참이 지난 후 특파원은 힘없이 웃으며 아버지에게 말했다.

"나는 은돈은 없으니 글씨나 한 폭 드리지요."

그는 먹물이 아직 마르지 않는 종이를 양탄자 위에 펼치고 낭랑한 목소리로 읊어내렸다.

춘풍이 높은 깃발을 휘날릴 때

장막에 앉아 적의 군영을 향해 화살을 날리니
구름 속 마이치 투스는 모습을 드러내어
눈 내리는 변경으로 왕뼈 투스를 몰아냈네

아버지는 자신이 워낙 시를 모르는 데다가 한족의 글자로 씌어져 무슨 뜻인지 더욱 알아먹을 수가 없었다. 하지만 몸을 굽혀 감사의 뜻을 표시하고, 즉시 이 글씨를 객실에 걸어서 모든 손님에게 보여야겠다고 생각했다. 오늘날의 중국정부가 옛날 황제처럼 변함 없이 마이치 가족을 지지하고 있다는 것을 자랑하고 싶었던 것이다.

객실에는 청나라의 황제가 몸소 하사한 편액 하나가 걸려 있었다. 그 위에 '도화군번(導化群番, 역주 수많은 티베트 야만인을 교화시킨다)' 이란 네 개의 큰 글자가 씌어 있었다. 황 특파원은 바로 그 금빛 찬란한 큰 글자 아래에 앉아 있었다. 향로에서는 인도 향의 향기가 강렬하고도 침울하게 피어오르고 있었다.

"정부와 황 특파원님께 뭐라고 감사의 말을 해야 할지 모르겠습니다."

"나는 개인적으로는 이곳의 아무것도 원하지 않습니다. 정부도 아주 작은 것 하나를 요구할 뿐이고요."

황 특파원은 작은 주머니 하나를 가져오라고 했다. 그는 몸이 야위었을 뿐만 아니라 손바닥도 작은데 손가락만은 가늘고 길었다. 그 손으로 주머니에서 작고 회색 빛이 나는 씨앗 한 줌을 꺼냈다. 아버지는 그것이 무슨 씨앗인지 몰랐다. 황 특파원이 손을 벌리자 씨앗은 촤르르 소리를 내며 손가락 사이를 빠져 다시 주머니로 떨어졌다. 아버지는 그것이 뭐냐고 물었다. 하지만 황 특파원은 되려 이 땅에서 농사지어 수확하는 식량은 어느 정도나 되느냐고 물었다. 식량 이야기가 나오자 아버지는 기분이 좋아졌다.

"해마다 창고에서 썩어나갈 정도입니다."

"그건 나도 알아요. 당신의 산채에서 그런 냄새가 나요."

나는 그때서야 봄마다 산채에 가득 차는 감미로운 냄새가 식량이 살짝 썩어가는 냄새임을 알게 되었다.

특파원이 다시 물었다. "식량처럼 그렇게 은돈도 많은가요? 썩어갈 만큼 말입니다."

"은돈이야 많을수록 좋지요. 그것은 절대로 썩지 않으니까요."

"그럼 잘 됐군요. 우리는 당신네 은돈을 원하지 않아요. 당신들이 이 씨앗을 뿌려 수확하면 우리가 은돈으로 사겠습니다. 당신이 이번 전투에서 뺏은 마을이 꽤 되니 그곳에 심으면 충분할 겁니다."

"이게 뭡니까?"

아버지는 그제야 생각난 듯 물었다.

"이건 내가 항상 피우는 아편입니다. 아주 비싼 물건이지요."

아버지는 긴 한숨을 쉬고 선뜻 승낙했다.

황 특파원은 가을에 또 만나자는 말을 남기고는 떠났다.

그는 떠나기 전에 아주 섬세하게 조각된 아편 도구를 어머니에게 선물했다. 어머니는 이 선물을 받고는 안절부절못하다가 시녀인 촐마에게 물었다.

"그 사람은 어째서 이것을 투스가 아닌 내게 주었을까?"

"마님을 사랑하는 게 아닐까요? 아무래도 마님은 중국사람이니까요."

어머니는 하녀의 방자함에도 화를 내지 않았다. 다만 심란한 목소리로 말했다.

"나도 투스가 그렇게 생각할까 봐 걱정스럽구나."

촐마는 싸늘하게 웃었다.

투스의 아내는 더 이상 젊지 않았다. 화려한 옷을 입고 있어서 그렇지 이미 그 몸에서 사람을 잡아끄는 매력은 사라졌다. 사람들은 어머니를 보고 한결같이 말했다. 젊었을 때는 아주 예뻤었는데 이제는 더 이상 젊지 않노라고.

사람들은 내 누나도 아주 예쁘다고 했지만 나는 어떻게 생겼는지 모른다. 누나는 아주 오래 전에 작은아버지를 따라 성지인 라싸에 갔다가 캘커타를 거쳐 다시 바다 위를 떠다니는 아름다운 방에 앉아서 영국으로 갔다고 했다. 해마다 우리는 몇 달씩 걸려 배달되어 오는 편지 한두 통을 받을 수 있었다. 편지에 씌어 있는 영국 글자를 아는 사람이 없기 때문에 우리는 동봉한 사진만 한두 장 구경할 뿐이었다.

사진 속의 누나는 외국에 살고 있어서인지 특이한 옷을 입고 있었다. 솔직히 말하면 우리와 전혀 다른 옷을 입은 그 사람이 예쁜지 아닌지를 도대체 나로서는 판단할 수 없었다.

"누나가 예뻐?"

"예쁘지. 어떻게 안 예쁠 수가 있겠니, 당연하지."

내가 의심스러운 눈빛으로 묻자 형은 웃었다.

"누가 알겠니, 나도 잘 몰라. 사람들이 다들 그렇게 말하니까 나도 그렇게 생각하는 거지."

누나의 편지를 알아볼 수 있는 사람은 하나도 없었다. 긴 편지 내용이 영국에 계속 있게 해달라는 내용인지 아닌지 아는 사람도 물론 없었다. 매번 날아오는 편지가 지난 번 편지의 연장일 뿐이었다.

투스 집안에서 태어난 사람들은 항상 자신이 아주 중요한 존재라고 생각했다. 영국에 있는 내 누나도 마찬가지였다. 흡사 투스 집안에 자신이 없다면 이 집안이 존재할 수 없다고 여기는 것만 같았다. 누나는 자신의 편지를 읽을 수 있는 사람이 하나도 없다는 것을 몰랐다. 우리는 편지와 함께 부쳐 온 사진을 누나의 방에 걸어두었을 뿐이다. 하인들은 정기적으로 그 방을 청소했다. 하지만 누나의 방은 살아 있는 사람의 방 같지 않고, 살아 있었던 사람의 방, 망령이 돌아다니는 공간 같았다.

전쟁 때문에 그 해의 파종은 예년보다 며칠 늦어졌다. 덕분에 오히려 서리 피해를 면하게 됐다. 나쁜 일이 좋은 일로 바뀐 것이다. 다시 말하자면 내가 상황을 기록하고부터 일의 전개는 시작부터 정상궤도를 넘겨도 한참 넘긴 상황이었다. 아버지가 관할하는 영토의 중심 지대, 즉 우리가 살고 있는 산채를 둘러싼 땅에 전부 양귀비 씨를 뿌렸다.

파종이 시작될 때 아버지, 형, 그리고 나는 말을 타고 경작지를 순찰했다. 씨가 뿌려진 촉촉한 땅에서 진한 흙 향기가 풍길 때면 모두들 미친 듯이 유희를 벌인다. 소 모양을 한 소년 소녀가 늘어 서 쇠뿔로 서로를 걸어 넘어뜨리고 어깨로 무거운 우리를 들어올린다. 나무로 만든 야크의 뿔에 귀한 쇠로 만든 장식이 반짝인다. 이 뿔로 땅을 깊이 파는 것이다. 아가씨들은 총각남자들의 헐렁한 바지를 벗기고는 남자의 그것에다 소똥을 묻힌다. 또한 총각들은 맑은 하늘 아래 아가씨들의 아름다운 유방이 드러나도록 애를 쓴다. 사람들은 봄갈이 때의 이러한 유희가 즐거움뿐만 아니라 더 많은 수확을 가져다준다고 믿고 있었다. 아버지는 우리에게, 옛날 사람들은 그것으로 그치지 않고 정말로 밭 두렁에서 남녀가 붙어 그 짓을 했노라고 얘기해주었다.

아버지는 밭 두렁에다 큰 가마를 설치하라고 명령했다. 뜨거운 차를 끓이는데 거기에 야크 기름과 소금을 넉넉히 넣었다.

"넉넉히 마시게 해라, 힘이 넘치도록!"

하인들에게 명령을 내릴 때, 처녀 둘이 찢어지는 소리를 지르며 우리가 탄 말 앞을 가로질렀다. 풍만한 유방이 비둘기처럼 파닥파닥 흔들리고 있었다. 뒤쫓던 남자 몇 명이 우리 앞에 무릎을 꿇으려 하는데 형은 채찍을 흔들며 "빨리 쫓아가 봐라! 어서!" 이렇게 외쳤다.

파종이 끝나자 사람, 햇볕, 토지 모든 것이 나태해졌다. 냇가의 물, 산의 풀은 나날이 푸르러졌다.

사람들은 황 특파원이 남기고 간 씨앗이 도대체 무엇인지 궁금해 했다.

존귀한 지위의 투스 가족도 갑자기 농사에 대한 관심이 많아졌다. 우리는 시녀, 마부, 하인, 집사, 그리고 각 마을에서 불러온 당직 소족장 등으로 구성된 일행을 데리고 아주 먼 곳까지 순찰했다.

양귀비는 채 익기도 전에 끝없는 마력으로 사람을 매료시켰다. 나는 여러 번 엉덩이를 하늘로 치켜들고 엎드려 흙 속을 파내 씨앗이 어떻게 발아하는지 살펴보았다. 오직 이런 때만 사람들은 나를 바보라 하지 않았다. 머리가 말짱한 사람들 역시 궁금해하면서도 안 그런 척했기 때문에 내가 이 일을 할 수밖에 없었다. 내가 땅에서 발아하는 씨앗을 꺼내면 그들은 재빨리 내 손에서 그 작은 씨를 건네받아 그렇게나 굵고 단단하던 씨앗에 싹이 트는 것에 경탄했다.

어느 날 튼실한 싹이 흙을 뚫고 나왔다. 새싹은 이파리가 두 개로 이루어졌고 갓난애 손바닥처럼 부드러웠다.

두세 달이 눈 깜빡할 사이에 지나갔다.

양귀비꽃이 피었다. 커다란 빨간 꽃은 마이치 투스의 영지를 찬란하고 웅장하게 만들었다. 모두가 우리의 땅에 처음으로 나타난 이 식물에 홀렸다.

어머니는 머리가 아프다고 하면서 관자놀이에 마늘을 잔뜩 붙였다. 마늘은 아주 유용한 약이다. 구워서 먹으면 설사를 치료할 수 있고 날것을 관자놀이에 붙이면 편두통 치료에 그만이다. 어머니는 자신의 향수병, 편두통 등의 병을 남이 알아주기를 바랐다. 고향생각에 젖은 향수병이나 편두통을 치료하려는 약 덕분에 어머니에게서는 머리부터 발끝까지 사람들의 코를 자극하는 시큼한 냄새가 났다.

아름다운 어느 여름날, 온 가족이 아주 신나게 소풍을 준비하고 있었다. 하지만 어머니는 머리에 새하얀 마늘 조각을 붙인 채 3층의 구불구불한 난간 뒤에 외롭게 서 있었다. 마부, 시녀, 심지어 망나니도 떠들썩하게 밖으로 나갔다. 높은 산채 벽 위에서 그들의 환성이 들려왔다. 아무도 자기를 아랑곳하지 않자 어머니는 신음하듯이 소리쳤다.

"촐마를 내게 보내 줘."

나는 촐마를 보내기 싫었다.

"촐마, 말을 타! 내 말을 타!"

촐마는 아버지를 한번 쳐다보았다.

"도련님께서 올라타라고 하면 올라타!"

아버지는 내 편을 들어주었다. 촐마는 향긋한 냄새를 풍기며 말 위를 올라타더니 뒤에서 나를 꽉 안았다. 나는 새빨간 양귀비꽃 바다를 달리며 그녀의 풍만한 유방으로 머리를 제쳤다. 온 들판에 꽃이 흐드러지고 말에서는 야릇한 비린내가 진동하고 있었다. 나는 여자에 대한 욕망이 솟구쳐 올라가고 있었다. 예쁜 시녀가 포동포동한 몸을 등에 붙이고 내뿜는 축축한 숨결이 내 마음을 간지럽게 매혹시켰다. 산과 들에서 불타는 양귀비꽃처럼 내 마음도 활짝 피어났다.

저 멀리 꽃밭에 요염한 처녀 몇 명의 모습이 보였다. 형이 고삐를 들고 갈림길로 들어가려고 할 때 아버지가 그를 불렀다.

"차차 마을에 곧 도착할 텐데 소족장이 우릴 마중하러 나올 거야."

형은 총을 치켜들고 하늘의 새를 쏘았다. 총소리는 광활한 강물 위를 스치며 먼 곳으로 사라졌다. 하늘은 짙푸르렀고 흰 구름만 느른하게 무더기 무더기 산기슭의 나무에 걸려 있었다. 형이 사격하는 자세는 참 멋졌다. 그리고 총을 쏘기 시작하면 그칠 줄 몰랐다. 한 발 쏘고 그 소리가 가라앉기 전에 다시 한 발을 쏘곤 했다. 쏠 때마다 떨어지는 탄피는 총구에서 튀어나와 흙 길 위로 나뒹굴며 햇빛을 받아 반짝였다.

멀리, 차차 마을의 소족장이 한 무리의 사람을 데리고 마을 입구로 나오는 것이 보였다. 마을의 경계를 알리는 말뚝까지 다가갔을 때 하인들이 허리를 굽히고 손을 내밀어 우리의 고삐를 받으려고 했다. 바로 이 순간 우리 형이 총을 들어 소족장의 발 앞에 한 발 날렸다. 총알은 날카로운 소리를 내며 흙을 뚫고 들어가 소족장의 멋진 장화 바로 밑까지 튀었다. 총탄의 충격으로 소족장은 껑충 뛰어올랐다. 내가 단언컨대 소족장은 아마 평생 동안 이렇게 뛰어본 적이 단 한 번도 없었을 것이다. 그는 아주 날렵하게 뛰어올랐고 사뿐히 발을 내렸다. 형은 말에서 내려 말의 목을 두드리며 입을 열었다.

"총이 잘못 발사되었습니다. 소족장님 많이 놀라셨지요?"

차차 소족장은 자기 발을 내려다보았다. 그의 뚱뚱한 몸을 지탱하고 있는 발은 다행히 멀쩡했고, 장화에만 진흙이 조금 튀었다. 소족장은 흐르는 땀을 닦으며 우리에게 웃어 보이려 애썼다. 하지만 노여움으로 자기도 모르게 얼굴이 일그러졌다. 그는 자기가 태연한 척 행동할 수 없다는 걸 알고는 느닷없이 아버지 앞에 무릎을 꿇었다.

"제가 무슨 규칙을 위반했습니까? 도련님께서 저한테 총을 쏘셨으니, 이제는 투스님께서 저를 죽이라고 명령하십시오."

차차 소족장의 고운 아내 양종은 이게 다 연기에 지나지 않는다는 사실을 모르고 깜짝 놀라 날카로운 목소리로 비명을 지르다 쓰러졌다. 두려움이 그 여자를 더 아름답게 만들었고 이 아름다움은 마이치 투스를 매료시켰다. 아버지는 양종 앞으로 가서 말했다.

"무서워하지 마시오. 서로 장난치고 있는 거니까."

이 말을 증명이나 하듯이 그는 바로 껄껄 웃었다. 한차례 웃고 나자 긴장되었던 공기가 좀 느슨해졌다. 차차 소족장은 아버지의 부축을 받으며 일어나 식은땀을 닦았다.

"투스께서 오신다는 소리를 듣자마자 술자리를 마련해놓았습니다. 상을 집안에 차려야 하는지 밖에다 차려야 하는지 알려주십시오."

"밖에다 차리지. 그 꽃들과 가까운 곳이 좋겠군."

우리는 들판에 요염하게 피어 있는 양귀비꽃을 바라보며 술을 마셨다. 아버지는 소족장의 여자를 계속 바라보았다. 소족장은 모든 것을 눈치챘지만 자기보다 세력이 강한 투스를 어떻게 할 수는 없는 노릇이었다. 그는 다만 자기 아내에게 "당신, 머리 아프다면서? 들어가서 쉬지 그래."라고 말할 수밖에 없었다.

"당신 부인도 항상 머리가 아픈가, 그렇게 안 보이는데? 우리 집사람도 자꾸 머리가 아프다고 그러는데."

아버지는 소족장의 여자에게 물었다.

"머리가 자주 아프시오?"

양종은 말없이 해죽해죽 웃기만 했다. 아버지도 웃으면서 양종의 눈길을 맞받았다.

"지금은 아프지 않습니다. 아까 도련님이 쏘신 총소리를 듣고 깜짝 놀랐더니 이제 다 나았어요."

화가 난 소족장은 핏대가 올라 눈을 하얗게 치떴지만 아무 말도 못하고 구름 한 점 없는 하늘만 바라볼 뿐이었다.

"차차, 언짢아하지 마시오. 당신 부인이 얼마나 고운지 한번 생각해보시오."

"투스님, 좀 쉬셔야 되는 거 아닙니까? 아무래도 정신이 맑아 보이지 않는군요."

"누가 그래? 내 보기에는 당신이 정신을 못 차리고 있는 거야. 하하하……."

아버지의 이런 웃음은 사람을 섬뜩하게 만든다. 소족장은 투스의 잔인한 웃음소리를 들으며 고개를 떨구었다.

양귀비가 처음으로 우리 땅에 뿌리를 내리고 아름다운 꽃을 피웠던 여름, 아버지와 형은 이상하게 평상시보다 더욱 왕성한 성욕을 드러냈다. 나의 성욕 역시 초봄에 깨어 빨간 꽃이 사람을 안절부절못하게 하는 이 여름에 드디어 무섭게 폭발하기에 이르렀다.

그날 술자리에서 소족장의 아내가 아버지를 홀렸을 때 나도 눈부신 빨간색과 촐마의 풍만한 유방 때문에 머리가 어질어질했다. 소족장은 술을 마구 퍼마시고 있었다. 나는 머리에서 윙윙 소리가 들리며 어지러웠다. 그렇지만 차차 소족장이 아버지에게 뭔가 웅얼웅얼하는 말은 들을 수 있었다.

"꽃이 아무리 눈부시게 핀다한들 무슨 소용이 있겠습니까?"

"당신은 몰라. 알았다면 당신이 투스가 되었을 테지. 이건 꽃이 아니라 하얀 은돈이야. 못 믿겠지? 여자나 불러다 술잔에 술을 가득 따르라고 해."

형은 이미 아가씨가 있는 곳으로 가버렸다. 나는 촐마의 손을 움켜잡았다. 술잔치를 뒤로하고 우리는 되는 대로 천천히 걷다가 담장을 지나서는 찬란한 꽃의 바다를 향해 뛰기 시작했다. 꽃향기가 내 머리가 터질 듯했다. 나는 뛰다가 넘어졌다. 짙은 꽃 그늘에 누워 나는 저주하듯 촐마를 불렀다.

"촐마, 오, 오, 촐마, 촐마."

나의 신음 소리는 주문과 같은 마력을 가지고 있었다. 촐마도 바로 내 곁으로 쓰러졌다. 그녀는 배실배실 웃으면서 긴치마를 걷어 올려 자기 얼굴을 가렸다. 나는 그녀의 다리 사이에서 한 마리 야수의 입을 보았다.

"촐마, 촐마……."

촐마가 다리를 벌리자 그 야수의 입은 나를 삼켰다. 밝은 듯도 하고 어두운 듯도 한 그 안을 나는 미친 듯이 헤매다 폭발했다. 촐미의 몸은 아직 어른이 되지 못한 나에게는 너무 벅찼다. 양귀비줄기와 꽃이 수도 없이 부러졌고 꺾어진 줄기에서 흘러나온 하얀 액체가 우리 얼굴에 가득 묻었다. 그것들도 나를 따라 정액을 쏟아낸 듯했다.

촐마는 낄낄거리며 자기의 배 위에 있는 나를 흔들어 떨어뜨렸다. 그리고는 자기의 배꼽을 중심으로 꽃을 둥글게 늘어놓으라고 말했다. 쌍지 촐마는 말하자면 애인이 아니라 나의 선생이었다. 내가 누나라고 불렀더니 그녀는 두 손으로 내 얼굴을 받쳐 들고는 "동생, 내 동생!" 이렇게 불렀다.

이날은 차차 소족장에게는 운수 사나운 날이었다. 마이치 투스인 우리 아버지가 그의 부인을 마음에 두었기 때문이다. 소족장의 기분이 어떤지 우리가 알 수는 없지만 그로서는 마이치 투스 가족에게 쓸개 다 빼 놓고 충성하더라도 자신의 여자를 투스 산채에 보내지는 않을 심산이었다.

십여 일 뒤 소족장은 자기 집사와 끝없는 양귀비꽃 사이를 걷고 있었다. 사람의 정신을 홀리는 고운 꽃송이들 가운데 작고 푸른 열매 하나가 고개를 빼꼼 내밀고 있었다. 그의 집사가 권총을 꼬나 쥐면서 물었다.

"소족장께서는 앞으로 어떻게 하실 겁니까?"

소족장은 그가 무슨 말을 하는지 잘 알고 있었지만 앞으로 어떻게 해야 할지 자신도 알 수 없었다. 그는 하릴없이 양귀비꽃 가운데 매달린 푸른 열매를 가리키며 말했다.

"이런 것들을 과연 은돈과 바꿀 수 있을까?"

"투스가 된다고 하니 되겠지요, 뭐."

"투스가 미친 것 같아. 미치지 않았으면 어떻게 먹을 수도 없는 것을 이렇게 많이 심는단 말인지, 원. 미쳤어. 틀림없이 미친 거라니까!"

"그 미치광이를 어떻게 하실 겁니까? 아예 죽여버리는 게 어떨까요?"

말을 하는 집사의 손에는 총이 들려 있었다.

"부인을 뺏으려는 것이 뻔한데 소족장께서는 그냥 가만히 계실 겁니까?"

"그럼 날더러 배반을 하라고? 그건 안 돼, 안 돼!"

"그렇다면 소족장이 죽어야겠지요. 소족장이 배반하면 저도 따라서 배반하겠지만 그러지 않겠다니 어쩔 수 없습니다. 투스는 소족장을 죽이라고 명령했습니다."

차차 소족장이 손을 내젓기도 전에 그의 집사 뚜오지츠렌은 총을 쏘았다. 소족장은 무언가 말하려고 입을 열었지만 말 대신 피가 입에서 쏟아졌다. 소족장은 그대로 쓰러지기는 억울한지 두 팔을 벌려 양귀비꽃을 움켜쥐었다. 그러나 양귀비꽃도 무게를 이기지 못했는지 소족장과 함께 쓰러지고 말았다. 뚜오지츠렌은 큰길을 따라 투스 산채로 뛰어가면서 큰 소리로 외쳤다.

"차차가 반란을 일으켰다! 차차가 반란을 일으켰다!"

차차 소족장은 축축한 땅에 누워 입에 흙을 잔뜩 묻힌 채 다리를 뻗고 죽었다. 곧이어 살인자의 등뒤에서도 총소리가 나기 시작했다. 차차 마을 사람들이 뚜오지츠렌을 향해 총을 쏘았다. 자기 주인을 살해한 놈은 마침내 산채로 뛰어 들어갔다. 쫓아가던 사람들은 감히 산채 가까이 가지는 못하고 멀찌감치에서 발걸음을 멈췄다. 산채 옆의 높은 보루에서는 즉시 수없이 많은 총부리가 밀려나왔다. 아버지는 높은 곳에서 큰 소리로 말했다.

"너희 소족장은 반란을 일으켰기 때문에 충성스런 부하한테 피살당했다. 그런데 너희도 그를 따라 반란을 일으키려는가?"

마을 사람들이 빠르게 흩어졌다.

새빨간 양귀비꽃은 비를 맞으며 차례대로 시들어갔다.

가을 햇빛이 다시 찬란하게 비쳤을 때 원래 고왔던 꽃은 하나 둘 푸른 열매로 변했다.

비가 그치자 아버지는 죽은 소족장의 부인인 양종과 밭에서 밀회를 시작했다. 차차 소족장을 죽인 뚜오지츠렌은 마을로 돌아가야겠노라고 여러 번 아버지에게 말했다. 이것은 당초의 약속을 지키라고 재촉하는 의미다. 그가 계속 조르자 아버지는 웃으면서 말했다.

"간도 크군. 자네는 마을 사람들이 차차 소족장이 반란을 일으키다 죽은 거라고 믿는다 생각하나? 그걸 믿는 사람은 하나도 없을 거야, 죽은 차차는 한두 세대를 내려온 사람이 아니었거든. 자네가 이렇게 서둘러 돌아가려고 하는 건 고향사람들에게 빨리 죽음을 당하고 싶다는 얘기겠지?"

아버지는 뚜오지츠렌에게 따끔하게 충고한 뒤 양종과 함께 또다시 양귀비 밭으로 갔다.

아버지가 다른 여자를 만나자 어머니는 더욱 교만해졌다.

산채의 창문으로 바라보면 양귀비꽃이 정말 불가사의할 만큼 무성하게 피어 있었다. 우리 땅에 전에는 없었던 이 꽃들은 피어나면서 사람 뼛속의 광기를 태웠다. 아무래도 그런 불가사의한 힘 때문에 아버지가 그 예쁘고 어리석은 여자 양종에게 반한 모양이었다. 자기의 남편을 이제 막 땅에 묻은 양종 역시 미친 것 같았다.

매일 해가 뜨면 이 한 쌍은 각각 거주하는 석조건물에서 출발해 만나자마자 서로 끌어안고 무성하게 자라 있는 양귀비 밭으로 들어갔다. 바람이 신선한 녹색식물을 흔들고 양귀비꽃은 하늘 아래서 솟아나는 성욕처럼 세차게 출렁거렸다. 아버지와 양종이 그 깊은 꽃밭 어디선가 미친 듯이 사랑을 나누고 있다는 것을 모르는 사람은 아무도 없었다.

산채의 창문 앞에 선 어머니는 들에서 출렁이는 푸른 파도를 바라보며 가슴이 몹시 아픈 듯 손으로 가슴을 부둥켜안았다. 아버지의 새 애인은 구현(口弦, 역주 티베트 전통 악기의 하나)도 불 줄 알았다. 줄이 대통 안에서 진동하는 소리가 바람을 따라 들려왔다. 어머니는 구현 소리가 나는 곳으로 총을 쏘라고 명령했지만 누가 감히 아버지가 있는 곳, 왕이 있는 곳으로 총을 쏠 수 있겠는가? 결국 어머니는 직접 총을 쏘았다. 총알은 멀리 있는 목표까지 가지 못하고 새가 공중에서 갈겨버린 똥처럼 바닥으로 떨어졌다.

관자놀이에 새로 붙인 마늘 조각은 그녀의 분노로 말라 하나씩 떨어졌다. 두통을 치료하는 또 다른 방법은 인도산 코담배를 들이마시는 것이었다. 어머니가 이 노란색 가루를 들이마시는 방법은 남달랐다. 다른 사람은 코담배를 엄지손가락에 놓고 들이마시는데 어머니는 우선 새끼손가락에 황금 골무를 끼고 코담배를 그 위에다 놓았다. 그런 다음 손을 코앞으로 당기고 눈살을 찌푸리며 얼굴이 새빨개지도록 힘껏 들이마시는 것이다.

코담배를 마신 뒤에 어머니는 상기된 얼굴을 위로 치켜들고 입을 크게 벌리고 맹렬하게 발을 구른다. 그런 다음 고개를 몇 번 까딱이면 재채기가 쏟아졌다. 그러면 졸마는 콧물과 침으로 범벅이 된 그녀의 얼굴을 깨끗하게 닦아주는 것이다. 그런 후 늘 묻는다.

"마님, 좀 나아지셨나요?"

평소에 어머니는 느른한 목소리로 "그래, 많이 나아졌다." 이렇게 대답하곤 했다. 그러나 이번에는 악을 썼다.

"네 보기에 나아질 것 같니? 나아질 리가 없어! 난 기가 막혀 죽겠단 말이야."

곁에서 시중들던 사람 모두가 입을 다물었다.

"차차 소족장은 아버지가 사람을 시켜서 죽인 거예요. 그 여자 탓이 아니에요."

어머니는 내 말을 듣고 울음을 터뜨렸다.

"이 바보, 덜 떨어진 것, 이 머저리 같은 놈아."

어머니는 울면서 코를 풀어 절름발이 집사의 장화에다 내던졌다. 울음소리가 점차 가늘어져 천장을 나는 파리의 앵앵거림처럼 온 방안으로 퍼져나간다. 이런 광경은 참 재미없었다.

사람들의 눈은 다시 창문 밖에 가득 차 있는 양귀비로 향했다. 저곳에서 아버지는 사랑하는 여자를 부둥켜안고 그녀의 몸 안으로 힘 있게 들어가는 것이다. 아버지는 대지의 움직임에 맞추는 듯 요동치고 여자 역시 그의 몸 아래에서 즐거운 소리를 질러댔다. 이런 교성은 산채까지 밀려와 보루처럼 생긴 건물 안에 메아리쳤다.

모든 사람들이 귀를 막았다. 불쌍한 어머니는 두 손으로 자기의 머리를 꽉 쥐고 귀를 막았다. 그들의 즐겁고 방탕한 소리가 날카로운 도끼가 되어 머리를 쪼개는 것 같았기 때문이다. 마침내 양귀비 밭을 뒤흔들던 소리가 가라앉았다. 아버지가 아무리 그 여자에게 미쳐 있다한들 정력에 한계가 있다는 것이 얼마나 다행인지 모르겠다. 미풍이 스쳐갈 때 온몸의 힘이 다 빠져버린 아버지와 그의 새 애인이 내쉬는 숨소리가 리듬을 맞춰 짙은 녹색 바람에 흔들리고 있었다.

어머니도 정상으로 돌아왔다. 촐마가 두통을 치료하는 마늘 조각을 하나하나 떼주었다. 어머니는 아무렇지도 않은 듯 황동 대야에 세수를 했다. 그날 어머니는 평소보다 시간을 많이 들여 오래오래 씻었다. 얼굴에 크림을 바르면서 그녀는 하인 하나를 불러오라고 분부했다.

"들어올 필요 없다. 거기 서 있거라."

어머니는 하인에게 쌀쌀맞게 말했다. 그는 어쩔 수 없이 한 발은 문 안에 한 발은 문 밖에 놓은 자세로 엉거주춤 섰다.

"마님, 시키실 일이 있으면 분부만 하십시오."

어머니는 자기 주인을 죽인 뚜오지츠렌에게 총 한 자루를 주라고 그에게 분부했다.

"자기 주인을 죽일 수 있다면 그 화냥년도 죽일 수 있겠지!"

하인은 두 다리를 딱 부딪치며 "알겠습니다!" 라고 대답했다. 이런 모습은 황 특파원이 데리고 온 중국군인에게서 배운 동작이었다.

"잠깐."

어머니는 하인을 다시 불러 세우더니 잠시 뜸을 들이다가 말했다.

"그자가 여자를 죽이고 나면 너는 그를 죽여라."

죽음

"어머니, 제게 시키세요. 그 사람들은 아버지를 무서워하기 때문에 양종을 죽이지 못할 거예요."

내 말에 어머니는 미소를 지으며 욕을 했다.

"이 머저리 같은 놈이!"

"동생이 또 뭘 어떻게 했어요?"

마침 형이 들어오며 계모인 어머니에게 물었다. 형과 나, 그리고 어머니는 사이가 좋았다.

"네 동생이 또 엉뚱한 소리를 했어. 그래서 내가 야단을 좀 친 거야."

똑똑한 형은 연민의 눈빛으로 나를 바라봤다. 그런 눈빛은 내 영혼에 독약이 되었다. 다행히 나의 멍청함은 상처를 덜 받거나 아예 안 받을 수도 있다. 사람들은 일반적으로 바보들은 자신들보다 마음의 상처를 덜 받거나 안 받을 것이라고 생각한다. 하긴 어떤 면에서 그건 사실이다. 바보는 아무도 사랑하지 않고 원한을 품지도 않으며 기본적인 사실만을 볼 수 있다. 때문에 어지간한 일들이라도 바보는 나름대로 안전한 위치를 지킬 수도 있다고 여긴단 말이다.

미래의 마이치 투스인 형은 멍청한 동생인 나의 머리를 쓰다듬으려 했지만 나는 피했다. 형이 어머니와 이야기를 나누고 있을 때 나는 촐마의 바로 뒤에 서서 그녀의 허리띠 장식을 만지작거리고 있었다. 그런데 허리띠를 만지기만 했는데 갑자기 열기가 뻗치더니 남녀간 사랑의 단맛을 이미 본 나의 물건이 부풀어 올랐다. 그 열기 때문에 나는 촐마의 다리를 힘껏 꼬집었다. 온몸에서 향기를 풍기던 촐마가 참지 못하고 낮은 목소리로 비명을 질렀다.

어머니는 못 본 척하면서 형에게 정중하게 부탁했다.

"세상에, 저 꼬락서니 좀 보라지. 나중에 내가 없더라도 네가 쟤한테 잘해줘야 돼, 알았지, 응?"

형은 머리를 끄덕이고 나서 손짓으로 나를 불렀다.

"너도 여자가 좋으니?"

나는 대답하지 않았다. 형이 원하는 답이 무엇인지 알 수 없기 때문이었다.

"내 보기에 너도 좋아하는 것 같은데?"

별수 없이 나는 방 한가운데로 가서 큰 소리로 말했다.

"나 · 는 · 촐 · 마 · 를 · 좋 · 아 · 해!"

형은 웃었다. 지도자가 될 인물이라는 것을 증명하는 웃음이었다. 형의 웃음소리에는 사람을 설득하는 힘이 있었다. 촐마도 어머니도 따라 웃었다. 나도 웃었다. 내 웃음소리는 불꽃이 즐겁게 유쾌하게 일렁거리기 시작할 때 들리는 소리와 같았다. 정오의 정적이 깨져 웃음소리 속에서 떨리고 있었다.

땅!

웃음소리가 그치고 우리가 무언가 말하려고 했을 때 총소리가 났다. 소리가 무겁게 들리지는 않았지만 누군가가 느닷없이 꽹과리를 있는 대로 두들겨대는 것만 같았다. 어머니는 한기가 덮친 것처럼 몸을 떨었다. 그때 또다시 땅! 소리가 크게 났다.

산채는 즉시 사람들이 뛰는 소리와 고함소리가 어우러져 시끌시끌했다. 총알을 장전하는 소리가 철커덕, 침착하게 들렸다. 하인들은 즉시 대포를 밀고 와 포문을 산채 밖으로 향하게 배치했다. 대포가 완전히 안치된 뒤 거대한 산채는 맑은 가을 햇빛 아래서 고요해졌다. 이런 정적은 우리의 산채 건물을 더욱 웅장하게 만들었다.

형은 이 모든 것을 배치해놓은 후 나를 불렀다. 나는 형과 함께 두 대나 설치된 놋쇠 대포 옆에 서서 총소리가 난 곳을 바라보았다. 나는 무엇 때문에 총소리가 들렸는지 알면서도 형과 함께 목소리를 높였다.

"누가 총을 쐈느냐? 그 사람을 찾아라!"

들판은 평온하고 조용했고 무성한 양귀비만 끝없이 펼쳐져 있었다. 냇가에서는 여자들이 하얀 삼베를 빨고 있었고, 아래의 커빠 마을에서는 사람들이 자기 집 옥상에서 가죽을 무두질하고 있었다. 강물은 동쪽으로 동쪽으로 흘러갔다. 넋 나간 듯 아득한 경치를 바라보고 있는 내게 느닷없이 형이 질문을 던졌다.

"넌 정말로 사람을 죽일 수 있겠니?"

나는 눈길을 돌려 형에게 머리를 끄덕여 보였다. 참 좋은 맏형이었다. 내가 자기처럼 용감하기를 바라고 나의 용기를 북돋워주려 마음 썼다. 형은 총을 내 손에 쥐어주었다.

"네가 누군가를 죽이고 싶다면 그게 누구든 죽여라. 겁내지 말고."

내 손에 총이 쥐어진다면 나는 눈앞에 벌어지는 모든 일을 똑똑히 보고 반드시 기억할 것이다.

나는 양귀비 밭을 향해 깔끔하게 한 방 날렸다. 혹시라도 누군가가 내게 '도대체 뭘 쏘았느냐' 고 묻는다 해도 난 절대로 대답하지 않을 것이다. 이때 우리 부족의 하인이 뚜오지츠렌의 시체를 끌고 양귀비 숲에서 나왔다. 사격수보다도 더 잘 쏜다는 생각이 슬며시 들었다. 나는 다른 방향으로도 총을 쐈다. 총소리가 나자마자 아버지는 곰처럼 부르짖으면서 정욕의 구렁텅이에서 뛰쳐나왔다. 그는 한 손으로 새로 얻은 여자의 손을 잡고 한 손으로는 미처 매지도 못한 노란색 허리띠를 흔들면서 녹색 바다 같은 양귀비 밭두렁을 내달리고 있었다. 형이 내 손을 잡고 힘을 주었을 때 나는 남은 몇 발마저도 하늘을 향해 쏘았다.

우리가 양귀비 밭에 도착했을 때 아버지는 이미 옷매무새를 고친 후였다. 아버지는 다짜고짜 형의 뺨을 갈겼다. 자신의 후계자가 총을 쏜 거라고 여겨졌기 때문이었다. 형은 나를 보며 웃었다. 그 웃음 속엔 남 대신 벌을 받는다는 억울함이 깃들어 있었다.

"형이 쏜 게 아니에요. 제가 쏜 거예요."

아버지는 고개를 돌려 나를 한참 바라보다가 다시 형을 향해 시선을 돌렸다. 형이 고개를 끄덕였다. 아버지는 여자를 놓고 형의 허리에서 총을 날쌔게 빼내 노리쇠를 내린 다음 내게 건넸다. 내가 총을 쏘자 큰길에 누워 있는 죽은 뚜오지츠렌은 생명력 잃은 오른손을 우리에게 잠시 들어 보이다 축 늘어뜨렸다.

자기의 집사였던 시체를 본 양종의 예쁜 입에서 비명이 흘러나왔다.

나는 다시 총을 쏘았다. 주인을 배반한 시체가 옛날 여자 주인을 향해 다시 왼손을 들었다. 그러나 아쉽게도 양종은 눈을 가리고 있어서 보지 못했다.

아버지는 아주 공허하게 웃고 나서 내 머리를 툭툭 치면서 여인에게 말했다.

"하하, 바보 아들도 이렇게 총을 잘 쏘는데 나의 큰아들이야 더 말할 나위가 없겠지. 보라구! 그대가 내 아들을 낳게 되면 천하에 너희 세 형제의 적이 될 만한 사람은 아무도 없을 것이야."

이렇게 해서 양종은 우리에게 새 식구로 소개되었다. 아버지는 내 손에 있던 총을 뺏어 다시 형의 허리춤에 찔러 넣어줬다. 죽은 뚜오지츠렌 주위에는 벌써 파리 떼가 몰려들었다.

"그에게 차차 마을의 소족장을 시키려고 했는데 누가 죽였어?"

하인 하나가 즉시 무릎을 꿇었다.

"주인 나리께 총을 쏘려고 하기에 다른 도리가 없어 제가 죽였습니다."

아버지가 머리를 몇 번 문지르며 그의 총은 어디에 있느냐고 물었다.

나는 몹시도 멍청하게 실실 웃었다.

"넌 왜 그렇게 병신처럼 웃는 거냐? 너 뭔가 알고 있지?"

오늘만큼은 내가 바로 주인공이었다. 모두들 멍하니 나만 보고 있는데 어떻게 그들을 실망시킬 수 있겠는가. 나는 이 사건의 주모자가 어머니라는 것을 실토해버렸다. 이야기를 하면서 땀을 줄줄 흘렸다. 겁이 나서 그런 것이 아니라 너무 복잡해서 그런 것이었다. 멍청한 머리로 똑똑한 사람이 한 일을 기억해 설명해야하는 내게 보통 어려운 일이 아니었다.

내가 본 것은 이렇다. 똑똑한 사람들 하는 짓이란 게 산에서 영원히 흘러내리는 아침 안개가 겁이 나는지 배불리 먹고도 좌불안석 못하며 쩔쩔매면서 이 구멍 틀어막고 저 구멍 터뜨리면서 끝도 없이 사람들 눈을 속인다. 이런 짓거리가 나로서는 도무지 이해할 수 없는 부분이었다. 다 미쳐 날뛰는 것 같았기 때문이다. 이렇게 말도 안 돼 보이는 일의 자초지종을 설명하는데 햇살이 너무 강렬해서인지 아버지와 양종의 얼굴에 땀이 흘렀고 하인들 얼굴로는 작은 시냇물만큼이나 줄줄 흘러내렸다. 아버지와 양종의 땀은 찌푸린 미간에 솟아 나와 코끝을 따라 먼지 덮인 땅으로 떨어졌다. 하인의 땀은 이마 위의 머리카락 사이에서 스며 나오는 듯 숱 없는 눈썹을 지저분하게 만들었다.

내가 한 이야기대로라면 죽었어야 할 사람이 있다. 남자 한 명과 여자 한 명이다. 그런데 지금 남자만 죽었다. 죽은 남자는 눈앞의 이 모든 일들이 어이없다는 듯 입을 크게 벌리고 있었다. 형은 푸른 열매 하나를 그의 입에다 넣었다. 그제야 검은 구멍이 뚫린 것 같았던 그 입이 좀 봐줄 만해졌다.

"잘 했다!"

아버지는 새 애인을 향해 몸을 돌렸다.

"일이 이렇게 된 이상 난 그대를 산채로 데리고 갈 수밖에 없소. 이제는 저 자들이 당신을 죽일 거란 걱정에서 벗어나도 되겠구려"

결국 어머니가 원수같이 여기던 양종은 마이치 가문의 대문을 넘어서게 되었다. 그들은 당당하게 장막을 길게 늘어뜨린 침대에서 대놓고 같이 잤다. 어떤 사람은 멍청한 내가 아버지에게 정부를 집으로 데리고 올 수 있는 구실을 만들어주었다고 했다. 하지만 나는 이 일을 일찌감치 잊어버렸다. 투스가 여자 한 명 더 자기 침대로 데리고 오는 데 무슨 구실을 덧붙인단 말인가? 그런 말을 한 사람은 나보다 더 멍청한 사람이다.

우리는 산채로 돌아가면서 길에 널브러진 시체에 고개를 숙인 채 듣기 거북하게 소리 죽여 우는 흐느낌을 들었다.

마이치 투스 부인은 스님, 집사, 시녀 등을 데리고 3층 난간에 나타났다.

투스 부인은 산뜻한 분홍색에 달린 산뜻한 긴소매를 바람에 휘날리고 있었다. 어머니는 높은 곳에서 아버지가 새 애인을 데리고 산채 정문으로 다가오는 것을 몹시 언짢은 얼굴로 내려다보고 있었다. 어머니는 몰락한 한족의 자식으로 태어나 어떤 부자에게 팔렸고 다시 아버지에게로 온 것이었다. 이치대로 하자면 마이치 투스인 아버지가 가문을 따지지 않고 오래도록 어머니와 같이 살아온 것은 있을 수 없는 일이었다.

아버지는 살아가면서 감정에 휩싸여 항상 뜻밖의 행동을 했다. 아버지의 첫째 부인이 죽은 지 얼마 되지 않았을 때부터 중매꾼들이 끊임 없이 오갔지만 아버지는 모두 딱지를 놓았다. 사람들은 그가 전처에 대해 깊은 정을 가지고 있다고 칭찬을 했다. 하지만 얼마 지나지 않아 그들은 마이치 투스가 결혼한다는 청첩장을 받았다. 내 어머니, 근본도 모르는 이민족 여자와 부부의 연을 맺는다는 것이었다.

"한족 여자라고? 두고 봐. 얼마 안 가서 그는 다시 투스들의 딸한테 청혼할 거야."

그랬다. 우리 주변의 왕뼈 투스, 라셔빠 투스, 쟈알와 투스, 그리고 전임 마이치 투스 등 투스들은 모두 서로의 딸이나 여동생과 결혼했던 것이다. 촌수가 더 먼 투스는 물론이고, 마이치 투스와 인척 관계에 있는 투스들도 다 그랬다. 따뚜강에 사는 세 명의 투스, 치충산 서북쪽의 평지에 사는 투스 둘도 모두 우리의 먼 친척들이었다. 이름이 알려지지 않은 부족도 있고 경우에 따라서는 중국 국민당 휘하에서 적이 되어버린 부족도 있었다. 물론 우리의 적이 될 수도 있지만 혼례는 뼈가 천한 사람보다는 차라리 적과 하는 것이 더 낫다는 것이 옛날부터의 생각이었다. 그 결과 어느 부족도 우리와 인척관계가 없는 곳은 없었고 사람이나 말이나 모두 우리의 경계에 서 있다고도 할 수 있었다.

그러나 아버지는 이 규칙을 깨뜨렸다. 그래서 처음부터 사람들은 마이치 투스와 한족 출신 여자의 관계가 오래 가지 않을 것이라고 예언했다. 사람들은 모두 마이치 투스가 다만 중국 여자에 대한 호기심 때문에 결혼했을 뿐이라고 말했다. 그러나 기대 밖으로 잘 살게 되자, 중매하러 오던 사람들은 더 이상 마이치 투스의 땅에 나타나지 않았다.

투스와 그의 새 부인인 중국여자 사이에서 내가 태어났다. 두 해가 지나자 사람들은 내게 문제가 있다고 의심하게 되었고, 삼사 년 후에는 내가 바보라는 것을 확신했다. 이 사실이 처음에는 많은 사람들에게 희망을 주었지만 나중에는 다시 그들을 실망시켰다. 그들은 투스 부인의 성격이 옛날처럼 온순하지 않다는 것을 들었고, 투스가 가끔 하녀들과 함부로 그런 짓을 한다는 것도 들었다. 그것은 그들이 바라던 것이 아니었다. 결국 마이치 투스인 우리 아버지를 염두에 두었던 다른 부족의 처녀들도 다른 곳으로 시집가버리고 말았다. 사람들은 우리 아버지의 성격을 알기 때문에 계속해 관심을 거두지는 않았다. 영리한 사람의 신경은 그래서 늘 팽팽하기 마련이다.

어머니는 드디어 그날이 온 것을 알았다. 한 여인으로 말하자면 그것은 피하려야 피할 수 없는 날이었다. 그래서 가장 아름다운 옷을 입고 이날을 맞기로 했다. 일찍이 가난하고 천한 신분이었던 한 여자가 지금처럼 화려하고 고귀한 부인으로 변신했으니 이런 날이 온다고 해서 억울할 것도 없었다. 어머니는 아버지가 새 애인을 데리고 한 걸음 또 한 걸음 산채로 들어오는 모습을 보며 자기에게 닥친 외로운 생애의 남은 시간을 생각했다.

마이치 투스인 우리 아버지를 염두에 두었던 다른 부족의 처녀들도 다른 곳으로 시집가버렸다. "전 봤어요, 봤다니까요." 촐마가 호들갑을 떨었다.

아버지 일행이 산채 정문으로 들어섰다.

수많은 사람이 고개를 들고 투스 부인의 아름다운 모습을 쳐다보았다. 남자들에게 정복 욕망이 일게 하도록 양종은 육감적이었다. 반면 어머니의 아름다움은 무언가 사람을 위압하는 데가 있었다. 양종도 어머니의 아름다움에 눌려 아버지를 계속 졸랐다.

"제발, 저를 놔주세요. 집에 가고 싶어요."

"가고 싶으면 가시지요. 많은 사람이 당신을 죽이려고 길에서 기다리고 있지요."

형이 말했다.

"그럴 리 없어요. 그들이 왜 나를 죽이려고 할까요?"

형은 웃으며 나이가 자기와 비슷한, 장차 어머니가 될 예쁜 여자에게 말했다.

"그럴 수도 있지요. 사람들은 당신이 투스 부인이 되기 위해 차차 소족장을 죽게 만들었다고 생각하고 있을 걸요."

아버지도 입을 열었다.

"위층에 있는 저 여자를 두려워하는 거지? 두려워하지 마시오. 당신에게 절대 손대지 못하도록 할 테니까."

이때 망나니 부자가 뚜오지츠렌의 시체를 사형집행 하는 기둥에 매달아 놓았다. 호각 소리가 몇 번 울리자 멀리서 가까이서 사람들이 산채를 향해 모여들었다. 얼마 지나지 않아 광장은 사람으로 가득 찼다. 아버지는 이 놈이 어떻게 충성스런 차차 소족장을 죽였으며, 어떤 음모를 꾸며 소족장의 직위에 올라가려고 했는지를, 그러나 그 모든 것이 성공 직전에 들통나서 규칙대로 처형당했음을 발표했다. 사람들은 또한 차차 소족장의 마을이 투스 가족의 직할지로 편입되었다는 것을 알았다.

그러나 그것이 백성과 무슨 상관이 있단 말인가? 그들은 줄을 서서 망연히 매달려 있는 시체 앞으로 지나가면서 죽은 사람의 얼굴에 규칙대로 침을 뱉었다. 이렇게 하면 그가 부활하지 못하고 영원히 지옥으로 떨어질 것이라고 믿기 때문이었다. 사람들이 내뱉은 침 때문에 파리 떼가 달라붙었고 시체의 얼굴은 점점 부풀어올랐다.

어머니는 높은 곳에 서서 이 모든 것을 내려다보고 있었다.

아버지는 아주 득의양양해 보였다. 어머니가 치밀하게 계획했던 일이 자신에게 오히려 유리하게 전개되었으니 말이다. 아버지는 다시 어린 노예 쑤오랑쩌랑에게 분부했다.

"가서 마님께 여쭈어봐라. 이 빌어먹을 놈에게 어떤 저주를 줄 건지."

어머니는 아무 말도 하지 않고 허리띠에서 옥돌 하나를 풀어내더니 그 위에다 침을 뱉었다. 어린 노예는 위층에서 뛰어내려 그 귀한 옥을 시체 위에 던졌다. 사람들은 어머니가 이렇게 값비싼 옥을 던진 일에 경탄했다.

어머니는 몸을 돌려 자기 방으로 들어가버렸다.

사람들은 어머니가 고개를 꼿꼿이 쳐들고 3층 난간에서 사라지는 것을 올려다보았다. 그때 날카로운 목소리가 회랑의 그림자 속에서 울렸다. 어머니가 제일 가까이 있던 시녀를 부르는 소리였다.

"촐마! 쌍지 촐마!"

그 바람에 연두색 옷을 입은 촐마도 우리 눈앞에서 사라졌다.

아버지는 양종을 데리고 3층의 동쪽 방으로 들어갔다. 이렇게 해서 그 둘은 같이 지내면서 한 침대에서 잘 수 있게 되었다. 사실 아버지는 어떤 여자를 막론하고 같은 방을 쓴 적이 한 번도 없었다.

투스의 침대는 구조를 설명하자면 벽에 연결돼 있는 거대한 궤짝이라고 할 수 있다. 방이 어둡기 때문에 더욱 깊숙해 보였다. 언젠가 나는 아버지에게 "저 안에 무슨 귀신이 있나요?"라며 물은 일이 있다. 그는 아무 생각 없는 사람처럼 웃으면서 "이 모자란 놈아!"라고 했다. 나는 아무래도 그 속에 뭔가 무서운 것이 있을 것만 같았다.

그날 한밤중에 산채 밖에서 처량하게 울부짖는 소리가 들렸다. 아버지는 옷을 걸치고 일어났다. 양종은 침대 가장자리로 굴러 나왔다. 안쪽의 짙은 그림자가 두려웠기 때문이었다. 투스가 침대 앞에서 큰기침을 하자 산채에는 즉시 불이 켜지고 산채 밖에서는 횃불이 타올랐다.

마이치 투스가 3층의 난간으로 나오자 옆에 있던 하인이 초롱으로 즉시 그의 얼굴을 밝게 비췄다. 투스는 발아래의 그림자 속에 있는 사람들에게 외쳤다.

"내가 바로 마이치다. 똑똑히 봐라!"

그때서야 세 사람이 무릎을 꿇고 있는 모습이 희미하게 보였다. 우리가 죽인 뚜오지츠렌의 아내와 두 아들이었다. 그들 뒤에 있는 나무 기둥에 거꾸로 매달려 있는 시체가 가볍게 흔들렸다. 아버지가 큰 소리로 말했다.

"원래 너희를 다 죽여야 하지만 그냥 살려주겠다. 지금부터 도망을 가거라. 사흘이 지나고도 여전히 내 땅에 있을 경우 무슨 짓을 당하든 잔인하다고 생각하지 말아라."

투스의 거친 목소리가 산채의 사방으로 울려 퍼졌다.

산채 아래의 그림자 속에서 한 남자아이의 앳된 목소리가 들려왔다.

"투스님, 얼굴을 다시 보여주세요. 당신의 얼굴을 기억하고 있을게요!"

"나중에 내가 아닌 다른 사람을 죽이게 될까 봐 그러느냐? 그래, 잘 봐라!"

"감사합니다. 잘 봤습니다."

아버지는 위층에서 껄껄 웃었다.

"꼬마야, 네가 오기 전에 내가 죽고 싶으면 어떡하지? 널 기다리지 않고 내 맘대로 죽어도 되는 거지?"

아래에서는 대답이 없었다. 세 모자는 어둠 속으로 사라졌다.

아버지가 몸을 돌렸을 때 높은 곳에서 어머니가 자신을 내려다보는 것을 알았다.

어머니는 아버지가 자신을 올려다보는 상황에 기가 살았다. 매끄럽고 차가운 나무난간을 잡은 어머니가 입을 열었다.

"당신은 왜 그들을 죽이지 않나요?"

아버지 마음으로는 어머니에게 이렇게 물어보고 싶었다. 내가 그렇게 속 좁은 사람인 줄 아는 모양이지? 그러나 대꾸는 하지 않은 채 낮은 소리로 중얼거렸다.

"제기랄, 졸려 죽겠네."

"난 그들이 당신을 저주하는 소리를 들었어요."

아버지 안색이 변했다. "그럼 원수에게 노래 불러줄 줄 알았어?"

"뭐 때문에 그렇게 긴장해요? 당신은 투스잖아요. 여자 하나 때문에 이런 꼴이 되는군요. 여자가 열 명쯤 되면 어떻게 할 거죠?"

어머니의 정곡을 찌르는 말투가 아버지 말문을 막았다. 횃불이 하나하나 꺼지자 산채는 이내 거대한 암흑의 동굴이 되었다. 어머니의 싸늘한 웃음소리가 어둠 속에서 울렸다. 어머니는 어둠 속에서 누구라도 들을 수 있도록 맑고 투명한 목소리로 말했다.

"나으리, 그만 방으로 들어가시지요. 새로 온 첩이 큰 침대에 혼자 있으면 무섭겠어요."

"당신도 들어가지. 거기는 바람이 셀 텐데 당신의 약한 몸으로 어떻게 견딜 수 있겠어?"

물론 어머니도 말뜻을 알아들었다. 평소에 낑낑거리며 아픈 척하지 않았더라면 이런 말을 듣지 않아도 되었을 것이었다. 어머니는 중국 사람이 좋아하는 아름다움이라면 누구라도 좋아할 것이라고 착각하며 살아왔던 것이었다. 그렇다고 기가 죽을 수는 없었다.

"죽으면 그만이죠. 마이치 투스에게 여자가 부족할 일은 없으니까요. 돈으로 사든 총으로 뺏든 식은 죽 먹기 아닌가요?"

"당신과 얘기하고 싶지 않소."

"그럼 빨리 들어가세요. 오늘밤에 또 무슨 재미있는 일이 생길지 지켜 봐야겠어요."

아버지는 방으로 들어갔다. 침대에 누웠지만 자신을 내려다보던 은그 릇처럼 싸늘한 어머니의 얼굴이 지워지지 않았다. 그는 이를 갈았다.

"나쁜 년."

양종은 투스의 품으로 굴러들었다.

"무서워요. 저 좀 꼭 안아주세요!"

"당신은 마이치 투스의 셋째 부인이야. 무서워할 것 없다고."

따뜻한 여자의 육체가 투스의 마음을 안정시켰다. 그는 아주 성대한 결 혼식을 올려야겠다고 말하면서도 한편으로는 여자와 함께 차차 소족장의 모든 재산이 자기의 창고로 들어왔다는 생각을 하니 잠도 안 왔다.

차차는 모든 소족장 가운데 제일 충성스러운 사람이었으며 더구나 대대 로 그래왔던 사람이었다. 하지만 유감스럽게도 그는 너무 예쁜 아내와 너 무 많은 재산을 가졌다. 그가 이 모든 것을 투스와 나누어 가졌더라면 오 늘날 이 지경에 이르지는 않았을 것이다. 이렇게 생각하면서 아버지는 자 신의 만족하지 않는 탐욕에 대해 한숨을 쉬었다.

그의 품에서 여자가 잠들었다. 풍만한 유방이 어둠 속에서 빛났다. 참 어리석은 여자였다. 요 며칠 동안 이렇게 많은 일들이 생겼는데도 깊이 잠 들 수 있으니 말이다. 평온하고 긴 호흡, 사람을 유혹하는 들짐승 같은 냄 새는 남자의 욕망에 불을 질렀다. 아버지는 자기가 이렇게 여자에게 빠져 버린다면 모든 것을 다 잃게 된다는 것을 알고 있었다. 그러나 그냥 잠들기는 허전했다. 여자를 깨워 욕정의 세찬 파도에 부딪쳐 미친 듯이 휘말리고 싶었다.

"잘 타는구나, 잘 탄다!"

바로 이때 어머니가 즐거운 듯 갈라진 목소리로 고함을 지르기 시작했다. 아버지는 마음이 좁은 여자에 대해 탄식하면서 내일은 라마승들을 불러 염불을 해야겠다고 생각했다. 집안에 퍼져 있는 악한 기운을 내쫓지 않으면 마누라가 미쳐버릴지도 모른다는 생각에서였다. 그런데 점점 더 많은 사람들이 소리를 지르고 뛰는 소리가 들렸다. 아버지가 눈을 떠보니 창문 밖은 온통 시뻘건 빛이었다. 처음에는 누가 마이치의 산채에 불을 지른 줄 알았다. 하지만 그게 아니었다.

이 불길은 수많은 사람들에게 불안감을 안겨주었다.

좀 전에 이곳을 떠나면서 복수를 다짐하며 어둠 속으로 사라졌던 세 사람이 이제 마이치 투스의 재산이 되어버린 차차 소족장 마을에 불을 질렀다. 불길은 쌀쌀한 가을밤의 밝은 별빛 아래서 활활 타오르고 있었다. 불빛은 어두운 양귀비 밭, 그렇게 넓은 공간을 넘어서 마이치 투스의 웅장한 산채를 밝게 비추고 있었다. 우리 가족과 승려들은 높은 곳에 선 채 엄숙한 표정으로 우리의 재산이 재로 변하는 것을 보고 있었다. 낮은 곳에서는 하인과 노예들이 우왕좌왕 어쩔 줄 모르며 허둥댔다. 오직 투스의 세 번째 아내가 된 여자만 몽롱한 머리통으로 구석에 붙은 커다란 침대 속으로 굴러 들어가 숨었다.

불길이 거세졌을 때 하인들의 웅성거림 속에는 어머니의 목소리와 시녀들의 비명, 은 세공장이의 소리, 그리고 쑤오랑쩌랑의 소리가 섞여 있었다. 평소 촐마는 우리가 자기에게 베풀어준 은혜를 늘 고맙게 생각했지만 이번에는 하인들 틈으로 뛰어가 버렸다.

눈앞의 불빛과 등 뒤의 한기가 사람으로 하여금 무언가를 생각하게 만들었다. 불이 사그라지며 꺼졌을 때는 날이 밝고 있었다.

우리 뒤쪽에 있는 강에서 불어오는 냉기가 갈수록 강해졌다.

불은 뚜오지츠렌의 아내가 놓은 것이었다. 그녀는 어린 아들 둘과 같이 달아나지 않고 오히려 불로 뛰어 들어갔다. 그녀의 죽은 모습은 아주 흉측스러웠다. 그녀는 불 속에서 자기의 저주와 함께 폭발했다. 배에 난 상처가 마치 곱게 피어난 꽃송이 같았다. 그 여인은 할 수 있는 가장 지독한 저주를 우리에게 남겼다.

아버지는 그 여인의 아들 둘이 앳된 목소리로 말했듯이 나중에는 틀림없이 복수를 실행에 옮길 거라는 걸 알았다. 그래서 곧 추격대를 보냈다.

"아버지, 그렇게 많은 사람 앞에서 그들을 풀어주었는데 추격하는 건 좀 그렇습니다. 산채나 튼튼히 경비하시지요."

형이 만류했지만 아버지는 고집을 꺾지 않았다. 사흘이 지났지만 추격대는 장차 우리의 적이 될 두 아이를 체포하지 못했다. 이미 마이치 투스의 관할지에서 빠져나간 것이 틀림없었다. 사흘이라면 충분히 마이치 관할지를 뚫고 지나갈 수 있는 시간이었다.

그 후 아버지 꿈속에는 불에 타 죽은 여자와 어린 아들 둘이 시도 때도 없이 나타났다. 일이 이렇게 되자 아버지는 저주를 풀어내는 행사를 대대

적으로 행하지 않을 수 없었다.

법당에 있는 승려와 사찰에 있는 라마승들이 한데 모였다. 스님들은 진흙으로 동물과 사람을 만들었다. 투스에 대한 저주와 원한을 인형을 통해 대신 풀려는 것이었다. 나중에는 그 인형들을 여인의 시체와 함께 산으로 데려가 화장시켰다. 나무는 화력이 제일 센 멧대추나무 가지를 썼다. 이렇게 불길이 센 나무로 태우면 이 세상의 아무리 단단한 물건이라도 모두 재가 될 수 있었다. 유골을 사방에 흩뿌려 벌려놓으면 어떤 힘도 그것들을 다시 한 군데로 모으지는 못할 것이었다.

밭에는 양귀비 열매가 다 영글어 사람을 마비시키는 향기를 풍겼다. 사찰에 있는 지거 활불은 기가 살았다. 그 바람에 몇 년 동안이나 받았던 냉대를 잊고 아버지에게 간곡하게 말했다.

"제가 보기에 이런 일들은 모두 이 꽃 때문에 벌어진 것 같습니다. 이 꽃이 사람의 마음을 혼란스럽게 만든 것입니다."

활불이 드디어 아버지의 손을 잡았다.

"이 꽃이 어때서요? 아름답지 않은가요?"

아버지는 손을 빼내고 냉랭하게 반문했다. 활불은 순간적으로 아차 하는 생각이 들어 서둘러 합장하며 물러가려는 자세를 취했다. 그러나 아버지가 다시 그의 손을 잡았다.

"이쪽으로 오십시오. 그 꽃이 어떻게 되었는지 같이 봅시다."

활불은 어쩔 수 없이 아버지를 따라 사람의 마음을 혼란스럽게 하는 들판으로 갔다.

들판의 경치는 예전과 달라졌다. 산뜻하고 아름다웠던 꽃은 시들어 떨어졌다. 푸른 잎은 승려의 머리처럼 새파랗고 동그란 열매를 받쳐 들고 있었다. 아버지는 웃었다.

"활불이 데리고 있는 어린 스님들의 머리와 똑같군요."

이러면서 칼을 휘두르자 새파란 열매들이 땅으로 굴렀다. 활불은 칼에 잘린 부분에서 하얀 액체가 흘러나오는 것을 보고 숨을 들이켰다.

"법력이 깊은 스님의 피와 보통 사람의 피는 서로 색깔이 다르다던데, 설마 이 우유 같은 색깔은 아니겠지요?"

활불은 할말이 없었다. 그는 당황하여 땅에 떨어진 양귀비 열매를 밟았다. 열매는 사람의 머리처럼 터졌다. 활불은 다시 고개를 들어 하늘을 올려다볼 수밖에 없었다.

하늘은 구름 한 점 없이 맑았다. 흰 어깨수리가 하늘을 날고 있었다. 날개를 활짝 펼친 채 산골짜기 공기의 흐름을 타고 올라갔다 내려가기를 반복했고 햇빛은 그놈의 거대한 그림자를 땅에 비췄다. 잠시 후 흰 어깨수리가 날아가면서 날카롭게 울었다.

"새가 비바람을 부르는군요."

활불이 아버지를 바라보며 중얼거렸다. 이것은 배운 사람의 병폐다. 그들은 눈앞의 모든 일은 뭐든지 설명하고 해석하려 한다. 아버지는 그냥 웃으면서 대답했다.

"그래요. 독수리는 하늘의 왕입니다. 왕이 나타나면 지상의 뱀이나 쥐는 다 동굴로 들어갈 수밖에 없지요."

새 가운데 왕이 강한 바람소리를 내면서 투스와 활불 앞을 스쳐 지나갔다. 숲에서 비참하게 울부짖는 작은 새를 잡은 그놈은 높은 바위가 있는 곳으로 날아갔다.

투스인 아버지는 나중에, 그날 활불에게 너무 잘난 척하지 말라고 교육시키려는 속셈이었노라고 실토했다. 입이 간지러웠던 어떤 사람은 활불에게 그날의 일들이 사실이냐고 물어보았다.

"아미타불, 우리 승려들한테는 우리가 보는 모든 것을 해석할 권리가 있습니다."

활불은 알 듯 모를 듯한 말을 했다.

대지가 흔들리다

내가 받은 교육에 의하면 세상에서 대지가 제일 튼튼하고, 그 다음이 바로 대지 위에 존재하는 투스의 권리였다.

그러나 마이치 투스인 아버지가 넓은 영지에 양귀비를 심은 해부터 대지는 흔들리기 시작했다. 때마침 그 무렵 지거 활불은 학식이나 법력이 가장 왕성한 시기였기 때문에 아버지의 위협도 그의 입을 다물게 할 수는 없었다. 활불이 투스를 무서워하지 않아서가 아니라, 학식이 있는 모든 사람들이 그렇듯이 세상에 대해 자신의 견해를 밝히려는 습관이 활불의 처지를 그렇게 만든 것이다.

지거 활불은 다섯 근이나 되는 금이 박혀 있는 법좌에 단정하게 앉아 정신을 안정시키고 침식도 잊은 채 숨을 가라앉혔다. 주의력을 집중하고 있으니 본존 부처님에서 금빛이 돌더니 그 빛이 지거 활불에게로 되비쳤다. 그러자 그의 두꺼운 눈꺼풀이 힘차게 뛰기 시작했다. 그는 선정禪定에서 빠져 나와 즉시 침을 발랐는데도 눈꺼풀은 계속 뛰었다. 그는 상좌승에게 금박 장식품을 가져오라고 해서 눈에 달았지만 눈꺼풀이 다시 뛰면서 금 부스러기가 떨어져 내렸다.

"밖에 또 무슨 일이 생겼느냐?"

"동굴에 들어갔던 뱀이 다시 나왔습니다."

"그것 말고는? 뱀만 있는 게 아닌 것 같은데."

"활불께선 정말 대단하십니다. 땅속에서 살아야 되는 눈이 없는 이상한 놈이 땅 밖으로 나왔습니다."

활불은 사원으로 가서 세상에 정말로 이런 일이 일어났는지 직접 봐야겠다고 생각했다.

사원은 용머리처럼 뻗어나간 산기슭 끝에 세워져 있었다. 활불이 사원 입구에 서자마자 모든 것이 한 눈에 들어왔다. 그는 제자들이 말한 것을 보았을 뿐만 아니라 투스 가족의 산채에 형언할 수 없는 색깔의 기가 뒤덮여 있는 것도 보았다. 사방에서 기어가는 뱀을 꼬마들이 쫓아가며 때리고 있었다. 그들은 어린 노예 쑤오랑쩌랑을 따라 막대기에 알록달록한 무늬의 죽은 뱀을 휘감고 노래를 부르며 벌판을 달렸다.

야크의 고기를 이미 신에게 바쳤다

108

야크의 가죽을 이미 줄로 꼬았다

야크의 깃털 같은 꼬리를

이미 쿠롱만다의 갈기에 달았다

정의는 보답을 받을 것이고, 심술은 벌을 받을 것이다

요마가 땅에서 일어났다

국왕 분떠가 죽었다

아름다운 옥이 깨졌다,

아름다운 옥이 산산이 깨졌다.

활불은 깜짝 놀랐다. 바로 〈말과 야크 이야기〉라는 아주 오래 된 전설 속에 나오는 노래였다. 마이치 투스가 세상에 나오기 전에 벌써 널리 전해진 것으로, 이제는 거의 다 잊혀졌고 박학한 승려들만이 옛날 책에서 그것들을 찾을 수 있었다. 활불 역시 이 노래를 잊었다. 그런데 오래 전에 사라졌던 노래가 아무것도 모르는 어린 노예들의 입에서 다시 살아나고 있었다. 활불의 민머리에서 땀이 흘러내렸다.

그는 장경각 앞에 사다리를 세우게 하고 이 이야기가 실린 옛날 책을 찾았다. 어린 중이 뺨을 불룩 내밀어 먼지를 불자 책을 싸고 있는 비단의 노란색이 드러났다.

활불은 가사를 갈아입고 노란색 보따리를 끼고 출발했다. 그는 투스에게 이 이야기를 알려주려고 했다. 이 노래는 꼬마들의 입에서 난데없이 나타난 것이 아니라는 것을 믿게 하려고 했다.

금빛 가사를 떨쳐입은 활불은 헛걸음만 했다. 투스는 산채에 없었다. 언제 돌아오느냐고 물었지만 모두 모르겠다고 대답했다. 사람들이 거짓말을 하는 것 같지는 않았다. 활불은 사원의 주지스님인 멘바 라마를 만나보겠다고 말했다.

"나를 만나겠다면 이리로 오시라고 하지."

주지가 이렇게 오만한 것을 보고 집사까지도 활불의 안색을 슬쩍 훔쳐봤다.

"주지가 나한테 어떻게 하는지 집사도 직접 봤지요? 하지만 큰 재앙이 다가오는 만큼 그런 사소한 일은 따지지 않겠소."

활불은 이렇게 치욕을 참고 위층으로 올라갔다.

그럼 투스는 대체 어디 있단 말인가?

아버지는 그 시간에 새 애인과 함께 들판에서 그 짓 할 만한 곳을 찾고 있었다. 아! 이건 비밀이다. 내게는 황 특파원이 두고 간 망원경이 있었다, 그걸로 나는 아버지와 그의 새 애인이 들판을 뛰는 모습을 쉽게 찾아냈다. 망원경이란 참 쓸모가 많은 물건이다. 어디라도 살펴볼 수 있으니 말이다. 그들은 왜 그 짓을 하기 위해 들판으로 가는 걸까? 다름이 아니라 새로 온 셋째 부인이 투스의 전용 침대를 아주 무서워했기 때문이다. 아버지가 침대에서 그 일을 하려고 할 때마다 그녀는 두려움에 떨곤 했다. 강제로 하려고 하면 필사적으로 반항하며 길고 긴 손톱을 남자의 살 속 깊이 처박으며 애원했다.

"알았어요, 낮에 해요. 제발, 우리 밖으로 나가서 낮에 하자구요."

"당신, 뭘 본 거야?"

양종의 얼굴은 이미 눈물로 젖어 있었다.

"아무것도 못 봤어요. 그냥 무서워요."

아버지는 자기에게 어떻게 이런 강한 성욕이 생겼는지, 또 왜 이 여자에 대해서만은 이렇듯 큰 인내심과 깊은 정이 솟아오르는지 알 수 없었다. 그는 여자를 안고 말했다.

"알았어, 그래. 낮이 오기를 기다리지, 뭐."

그러나 낮에도 상황은 그다지 좋지 못했다. 나는 그들이 들판에서 함께 누울 수 있는 곳을 서둘러 찾는 것을 보았다. 성격이 급한 아버지는 이 끝도 없는 들판의 주인이 자신임에도 불구하고 사랑하는 여자와 함께 잘 수 있는 곳을 찾지 못했다.

들판의 대부분은 이미 동물들이 차지하고 있었다. 냇가에 평평한 바위가 하나 있었지만 가까이 가보니 두꺼비들이 그 위에 쭈그리고 앉아 있었다. 아버지가 내쫓으려고 했지만 그것들은 비키지도 않고 사람을 향해 크게 울기 시작했다. 양종은 잔디밭에 누워 있다가 다시 비명을 지르며 벌떡 일어났다. 몇 마리나 되는 들쥐가 치마 밑에서 나타난 것이다. 아버지는 어쩔 수 없이 여자를 높은 가문비나무에 기대고 서게 했다. 여자의 치마를 걷어올리고 남자가 바지를 막 벗었을 때 그들의 벌거벗은 하체는 개미와 뻐꾸기의 공격을 받았다. 결국 그들은 결합을 포기했다.

나는 그들의 헛된 노력을 모두 지켜보았다. 공중에서 한다면 모를까 아무 희망도 없어 보였다. 하지만 하늘을 나는 방법을 알지는 못하는 것이다. 소문에 따르면 사람을 날게 만드는 기술이 있다고도 하지만 공중에서 여인을 어쩌지는 못한다고 했다. 나는 보배인 망원경을 잘 챙겨 넣었고 아버지와 여자는 성깔을 죽이며 산채로 돌아왔다.

국왕 분떠가 죽었다
아름다운 옥이 깨졌다
아름다운 옥이 산산이 깨졌다

색깔이 찬란한 뱀을 막대기에 감은 노예의 자식들이 광장에서 노래를 부르고 있었다. 투스의 정욕은 분노로 바뀌었다, 분김에 아버지는 하인을 시켜 어린 노예들을 채찍질하게 했다. 양종은 고개를 갸웃하며 아버지를 쳐다보면서 마음껏 웃었다.

그 이전까지만 해도 나는 아버지가 양종을 강제로 끌고 온 것이나 돈으로 내 어머니를 사온 것이 별 다르지 않다고 생각했다. 그런데 얼마 전까지만 해도 그냥 예쁜 여자라고 생각했던 나는 양종의 웃음소리를 듣고 난 후 그것은 여자가 아니라 몹쓸 요괴란 것을 알게 되었다. 언젠가 지거 활불은 아버지 모르게 양종을 해치는 일을 절대로 하지 말라고 우리에게 당부했었다. 요정이 사람에게 해를 끼치는 것 중에는 자신이 알고 하는 것과 자신도 모르고 하는 것 두 가지가 있는데, 셋째 부인은 분명히 두 번째에 해당하기 때문이라는 것이었다. 물론 이것은 나중에 드러날 이야기다.

"나도 예쁜 여자를 좋아하지만, 이 여자는 어쩐지 무섭다."

어느 사이에 나의 형인 단쩐공뿌가 우리 곁에 와서 섰다. 광장에서는 양종이 아버지에게 계속 애교를 떨고 있었다.

"투스님, 저 애들이 노래 짓는 걸 좋아한다면 나에 관한 노래를 지으라고 하세요."

형과 나는 그들 옆으로 갔다.

"활불은 이 노래가 예전부터 있었다고 말했습니다. 그러니 부인께서는 아이들에게 노래를 지으라고 하지 마세요. 하인들은 독사의 무늬만 알지 공작의 아름다움은 모르는 것입니다."

셋째 부인은 화내지 않고 형을 보며 웃었다. 형은 곧 손을 흔들어 사람들을 해산시켰다.

투스와 양종은 거대한 출입문을 지나 위층으로 올라갔다. 마당에서는 노예들이 맷돌로 짬파(^{역주} 청보리로 만든 티베트 고유의 음식재료)를 빻고, 더러는 암소의 젖을 짜거나 은그릇을 닦고 있었다. 노예들이 일하며 노래를 부르기 시작하자 아버지가 사자처럼 포효하는 자세로 뛰어나왔다. 그러나 노래의 내용이 어린 노예가 불렀던 것과 다르다는 것을 알고는 다시 들어갔다.

아버지는 셋째 부인에게 은 장식품을 만들어 주기 위해 은돈을 좀 꺼내오라고 했다. 언젠가 내 말 앞에서 나한테 술을 주었던 그 은 세공장이가 불려왔다. 이 사람은 재주 뛰어난 자신의 손을 가죽 앞치마 밑에 숨기고 있었다.

거대한 벌집 같은 산채는 조용해졌고 세공장이가 은을 두드리는 망치

소리만 울려 퍼졌다. 사람들은 모두 다 귀 기울여 그 맑은 소리를 듣고 있었다.

댕그랑! 댕그랑! 댕·그·랑!

얇게 펴진 은이 그의 앞에서 맑은 연못처럼 반짝거렸다. 나는 아무리 생각해도 그 사람의 이름이 기억나지 않았다. 나는 촐마가 기억할 거라고 생각했다. 왜 그렇게 생각하는지는 잘 모르겠지만 아무튼 촐마는 꼭 기억하고 있을 것만 같았다.

"이 바보!"

촐마는 나를 꼬집었다.

"빨리 말해 봐."

"그 사람이 도련님 시중든 적도 있는데 이름을 벌써 까먹었어요? 설마 내 이름도 이렇게 잊어먹는 건 아니겠지요?"

내가 절대 그러지 않을 거라고 말하고 나서야 그녀는 세공장이의 이름을 가르쳐주었다. 그 사람은 취짜라고 했다. 촐마도 그를 단 한 번만 만났을 뿐인데, 적어도 나는 그렇게 생각한다, 그렇게 똑똑히 기억하고 있다니 내 마음이 은근히 쓰렸다. 그래서 나는 촐마를 보지 않고 다른 곳으로 고개를 돌렸다. 하지만 촐마가 다가와서 그녀의 풍만한 유방을 내 머리에 대자 굳게 버텼던 목의 힘이 빠졌다. 그녀는 내가 더 이상 못 견딘다는 것을 알고 부드럽게 말했다.

"세상에, 내 젖을 빨아댈 때는 어린애 같더니 질투할 줄도 아네."

"난 그 놈을 죽이고 말 테야."

촐마는 몸을 돌리더니 나를 껴안고 내 머리를 그녀의 가슴 사이에 넣고 숨도 못 쉴 정도로 눌렀다.

"도련님 화나셨어요? 그래요? 정말로 화 난 건 아니죠?"

나는 그녀가 나와 몸을 섞었다고 해서 방자한 말투로 말하는 것은 싫었다. 나는 갓 빚어낸 버터처럼 부드러운 그녀의 가슴에서 애써 벗어났다. 벌개진 얼굴에 숨을 크게 들이쉰 다음 촐마에게 말했다.

"난 은 세공장이 그놈의 손을 기름 가마에 넣고 튀겨버릴 거야."

촐마는 얼굴을 가리고 몸을 돌렸다. 비록 투스가 될 수는 없지만 나는 엄연히 투스의 아들이고 장차 투스가 될 사람의 동생이기 때문에 여자를 쉽사리 내 것으로 만들 수 있다. 나는 촐마를 아랑곳하지 않고 주위를 한 바퀴 돌았다.

모든 사람에게는 자기의 일이 있다. 아버지에게는 자신 소유이지만 침대에 함께 들기를 거부하는 셋째 부인이 있다. 두 번째 부인인 내 어머니는 양탄자의 아름다운 꽃무늬 가운데 앉아 좌선을 하고 있었다. 나는 어머니를 불러보았다. 그런데 조용히 뜬 어머니의 눈은 불경에서 말하는 사물의 본질처럼 텅 비어 있었다.

지거 활불은 멘바 라마 앞에서 누런 비단으로 싼 보따리를 풀었다. 어린 노예들은 뱀을 매단 막대기를 들고 들판을 돌아다니며 까마득한 오래 전에 사라졌다가 갑자기 되살아난 그 노래를 계속 부르고 있었다.

화미새 사건 이후로 어린 노예들은 나에게 가까이 오지 않았다. 고귀하지만 남과 다른 처지에 있는 나와 어울리기에는 뭔지 껄끄러운 점이 있었기 때문이다. 나는 외로웠다. 아버지, 형, 어머니도 싸움이 없는 날이나 명절이 아닌 날, 하인에게 벌을 줄 기회가 없는 날이면 외로울 것이다. 나는 갑자기 아버지가 왜 계속 사고를 쳐왔는지 알게 되었다. 보잘것없는 왕뼈 투스 때문에 중국까지 가서 군대를 요청한 것, 양귀비를 심은 것, 병사들을 새로 훈련시킨 것, 여자 하나를 얻기 위해 충성스러웠던 소족장을 죽인 것, 승려들로 하여금 마치 여자처럼 왕의 총애를 두고 서로 다투게 한 것. 그것은 모두 외롭기 때문이었다. 하지만 이 모든 사실을 알게 되었다 해서 내 외로움이 해소된 것은 아니었다.

형은 산채에 없었다. 어딜 갔는지는 아무도 몰랐다. 사람들은 할 일이 많았다. 맷돌을 돌리고 야크의 젖을 짰으며 가죽을 무두질하고 옷감을 짜며 한담도 했다. 은 세공장이는 은을 두드리고 있었다. 댕그랑! 댕그랑! 댕그랑! 그는 나를 향해 한번 웃어주고 자신의 일에 몰두했다. 나는 오늘 그가 참 귀엽게 보인다고 생각했다. 그래서 촐마가 그의 이름을 기억하고 있는 것도 그리 이상하게 생각되지 않았다.

"취짜."

내가 부르자 그는 작은 망치로 듣기 좋은 소리를 내며 대답을 대신했다. 나는 조금 전 촐마 때문에 불쾌했던 일을 잊고 돌멩이로 계단 손잡이를 두드리며 방으로 들어갔다. 촐마는 아직 방에 있었다. 그녀는 나를 보자 얼굴을 벽 쪽으로 돌렸다. 바보이긴 해도 남자인 나의 위안이 필요한 모양이었다. 나는 세공장이가 괜찮은 사람 같다고 말했다.

"정말 그래요."

그녀는 나를 진짜 바보로 생각했다.

"그 사람은 어른이라서 좋고, 도련님은 어린애라서 좋아요."

"나는 투스의 아들이라서 좋고, 그는 은 세공장이라서 좋은 게 아니고?"

그녀는 조심스럽게 나를 살피면서 "예"라고 대답했다. 우리는 양탄자의 산뜻한 꽃들 위에 누워 사랑을 나눴다. 그녀는 옷매무새를 가다듬고 한숨을 쉬더니 말했다.

"주인님께서 저에게 하인한테 시집가라고 할 날이 있을 거예요. 도련님, 제발 그때 은 세공장이에게 갈 수 있도록 해줘요."

나는 마음이 은근히 아팠지만 그러겠다고 했다.

"도련님은 내 주인도 아닌데, 그렇지만 어쨌든 감사해요. 도련님 시중드는 가치가 있네요."

"뭐든 내가 허락하면 되는 일이야."

촐마는 내 머리를 쓰다듬었다.

"하지만 도련님은 투스 자리를 물려받을 수도 없는데……"

세상에, 그 말을 듣는 순간 갑자기 내게 권력에 대한 욕망이 생겼다. 그러나 내가 바보라는 것을 생각하자 그 욕망은 다시 거품처럼 사라졌다. 바보가 어떻게 만인을 통치하는 투스, 인간의 왕이 될 수 있는가? 맙소사, 바보에게 어떻게 이런 생각이 들었을까? 나는 이 모든 것이 여자 때문에 드는 마음이라고 생각했다.

이날 도대체 무슨 일이 벌어졌던 것일까, 오래 생각했다.

자꾸 생각해보니 기억이 났다.

장차 일어날 사건을 예언하려던 지거 활불은 그날 하도 어수선한 일이 많이 생긴 바람에 법당에서 냉대를 받았었다. 그는 멘바 라마 앞에서 그 장서를 펼쳤다. 젖내나는 아이들이 불렀던 노래가 학문이 깊은 두 사람 앞에 펼쳐졌다. 활불의 귀한 장서에는 이야기의 매 절※ 뒤에 몇 사람이 각각 다른 시기에 붙인 여러 주석이 있었다. 그래서 그 이야기들은 길흉을 예측할 수 있는 것으로 생각되었다. 가요 밑에 모년 모월 이 노래가 불리더니 중원 왕조(중국)가 무너졌고, 설산 지역의 어떤 교파도 지지를 잃고 몰락하고 말았다고 씌어 있었다. 멘바 라마는 머리를 가로 저으며 땀을 닦고 말했다.

"나는 이런 것들을 투스한테 말하지 않겠습니다. 정해져 있는 재앙이라면 피할 수도 없지 않습니까? 생각해 보십시오. 투스가 충고를 들을 것 같습니까?"

"세상에, 투스는 누가 봐도 당신들을 총애하는데요."

활불이 멘바 라마를 향해 씁쓸하게 말했다.

"그럼 당신이 여기 법당에 계세요. 나는 차라리 절에 가서 주지를 하겠습니다."

활불은 어느 날 아무 계획도 세우지 않고 산 속으로 훌쩍 떠날까도 생각했다. 사실 그 동안은 심원한 지혜를 구하기 위해 일도 하지 않고 오직 다른 사람이 바치는 시주에 의존하며 살아왔다. 금빛 찬란한 법당과 한담이나 나누던 일을 비교해 보면 속세를 떠난 절로 훌쩍 떠나 조용히 공부나 하는 것이 낫겠다는 생각도 들었다. 어쨌든 활불은 여러 승려들과 멘바 라마가 이쯤에서 논의를 끝낼까봐 두려웠다. 멘바 라마의 품행이 어떻든지 간에 지혜는 자기와 비슷한 인물이라고 생각했다. 활불은 자기가 듣기에도 조심스럽게 멘바에게 물었다.

"그럼, 이 일을 어떻게 하면 좋겠습니까?"

멘바 라마는 머리를 저었다.

"저도 잘 모르겠습니다. 투스의 성질이 갈수록 변덕스럽습니다. 활불, 차나 한 잔 더 드시지요."

이것은 분명하게 그만 가라는 뜻이었다.

"그럼 좋습니다. 그동안 우리는 투스 앞에서 누가 더 학식과 위엄이 있는지 다투어 왔습니다. 하지만 이번 일에서 내가 검은 머리의 티베트 민족을 얼마나 많이 생각하고 있는지 알려드리는 겁니다. 좋습니다. 내 직접 가서 투스한테 얘기를 하겠습니다. 하늘이 노하는 행동을 하지 말라고요. 투스가 내 머리를 자르지는 않겠지요."

활불은 한숨을 내쉬고 방금 내온 차도 마시지 않고 보따리를 끼고 내려갔다. 멘바 라마는 고개를 돌려 법당의 벽화를 바라보았다. 현관에 있는 제일 큰 벽화에는 천상, 인간, 지옥의 세계가 그려져 있었다. 각각의 세계는 거대한 물 속 괴수의 몸에 싸여 있었다. 그 괴수가 눈을 깜박이면 대지가 흔들릴 것이었다. 괴수가 몸을 흔들면 이 세계의 과거, 현재, 미래가 다 없어질 것이었다. 이 세상을 구성하는 그림은 이렇게 아래는 작고 위는 크게 구성돼 있기에 욕망으로 흔들리면 사람들이 가장 신성하게 여기는 신전 자체가 무너져버릴 것이다.

활불은 집사를 찾아가 투스를 만나게 해달라고 말했다.

집사는 원래 우리 집의 호위를 담당하는 대장이었는데 싸움터에서 다리를 절게 된 후에 집사가 되었다. 그가 호위대장이었을 때는 참 용감했었다. 병사로서 받을 수 있는 최고의 상인 벵갈산 호랑이 가죽으로 만든 옷까지 받았다. 이 옷은 보통 사람이 생각하는 그것과 달랐다. 호랑이 통가죽으로 만들었는데 호랑이 머리가 가슴 앞에 매달리고 꼬리는 뒤쪽에 드리워져 있었다. 이렇게 입으면 아무리 변변찮은 사람이라도 위엄 있는 호랑이처럼 보였다. 지금 그는 집사 역할도 훌륭하게 해내고 있다. 그가 유능하기 때문에 아버지와 형은 밖에 나가서 마음 내키는 대로 놀 시간이 생기는 것이다.

집사는 활불한테 직접 차를 내왔고 활불은 부처님 닮은 손으로 찻잔을 받았다. 그 손이 얼마나 부드러운지 하늘에 떠가는 뭉게구름처럼 포근해 보였다. 이렇게 공손하게 차를 올리는 것은 존귀한 활불을 대하는 예의이다. 활불은 향기로운 차를 입안에 잠시 머금었다가 뱃속으로 굴러가게 했다.

"무슨 안 좋은 일이 생겼습니까?"

"곧 생길 겁니다."

"투스님께선 그런 말을 듣기 싫어하실 텐데요."

"듣기 좋든 아니든 그건 투스님의 일이지요. 말하지 않고 마음에만 담아둔다면 나중에 사람들이 나를 비웃을 겁니다. 게다가 세상에 나 같은 사람이 있는 이상, 이런 때는 반드시 뭐라고 말을 해줘야지요."

그러자 전날 호위대장이었던 집사는 급히 투스의 방으로 달려갔다. 그가 직접 안 가면 투스는 활불을 만나지 않을 것이었다. 집사가 들어갔을 때 투스와 셋째 부인은 침대에서 자고 있었다.

"투스님, 활불이 오셨습니다."

"왜, 날 교육시키러 오기라도 했대?"

"이상한 일이 자꾸 생기는지에 관해 얘기하러 왔답니다."

투스는 자기가 법당으로 모셔온 승려가 생각났다.

"우리의 라마, 멘바 말이야. 그럼 그는 왜 얘기하러 안 오는 거야?"

집사는 웃었다. 뭐든지 다 추측하고 해석도 가능하다는 듯 일부러 크게 웃었다. 이렇게 웃는 것 말고 고집 센 투스, 큰 토지의 왕을 다룰 방법이 따로 있겠는가? 투스도 집사의 웃음 속에 뭔가 있다는 것을 감지했다.

"좋아, 활불을 만나 보지."

투스는 이 달콤한 순간을 내던지고 밖으로 나가기 싫었지만 아무렇지도 않은 척 물었다.

"내가 장화를 신어야 할까?"

"예, 신으십시오. 그리고 몸소 맞이하러 가십시오."

투스는 순순히 장화를 신고 계단 입구로 갔다. 활불은 아래에서 웃음 띤 얼굴로 투스를 올려다봤다.

"아, 활불께서 오셨군요."

활불은 계단에 서서 크게 한숨 돌리고 말했다.

"투스님의 영토가 영원하고 검은 머리의 티베트 민족의 행복을 위한 것이니 어떤 말을 하더라도 이해해 주십시오."

"예, 어떤 말이라도 들어줄 테니까 올라오십시오."

투스는 손까지 내밀어 활불을 부축하려고 했다. 그때였다.

쾅, 쾅, 꽈르릉……

천둥이라도 치는 것 같은 소리가 동쪽에서 들려오며 대지가 흔들리기 시작했다. 대지는 마치 거대한 북과 같이 우르르 떨렸다. 진동이 시작되자마자 활불은 계단에서 굴러 떨어졌다. 진동이 잠시 멈추었다가 다시 시작되었을 때는 투스도 넘어졌다. 투스는 바닥에 누워 온 산채가 무너져내리는 것 아닌가 하는 생각이 들었다. 이렇게 지독한 진동 앞에서 산채는 견고한 보루가 아니라 한 무더기 나무, 돌멩이, 그리고 흙덩어리에 지나지 않는 것 같았다.

다행히 진동은 빨리 지나갔다. 투스는 넘어질 때 혀를 깨물어서 생긴 입 속의 피를 뱉고 일어섰다. 활불이 먼지를 털고 일어나 계단을 따라 올라오는 것이 보였다. 투스는 지금까지 자신이 냉대했던 활불이야말로 충성스런 사람이라고 생각했다.

투스는 손을 뻗어 활불을 잡아끌었다. 두 사람은 복도 바닥에 나란히 앉은 채 놀라 허둥거리는 사람들의 고함을 들었다. 집이 무너지고, 사람들이 죽었다는 것을 알 수 있었다. 강물도 잠시 동안이었지만 거센 물결이 일어 작은 다리를 쓸어버렸다. 투스는 자기의 거대한 산채가 그래도 하늘 아래 우뚝 솟아 있는 것을 보고 히죽 웃었다.

"활불, 다리가 무너졌으니까 여기서 자고 가야 되겠군요."

활불은 흘러내리는 땀을 닦으며 말했다.

"이런, 괜히 왔군요. 일은 벌써 벌어졌는데……."

먼지투성이가 된 투스가 활불의 손을 잡고 한동안 낄낄 웃었다. 웃다보니 가래가 나와 뱉었다, 계속 웃으니 가래가 또 올라왔다. 이렇게 연거푸 예닐곱 번 가래를 뱉고 나서 투스는 가슴에 손을 얹고 길게 한숨을 쉬었다.

"세상에, 내가 잘못한 일이 많은 모양이군요."

"그렇게 많지도 않지만 적지도 않습니다."

"나는 내가 어떤 짓들을 했는지 알면서도 막상 이렇게 재앙을 당하니 꿈을 꾸는 것만 같습니다."

"이제 다 끝났습니다."

"정말 끝난 겁니까? 그렇다면 어떻게 해야 됩니까?"

"이재민을 많이 도와주시고 죽은 자들을 위해 제사를 올리십시오."

"방에 들어가서 좀 쉬시지요. 여자들이 많이 놀랐을 겁니다."

아버지는 활불을 데리고 어머니의 방으로 들어가자 어머니는 활불의 발 앞에 무릎을 꿇었다. 그녀는 계속 머리를 활불의 화려한 장화에 갖다댔다. 아버지는 자기가 오랫동안 냉대했던 둘째 부인을 일으켜 세우며 말했다.

"일어나시오. 맛있는 걸 좀 가져오라고 하시구려."

마치 조금 전까지도 이 방에 있었고 다른 데 정신을 팔았던 적은 전혀 없었던 것과 같은 말투였다.

"배고파 죽겠네. 맛있는 걸 못 먹은 지 얼마나 되었나?"

아버지는 한마디를 더 덧붙였다. 어머니가 하인에게 명령을 내리자 그 명령은 연이어 아래층까지 전달되었다. 어머니는 감사의 뜻이 가득 담긴 눈물 어린 눈으로 활불을 바라보았다. 영원히 잃어버린 줄 알았던 남자가 다시 자기 곁으로 돌아온 것이다.

대지가 크게 흔들리니 들판에 있던 괴상한 것들은 다 사라졌다. 사람이 죽거나 집이 무너진 가족은 모두 투스의 구제를 받았다. 얼마 안 되어 대지 가득 심었던 양귀비를 수확할 때가 되었다.

3

백색의 꿈

백색, 그것은 우리 생활 속에 폭넓게 존재한다.

투스의 관할지, 사람들이 사는 집과 사원, 바위와 점토로 쌓아 놓은 건물만 봐도 우리가 이 순수한 색깔을 얼마나 좋아하는지 알 수 있다. 문어귀와 창틀에는 투명한 석영이 놓였고 문틀, 창틀도 백색으로 칠해져 있다. 밖의 높은 벽에는 사악한 기운을 내쫓는 금강역사 도안이 흰색으로 칠해져 있으며 방안의 벽과 궤짝에는 눈에 잘 띄는 해와 달무늬 등이 흰색 밀가루로 그려져 있다.

나는 또 다른 백색을 보았다.

양귀비 열매에서 걸쭉한 흰색 액체가 한 방울 한 방울 흘러 나와 바르르

혼들리다 떨어졌다. 마치 대지가 우는 것처럼 보였다. 하얀 액체는 작고 매끄럽고 푸른 열매에 매달린 채 떨어질 듯 말 듯 소리 없이 흐느껴 울고 있었다. 얼마나 아름다운 경치인가.

낫을 들고 밀을 수확했던 사람들이 야크 뼈로 만든 칼을 들고 양귀비의 푸른 열매 앞에 섰다. 열매를 작게 쪼개자 하얀 액체가 흘러나와 천지간에 살그머니 매달렸다. 그것은 바람을 따라 소리 없이 울고 있었다. 사람들이 다시 밭에 들어갈 때 그들의 손에는 소뿔로 만든 잔 하나가 더 들려 있었다. 하얀 액체는 칼에 긁힌 푸른 열매 밑에 더 큰 방울로 맺히고, 이윽고 소뿔 잔으로 떨어졌다. 이튿날, 푸른 열매에는 백색의 짙은 액체가 모일 수 있도록 다시 새로운 상처가 생겼다.

황 특파원은 중국 땅에서 이 백색 액체가 흐르는 열매를 가공할 사람을 보냈다. 그들은 산채와 멀지 않은 곳에 나무로 움막을 지었다. 움막은 항상 문을 닫은 채 약물 달이는 냄새만 풍겼다. 움막에서 날아온 냄새가 조금만 코로 들어가도 사람들은 하늘까지 솟아오르는 기분을 느꼈다. 위대한 마이치 투스인 아버지는 전에 없던 미묘한 물건으로 사람을 해탈시킨 것이다. 이 영약은 모든 사람들로 하여금 속세의 모든 고통도 잊게 해주었다.

지난번 지진으로 인해 한참 냉대를 받았던 멘바 라마는 이런 일들을 보며 새로운 해석을 내놓았다. 그의 관점은 지거 활불의 것과 완전히 달랐다. 이 미묘한 물건은 하늘의 신령들에게만 있는 것인데 투스가 말할 수 없이 복이 많은 사람이라서 검은 머리의 티베트 사람들에게 전해진 거라고 했다. 그리고 지진은 다만 천신들이 보배를 잃은 분노를 잠깐 표현했을 뿐이라는 것이다. 멘바 라마는 자기의 간절한 기도를 통해 신령들의 노여움을 가라앉혔다고 했다. 아버지는 사람을 취하게 하는 향기를 깊이 들이마시고 빙그레 웃으며 몽롱한 눈으로 지거 활불을 바라보았다.

"투스님께서 멘바 라마의 말을 믿으신다면 저는 이제 사원으로 돌아가야겠습니다."

"이런, 활불께서 또 화를 내시는군요. 그러나 난 활불이 괜한 말을 하고 계신다는 것을 알고 있습니다."

투스는 마치 지금 활불이 옆에 없는 것처럼 굴었다.

"투스님께서 누구의 말을 믿고 싶어 하시는지 저하고 무슨 상관이 있습니까?"

활불 또한 투스가 안중에 없는 것처럼 말했다.

"맙소사, 예전에 고승 한 분이 제게 하늘의 뜻에 의해 정해진 것은 아무도 막을 수 없는 거라고 말씀하신 적이 있지요."

활불의 말에 아버지는 웃었다.

"우리 활불께서는 참 총명하기도 하십니다."

"투스님께서는 그럼 멘바 라마와 같이 계시지요. 그를 더 믿으시는 것 같으니까요."

투스는 더 이상 말하고 싶지 않았다. 손에 들고 있는 방울을 한 번 흔들자 맑은 소리가 울렸고 곧바로 집사가 달려왔다. 집사는 다리를 절뚝거리면서 활불을 정문까지 배웅했다.

"활불님, 말씀해 주십시오. 이 열매가 정말 우리에게 액운을 가져올 겁니까?" 느닷없이 집사가 물었다.

활불이 눈을 드니 집사의 걱정스러운 얼굴이 보였다.

"그럼 거짓말일까요, 내가 속임수나 쓰고 다니는 사람입니까? 두고 보면 압니다."

"활불님, 우리 주인의 사업이 잘 되도록 기도 잘해주시기 바랍니다."

활불은 손을 한번 흔들고 가버렸다.

엄청나게 넓은 땅에서 사람들은 쉴 새 없이 양귀비를 수확하고 있었다. 하얀 액체는 곧 검은 고약으로 만들어졌고 전에 한 번도 맡아본 일이 없던 향기가 사방을 퍼져나갔다. 쥐들도 숨어 있던 곳에서 줄지어 나와 아편을 만드는 방으로 들어갔고 대들보에 웅크려 앉아서는 그 향기에 취했다. 어머니는 늘 괴롭히던 두통이 꽤 한참 발작하지 않아서 마음이 느긋해졌다.

어머니는 나를 데리고 아무나 못 들어가는 그 방으로 갔다. 입구에 이르자 황 특파원의 부하가 총을 들고 막았다.

"왜 나를 못 들어가게 하는 건가요? 이럴 거라면 황 특파원께서는 뭣 때문에 나한테 아편 도구를 주셨을까요?"

병사는 잠깐 생각하더니 총을 거두고 우리를 들어가게 했다. 나는 그들이 큰 가마 속에다 아편을 가공하는 모습을 보았다. 하지만 별 관심을 갖지는 않았다. 내 눈에 부뚜막 앞에 한 줄로 꿰어 있는 고기가 보였다. 그것은 내가 어린 노예들과 함께 잡아먹었던 화미새와 같았다. 내가 한 마리를 가져다 먹으려고 했을 때, "찍" 소리와 함께 작은 쥐 한 마리가 들보에서 떨어졌다. 아편을 달이고 있던 사람이 손에 든 도구를 놓고 작은 칼로 쥐의 뒷다리를 가볍게 찌르더니 가죽을 옷처럼 벗겨냈다. 다시 한 번 칼질을 하자 아직 펄떡거리는 폐와 심장이 딸려나왔다. 양념이 듬뿍 담긴 접시에 쥐를 찍자, 맙소사, 그것은 바로 내 앞에 걸려 있는 그 고기가 되었다.

"애 놀라게 하지 마세요."

어머니의 말에 그 사람들은 킬킬 웃었다.

"마님, 맛 좀 보실래요?"

어머니는 고개를 끄덕였다. 그을려 익힌 쥐 고기가 아궁이에서 기름을 내뿜었다. 그 맛있는 냄새는 화미새에 못지않았다. 들보에 웅크려 앉은, 눈이 번득이는 그 많은 쥐들을 무심코 보지 않았더라면 나도 한족 사람들의 별미를 맛보았을 것이었다. 그러나 쥐들의 뾰족한 입이 내 위장을 물어뜯을 것만 같았다. 어머니는 내가 눈을 둥그렇게 뜨고 보는데도 상관하지 않고 하얀 이를 드러내며 쥐 고기를 먹었다. 내가 눈을 휘둥그렇게 뜨고 멍청히 바라보고 있었지만 어머니는 고양이처럼 야옹거리며 내게 말했다.

"맛있다. 참 맛있다. 우리 아들도 같이 먹을까?"

나는 토할 것 같아 재빨리 문 밖으로 도망쳤다.

예전에 한족은 무서운 족속이라 말한 사람이 있었다. 나는 여태껏 그 말을 믿지 않았었다. 아버지도 그 허튼 소리를 믿지 말라고 했다. 하지만 오늘은 달랐다. 나는 나중에 식구들에게 내가 본 것을 얘기했다. 아버지는 대수롭지 않게 여겼다. 어머니가 무서우냐고 묻더니 어머니의 민족은 우리와 다른 비위를 가지고 있을 뿐이라고 말했다. 형의 의견은 결점 없는 사람이 어디 있겠느냐는 것이었다. 한참 뒤 영국에서 돌아온 누나는 이 말을 듣고 난 다음 한족이 무서운지는 모르겠고 다만 자기는 그들을 좋아하지는 않는다고 했다. 나는 그 사람들이 쥐도 잡아먹는다고 말했다. 그러자 누나는 그 사람들은 원래 뱀도 잡아먹고 그것 말고도 별 이상한 것을 다 먹는다고 했다.

어머니는 쥐 고기를 다 먹고 난 다음 흡족한 듯이 고양이처럼 혀로 입술을 싹싹 핥았다. 여자에게서 무심결에 나타나는 고양이와 같은 동작은 정말 끔찍하다. 그렇기 때문에 나는 투스 부인인 내 어머니의 이런 몸짓이 무서웠다.

그런데 어머니는 아무렇지도 않은 듯 씩 웃으며 말했다.

"그 사람들이 아편을 보내왔는데 난 아직 안 피워봤어. 지금 같으면 한 번 피워봐야지."

내가 아무 말도 하지 않는 것을 보고 어머니는 말을 이었다.

"기분 나쁘게 생각하지 마라. 아편이 안 좋다고들 하지만 아주 안 좋은 것은 아니란다."

"엄마가 말하지 않았으면 저는 아편이 안 좋다는 것도 몰랐을 거예요."

"돈 없는 사람에게 아편은 안 좋은 거지만 돈 많은 사람에게는 그렇지도 않아."

그러면서 마이치 가족은 주변에서 제일 부유한 집이니까 괜찮다고 했다. 어머니가 손을 내밀어 내 팔을 잡자 긴 손톱이 내 피부를 파고 들어갔다. 나는 쥐의 뾰족한 이빨에 물린 듯이 기겁을 하며 냅다 소리를 질렀다.

어머니는 아들의 얼굴에 두려운 표정이 스치는 걸 보자 무릎을 꿇고 나를 붙들고 흔들었다.

"애야, 왜 그래? 뭘 봤길래 그렇게 겁을 내니?"

나는 큰 소리로 울었다. "엄마가 쥐를 먹었잖아요. 엄마가 쥐를 먹었잖아요." 원래는 이렇게 외치고 싶었지만 하늘만 가리켰다. 구름 덩어리가 좀 멈춰 있는 것 외에 하늘은 텅 비어 있었다. 가장자리가 하얗게 빛나는 구름은 흰 무더기로 밝게 뭉쳐 있었다. 너무나 깨끗하고 밝아서 오히려 가운데가 어둡게 보였다. 구름 떼는 광활한 공간에서 본질이 무엇인가를 잃어버린 듯, 더 이상 어느 방향으로 움직여야 할지 모르는 것 같아 보였다.

어머니는 내 손을 따라 하늘을 바라보았지만 아무것도 보지 못했다. 어머니는 그 구름 떼에 어떤 뜻이 있는 가는 생각하지 않았다. 어머니에게 관심 있는 것은 오직 지상의 일 뿐이었다. 이때 쥐 떼가 특이한 향기가 나는 곳으로 이동했다. 나는 무섭다고 말하고 싶지는 않았다. 통치자의 피가 조금이라도 흐르는 몸이기에 내가 아무리 모자라는 바보라도 다른 사람에게는 손안의 비밀을 노출시켜서는 안 된다. 그래서 나는 하늘을 향해 손짓할 수밖에 없었다. 이 일이 있은 후 어머니도 나를 무서워했다.

잠시 후에 우리는 다시 성큼성큼 산채로 걸어갔다. 광장에서는 망나니 얼이가 사형을 집행하는 기둥에 사람을 묶고 있었다. 얼이는 우리를 보더니 그 혈통 특유의 마르고 긴 몸을 구부려 "도련님, 마님." 하고 인사했다.

내 몸이 두려움으로 당장 굳어졌다.

"너희들 몸에 가득한 살기로 도련님 몸에서 더러운 것을 내쫓아야겠다.

너희 아들에게 도련님이랑 자주 만나라고 해라."

어머니의 말에 망나니는 다시 허리를 굽실했다.

언제부턴지 마이치 투스의 망나니들은 전부 다 같은 이름—얼이—을 갖고 있었다. 그들이 전부 살아 있다면 누가 누군지 구별이 안 될 것이다. 하지만 다행스럽게도 그들은 옛날부터 2대씩만 살아 있었다. 아버지가 사형을 집행할 때 아들은 점점 커가면서 사형 집행의 여러 가지 솜씨를 배우는 것이다. 사람을 죽이는 사람은 늙은 얼이이고 교대를 기다리는 사람은 어린 얼이였다. 얼이들은 사람들이 제일 무서워하고 또 스스로는 세상에서 가장 외로운 사람이라고 할 수 있다. 어떤 때 나는 어린 얼이가 벙어리가 아닌지 하는 생각이 들었다. 그래서 나는 고개를 돌려 망나니한테 물었다.

"아저씨 아들은 말할 줄 알아요? 모르면 내가 좀 가르쳐줄게."

망나니는 나한테 허리를 굽혀 크게 감사의 인사를 했다.

어머니는 위층으로 올라가서 누웠다. 그리고 촐마에게 상자에서 황 특파원이 보내준 아편 도구를 꺼내 불을 붙이라고 분부했다. 그런 다음 품속에서 축축한 진흙 같은 아편을 꺼내 환약처럼 빚어 담뱃대에 넣고 불을 붙이자 흰 연기가 솟아올랐다. 어머니의 몸이 늘어지더니 한참 있다 깨어났다.

"오늘부터 난 더 이상 무서울 게 없다. 그런데 황 특파원이 준 은제 아편 도구가 우리 집에 있는 물건보다는 예쁘지 않구나."

어머니가 말하는 것은 담뱃대를 담는 은 접시와 작은 물 주전자 그리고 아편을 건지는 데 쓰는 꼬챙이 두세 개였다. 촐마가 서둘러 말을 이었다.

"제 친구가 있는데 솜씨가 뛰어나거든요, 그 사람한테 새로 만들라고 할
까요?"

"네 친구라고? 아래 마당에 있는 그 녀석?"

촐마의 얼굴이 빨개지며 고개를 끄덕였다.

해가 지고 있었다. 늦가을의 석양은 금빛 찬란했지만 방안은 눈에 띄게
어두웠다. 방이 어두워질수록 투스 부인의 눈은 밝아졌다. 나는 아편 가공
하는 방에서 본 쥐들의 눈이 연상되었다. 내가 촐마의 손을 잡자 이 망할
것이 내 손을 홱 뿌리쳤다. 그 손길이 내 가슴에 아프게 부딪혔다. 나는
아! 소리를 질렀다. 이 소리는 마음의 아픔을 암시하기도 하고 어머니의
번득이는 눈에 대한 공포감을 표현한 것이기도 했다. 두 여자가 놀라 어떻
게 된 일이냐고 동시에 물었다.

촐마가 따뜻하고 부드러운 손으로 얼른 내 머리를 껴안았다.

나는 뒷짐을 지고 창문 쪽으로 갔다. 파란 하늘에 하나씩 떠오르는 별을
보면서 나는 변성기의 갈라진 목소리로 촐마에게 말했다.

"해가 졌다. 불 켜!"

"해가 졌구나. 불을 켜라!"

어머니도 말했다.

나는 여전히 밤하늘만을 바라보고 있었다. 촐마가 성냥을 켜자 화약냄
새가 확 퍼졌다. 등불이 켜졌다. 나는 몸을 돌려 촐마의 손목을 잡으며 말
했다.

"이 계집애, 넌 내 가슴을 아프게 했어."

이러자 촐마는 이내 눈물을 글썽거리며 바닥에 무릎을 꿇더니 내 손을 잡고 향기 나는 입으로 혹 불었다. 아팠던 데가 간지러웠다. 나는 히히 웃었다. 촐마는 어머니 쪽으로 얼굴을 돌렸다.

"마님, 오늘은 도련님께서 신분에 맞게 처신하시네요. 이렇게 하면 앞으로 투스가 되실 수 있을지도 모르겠어요."

내가 이 영지의 투스가 될 수는 없는 일이지만 어쨌든 그 말은 내 기분을 좋게 만들었다. 어머니도 촐마의 말이 마음에 드는 듯 얼굴이 펴졌다. 하지만 입으로는 욕을 내뱉었다.

"망할 것, 말도 안 되는 소리하고 있네."

"뭐가 말이 안 된단 말이야?"

어느 틈엔가 아버지가 들어섰다.

"말해봐, 뭐가 말이 안 되는 얘긴지?"

"애들이 그냥 지껄이는 말이에요."

어머니가 급히 주워 담으려고 촐마가 나한테 애교부릴 때 같은 얼굴로 말했다.

"화내지 마세요, 내가 말해줄게요."

투스는 침대에 앉아 두 손으로 어머니의 무릎을 누르며 물었다.

"말해봐!"

어머니는 촐마가 아까 나를 칭찬했다는 얘기를 했다. 투스는 너털웃음을 지으며 나를 손짓해 불렀다.

"내 아들아, 투스가 되고 싶으냐?"

촐마가 아버지 등 뒤로 가서 나를 향해 그러지 말라는 뜻으로 손을 내저었지만 나는 "네" 했다. 사병이 장군의 물음에 대답하듯이 목소리도 컸다.

"좋다."

그는 다시 물었다.

"어머니가 너한테 그렇게 하라고 시킨 건 아니겠지?"

나는 병사처럼 발꿈치를 딱 부딪치고 아버지에게 크게 말했다.

"아닙니다. 어머니는 이렇게 생각하지 말라고 하셨습니다."

아버지는 날카로운 눈으로 자기 아내를 돌아보았다.

"차라리 바보의 말이 더 믿음직할 때가 있지. 어떤 때는 똑똑한 사람이 너무 많아 오히려 불안하거든."

그러면서 내게 말머리를 돌렸다.

"네 생각이 옳다. 그리고 네 어머니가 그렇게 생각하지 말라는 말도 옳다."

어머니는 촐마더러 나를 방으로 데려가라고 분부했다.

"도련님께선 자야 할 시간이다."

내 옷을 벗겨줄 때 촐마는 내 손을 세차게 뛰고 있는 자기 가슴 위에 놓았다. 촐마는 놀라서 죽을 뻔했노라면서 내가 바보이기는 하지만 바보 같은 복도 있다고 했다. 난 바보가 아니다. 만약 바보라면 투스가 되려는 생각도 없을 거라고 했다. 그러자 촐마는 아주 힘껏 나를 꼬집었다. 나는 머리를 그녀의 젖가슴에 묻은 채 잠들었다.

그 동안 내 꿈은 온통 백색이었다. 오늘도 나는 백색의 즙이 세차게 흘러오는 꿈을 꾸었다. 다만 백색의 원천이 여자의 유방인지 양귀비의 열매인지는 알아내지 못했다. 흰 물결이 내 몸을 휘감아 띄웠다. 나는 큰 소리를 지르며 깨어났다. 출마가 내 머리를 안으며 물었다.

"도련님, 왜요?"

"쥐! 쥐!"

나는 정말로 쥐를 봤다. 창문으로 비쳐 들어오는 뿌연 달빛 속에 쥐가 있었다. 나는 쥐가 무서웠다.

그 뒤로 나는 절대로 혼자서는 산채 주변을 돌아다니지 못하게 되었다.

망나니의 집

나는 쥐가 무서웠다.

그러나 사람들은 내가 병이 난 거라고만 했다.

나는 병이 난 것이 아니라 눈이 반짝거리고 앞니가 몹시 날카로운 그 작은 동물이 무서울 뿐이었다. 하지만 사람들은 끝까지 내가 병이 났다고 우겼다. 그렇게 생각하지 말라고 할 수도 없는 노릇이었다. 결국 내가 할 수 있는 일은 어머니가 오셨을 때 촐마의 손을 꼭 잡는 것뿐이었다. 집사는 날마다 어린 노예 쑤오랑쩌랑과 어린 망나니 얼이를 문 밖에서 기다리게 했다. 내가 문 밖으로 나가면 어린 노예들은 채 한 걸음이 안 되는 거리로 나를 붙어다녔다.

"도련님은 투스가 되려면 멀었는데도 투스보다 더 멋있네요."

촐마의 이런 말에 나는 단지 "무섭다"라는 말만했다.

촐마가 더 이상 못 참겠는지, "도련님 진짜 바보로군요." 이러면서 자꾸 눈길을 은 세공장이에게로 돌렸다. 은 세공장도 마당에서 우리를 보고 있었다. 그러다 망치로 자기 손을 내려치는 것을 보고 나는 웃음을 터뜨렸다. 생각해보니 웃어본 지 꽤 오래 되었다. 오랫동안 웃을 일이 없는 사람만이 여자보다도 웃음이 사람을 더 편하게 만든다는 것을 알 수 있다. 그래서 나는 아예 바닥을 구르며 계속 웃었다. 보는 사람마다 도련님이 많이 아프다고 했다.

내 병 때문에 멘바 라마와 지거 활불의 경쟁이 다시 벌어졌다. 둘 다 나를 완치시킬 수 있다고 서로 큰소리쳤다. 멘바 라마가 우리 산채에서 좀 더 가까운 곳에 있기 때문에 먼저 치료를 하게 되었다. 염불이 위주였고 약도 썼지만 아무 효과도 없었다. 지거 활불은 반대 방법을 택했다. 약을 중점적으로 쓰면서 염불을 보조로 했는데 그것 역시 아무 효과도 없었다. 앞으로는―내가 정말로 병이 든다해도―이 두 사람의 치료는 더 이상 받고 싶지 않았다.

약을 먹을 때 눈을 감으면 약이 입에서 위장까지 내려갔다가 바로 창자로 떨어지는 것이 보였다. 다시 말해 승려들이 준 약이란 게 쥐를 무서워하는 그 부위까지는 갈 수 없고 단지 얇은 위벽 사이로 살짝 지나갈 뿐이었다.

두 승려가 자신들의 약을 마치 대단한 보물인양 대하는 정중한 태도는 되게 우스웠다. 멘바 라마의 것은 아주 멋진 상자에 든 새까만 알약인데 한 알 한 알이 보석처럼 보였다. 반면 활불의 약은 가루인데 먼저 종이로 싼 뒤 다시 겹겹의 노란 비단에 싸여 있었다. 두툼한 활불의 손이 끝도 없어 보이는 비단을 한 겹 한 겹 벗겨낼 때면 그 안에서 잘 정돈된 세계 하나가 튀어나올 것만 같았다. 그러나 엄청난 비단 더미 속에는 회색 가루가 조금 들어있을 뿐이었다.

활불이 그 약을 앞에 놓고 경건하게 염불하는 모습을 보고 있자면 내 뱃속의 쥐를 무서워하는 부위조차도 웃음을 터뜨릴 것만 같았다. 회색가루가 입으로 들어가면 야생마들이 건조한 대지를 질주하는 것처럼 뱃속이 어지럽고 눈앞이 먼지가 날린 듯 뿌옇게 변했다.

법력이 높다는 두 의사한테 무슨 병이냐고 묻자 멘바 라마는 냉큼 대꾸했다.

"도련님에게 부정한 것이 붙어서 그렇습니다."

지거 활불도 같은 말을 했다.

그들이 말한 부정한 것에는 두 가지의 뜻이 있었다. 하나는 지저분한 것이고 다른 하나는 부정한 것을 의미했다. 나는 그들이 어느 것을 말하는지 몰랐지만 알고 싶지도 않았다. 쑤오랑쩌랑은 성대모사를 잘하는 재주가 있었다.

"도련님에게 깨끗하지 못한 것이 묻어 있어서 그렇습니다."

쑤오랑쩌랑이 지거 활불의 흉내를 내자 우리 모두 웃음을 터뜨렸다. 어린 망나니는 소리 없이 웃었다. 쑥스러워하는 망나니의 웃음에 비하면 쑤오랑쩌랑의 웃음은 큰 대야에 물이 콸콸 쏟아지듯 요란하고 수선스러웠다. 나는 두 어린 노예를 다 좋아했다.

"난 너희가 좋아. 너희는 죽을 때까지 날 따라다녀야 돼."

나는 부정한 물건에 손대지 않았노라고 애들에게 말했다. 우리가 같이 있을 때 얘기하는 것은 언제나 나 혼자였다. 쑤오랑쩌랑은 할말이 없어서였고 어린 얼이는 할말은 많지만 어떻게 말을 꺼내야 하는지 몰라서 입을 다물고 있었다. 이런 사람은 절에 가서 경전공부를 하면 딱 어울릴 것이다. 하지만 태어나기를 우리 집 망나니인 것을 어찌 하겠는가.

두 어린 노예들은 내 뒤를 따라 가을의 넓은 들판을 걷고 있었다. 가을 하늘은 갈수록 높고 푸르러졌다. 양귀비 열매 냄새가 사방으로 풍겨 대지도 취한 것 같았다. 나는 느닷없이 어린 얼이에게 말했다.

"너희 집에 가보고 싶어."

어린 얼이의 얼굴이 순간 파랗게 질리더니 무릎을 꿇으며 말했다.

"도련님, 저희 집에는 쥐보다 더 무서운 것들이 있는데요."

그 말을 듣자 나는 더욱 가고 싶어졌다. 나는 겁쟁이가 아니다. 전에도 쥐를 무서워하지도 않았다. 어머니만 내가 왜 이렇게 됐는지 알고 있었다. 그래서 나는 꼭 망나니 집에 가보겠다고 고집을 피웠다.

쑤오랑쩌랑은 집에 있는 무서운 물건이 뭐냐고 얼이에게 물었다.

"사형 도구인데 피가 묻어 있어."

"또 뭐가 있냐?"

그는 주위를 살펴며 말했다.

"옷, 죽은 사람들의 피가 묻은 옷 말이야."

"앞장 서."

뜻밖에도 망나니의 집은 어떤 사람의 집보다도 평화스럽고 조용해 보였다. 마당에서는 약초를 말리고 있었다. 망나니들은 자신들이 터득한 특별한 지식이 있는 이 지역의 진정한 외과 의사였다.

어린 얼이의 어머니는 망나니에게 시집가게 된 자신의 운명을 받아들이지 못했는지 아들을 낳은 지 얼마 안 돼 죽었다. 망나니 집에 있는 여자라고는 여든 살 된 할머니가 전부였다. 내가 누군지를 안 얼이의 할머니는 몸을 부들부들 떨었다.

"도련님, 제가 벌써 죽었어야 되는데, 아이는 여자가 보살펴야 하기에 죽지도 못했습니다."

어린 얼이는 도련님이 할멈을 죽이러 온 것이 아니라고 얘기했다. 하지만 주인들이 아무 이유 없이 노예의 집에 올 리가 없노라고 했다. 할머니는 잘 보이지도 않는 눈으로 더듬거리면서 놋쇠 차 주전자 하나를 광채가 나도록 닦았다.

우리가 구경한 첫 번째 방에는 여러 가지 집행도구가 들어 있었다. 먼저 채찍을 보았다. 소의 날가죽, 무두질한 소가죽, 등나무에 안에 금실을 꼬아넣은 채찍 등 여러 개가 있었다. 그것들은 다 역대의 마이치 투스가 상으로 준 것이었다. 다음은 칼이었다. 크기와 모양이 서로 다른 칼들은 장식용이 아니었다. 넙적하고 얇은 것은 사람의 목에 적당한 것이고 좁고 긴 것은 옆구리를 뚫어 그 안의 장기에까지 닿기에 편리한 것이다. 초승달보다도 심하게 휜 칼로는 사람의 무릎을 도리는데 더없이 적합한 것이었다. 그밖에도 여러 가지가 더 있었다. 예를 들어 눈을 빼내는 데 쓰는 국자도 있고 이빨을 빼는 도구도 있었다. 이것은 치통을 다스리는 데도 쓰이지만 한꺼번에 모든 이를 빼낼 수도 있는 것이다. 이런 저런 물건이 한 방을 가득 채우고 있었다.

쑤오랑쩌랑은 이런 물건을 보자 신바람이 났다. 그는 어린 얼이에게 말했다.

"마음껏 사람을 죽일 수 있으니까 너 참 좋겠다."

"사람 죽이는 일은 아주 고통스러운 거야. 그들이 법을 위반했다고는 하지만 망나니의 원수는 아니거든."

어린 얼이는 흘깃 나를 보고 작은 소리로 속삭였다.

"다시 말해서 망나니가 죽인 사람 가운데는 억울한 사람도 있단 말이에요."

"네가 어떻게 알아?"

"저는 아직 사람을 죽인 적이 없으니까 잘 모르지만 어른들이 그러던걸요!"

그는 다시 위층을 손가락으로 가리키며 말했다.

"죽은 사람의 옷을 보면 알 수도 있대요."

그 옷들은 망나니 집의 다락방에 있었다. 다락방은 죽은 사람의 옷을 보존하려고 나중에 다시 덧 지은 것이었다. 나무 사다리가 위로 뻗어 있었다. 사다리 앞에 선 어린 얼이의 얼굴이 전보다 더욱 창백해졌다.

"도련님, 우리 올라가지 말아요."

나도 겁이 나는 참이라 고개를 끄덕였다. 그런데 쑤오랑쩌랑이 나를 불렀다.

"도련님! 무서워서 그러세요 아니면 바보라서 그러는 거예요? 문 앞까지 왔는데 안 들어간다니요? 다시는 도련님하고 안 놀 거예요."

나를 바보라고 하다니…… 저는 별수 있단 말인가? 아마도 제가 나와 놀아준다고 생각하는 모양이었다.

"네 말을 기억하마. 네가 나랑 놀고 있는 줄 알아? 내 시중을 들고 있는 거야, 이 멍청아!"

이 말에 멍하니 서 있는 쑤오랑쩌랑을 보자 나는 기분이 좋아졌다. 그의 멍청한 입이 크게 벌어져 있었다. 어린 얼이도 내 옆에 넋 나간 듯 서 있었다. 내가 턱짓을 하자 어린 얼이는 창백한 얼굴로 사다리를 올라갔다. 사다리의 끝은 다락방 입구에 걸쳐 있었다. 입구에는 스님이 써준 봉인 부적이 붙어 있었다. 부적 위에 뿌려진 금분이 햇빛 아래서 반짝거렸다.

나와 쑤오랑쩌랑도 이어서 올라갔다. 내 머리가 얼이의 발에 부딪히자 어린 얼이는 돌아보며 다 왔다고 했다. 그러면서 정말로 문을 열 것인가를 물었다. 혹시 원혼이 튀어나올지도 모른다고 했다. 그러자 쑤오랑쩌랑은 얼이의 빌빌거리는 모습이야말로 원혼과 똑같다고 욕했다. 자세히 보니 어린 얼이의 모습은 정말 원혼과 비슷한 것도 같았다.

"제가 겁나서 그러는 게 아니고요 정말로 원혼 같은 게 도련님을 해칠까 봐 그래요."

144

어린 노예 두 녀석은 한 놈은 간이 크고 한 놈은 말을 잘했다. 간 큰 녀석은 안하무인이고 꼼꼼한 녀석은 겁이 많았다. 나는 둘 다 좋아할 수밖에 없었다.

망나니의 집은 작은 언덕에 있었다. 투스의 산채보다 낮지만 다른 집보다는 높았다. 나는 나무 사다리에 올라서서 눈 아래 넓은 들판을 내려다보았다. 가을 하늘에 산비둘기들이 날아다니고 있었다. 우리는 지금 날아가는 비둘기보다 더 높은 곳에 있었다. 강물이 먼 하늘 끝으로 흘러가는 것도 보였다.

"문 열어!"

내 명령에 따라 어린 얼이가 문의 자물쇠를 떼냈다. 쑤오랑쩌랑도 나처럼 숨을 거칠게 쉬고 있었다. 어린 얼이의 손이 작은 문에 닿자 문이 끼익 소리를 내며 열렸다. 차가운 바람이 확 몰려왔다. 나, 어린 얼이, 쑤오랑쩌랑 모두 덜덜 떨었다. 우리는 안으로 들어가 밖에서 비쳐오는 햇빛 한가운데 섰다.

옷이 방에 가로놓인 횃대에 한 벌 한 벌 걸린 채 고요히 드리워져 있었다. 꼭 수많은 사람이 선 채로 잠을 자는 것 같았다. 옷깃에 남아 있는 희미한 핏자국은 이미 까맣게 되어 있었다. 옷감은 전부 다 고급품이었다. 처형자들이 과거 명절에만 입었던 옷인 모양이었다. 처형당할 때 사람들은 가장 좋은 옷을 입었다, 그리고 목숨을 빼앗긴 다음에는 옷에 핏방울을 떨어뜨려 자신들이 인간이었음을 드러냈던 것이다. 수달피로 테를 두른 옷을 들어올리면서 옷 속에 쪼글쪼글 말라비틀어진 시체의 얼굴을 맞닥뜨릴지도 모른다는 생각을 했지만 옷의 안감인 비단으로 어둑신한 빛이 스칠 뿐이었다. 쑤오랑쩌랑이 간 크게 그 옷을 제 몸에 걸쳤지만 아무 일도 일어나지 않았다. 아무 일도 안 일어나니 우리는 무척 실망스러웠다.

산채로 돌아가는 길에 동쪽 산 입구에서 사람 그림자가 하나 보였다. 이어서 서쪽 산 입구에서도 그림자가 얼씬거렸다. 두 어린 노예는 어떤 사람이 왔는지 보고 가려고 기다렸다. 누구라도 이 길을 지나가려면 꼭 산채에 들를 것이었다. 돈이 있으면 돈을 바치고 물건이 있으면 물건을 바치고 혹시 아무것도 없으면 마이치 투스인 아버지 듣기에 좋은 말이라도 바쳐야 했다.

위층에 올라가자 촐마가 차를 가져왔다. 내가 두 아이한테도 차를 주라고 하자 촐마는 아주 기분 나쁜지 나를 흘겨보며 말했다.

"내가 노예한테도 차를 따라줘야 돼요?" 난 모른 척했다

촐마는 별수 없다는 듯 그들 앞에 찻잔을 내와 뜨거운 차를 부었다. 끝내 두 아이에게 쓴 소리를 하는 촐마의 목소리가 들렸다.

"주제넘게, 감히 도련님 앞에 앉아 차를 마셔? 문 밖에 선 채로 마셔!"

이때, 정문을 지키는 개들이 짖기 시작했다.

"낯선 사람이 왔네요."

"널 데리고 갈 사람이 왔구나."

촐마는 내 말에 고개를 숙이고 아무 말도 못 했다.

"안타깝게도 은 세공장이는 아니네."

내가 촐마의 안색을 살피고 있을 때 아래층에서 손님이 왔다고 알리는

146

소리가 들렸다. 나는 난간에 팔을 끼운 채 아래를 내려다보았다. 이날 나는 모처럼 둥근 자수 무늬의 비단 두루마기에 선홍색의 허리띠를 차고 큼지막한 녹색 산호가 자그마치 세 개나 박혀 있는 단도를 차고 있었다.

손님이 고개를 들어 나를 쳐다보더니 손을 흔들었다. 아버지, 형, 어머니, 마이치의 식구들이 방에서 다 나왔다. 사실 이곳에서는 그렇게 인사하는 사람이 없지만 꼭 그래야만 할 것 같아서 나도 그 사람을 향해 마찬가지로 손을 흔들었다.

손님이 위층에 올라왔을 때, 마이치 가족은 방에서 손님 맞을 준비를 끝내고 있었다.

손님이 들어왔다.

나는 요괴를 봤다고 생각했다. 그 사람은 티베트 족 사람이 입는 헐렁한 두루마기를 입고 있었지만 눈은 파란색이었고 모자를 벗자 금빛의 머리카락이 드러났다. 걷느라고 땀을 많이 흘렸는지 아주 지독한 체취가 풍겼다. 나는 형에게 저 사람이 요괴가 아니냐고 물었다. 형은 내 귀에 대고 말했다.

"서양 사람이야."

"누나가 바로 이런 사람들이 사는 나라에 있어?"

"아마 그럴 걸."

그 사람은 우리말을 했지만 나는 알아들을 수가 없었다. 우리말이 아니라 서양 말 같았다. 손님은 앉아서 말하고 또 말했다. 마침내 마이치 식구들은 그 사람이 바다 위를 떠다니는 방에 앉아서 영국에서 여기까지 왔다는 말을 겨우 알아들었다. 그는 당나귀 등에서 자명종 하나를 꺼내 아버지에게 선물했다. 아버지와 어머니의 방에는 이런 것들이 많이 놓여 있었다. 그러나 그 사람이 준 것은 겉을 법랑으로 만든 거라 다른 시계보다 훨씬 아름다웠다.

그 사람은 듣기 좋은 이름을 갖고 있었다. 찰스.

"한족 사람보다는 우리 이름과 비슷하군." 아버지가 머리를 끄덕였다.

"당신은 우리 영지를 지나 어디로 가십니까?"

형의 물음에 찰스는 파란색 눈을 깜박이며 대답했다.

"제 목적지는 바로 마이치 투스의 영지입니다."

"말해보시오. 우리에게 좋은 뭔가를 가져왔습니까?"

아버지가 물었다.

"하느님의 뜻을 받들어 복음을 전하러 왔습니다."

투스와 찰스는 바로 하느님이 이 세상에 있는가에 대해 토론하기 시작했다. 선교사는 앞날에 대해 큰 희망을 품고 있었지만 아버지는 회의적이었다. 투스는 찰스에게 그의 하느님이 부처님이냐고 물었다.

찰스는 아니라고 했다. 그렇지만 고난을 겪는 중생에게 부처님처럼 행복을 가져다준다고 대답했다.

투스는 둘을 구분하기가 참 어렵고 너무 미묘하다고 느꼈다. 멘바 라마와 지거 활불이 누구의 학문이 더 깊으냐를 놓고 쟁론할 때의 문제와 같았다. 그들이 쟁론하는 문제는 아미타불의 정토 세계에서는 보리수 잎이 얼마나 큰가, 그 나뭇잎에서 보살 몇 명이 살 수 있는가 뭐 이런 것이었다. 아버지는 스님들이 이런 문제로 논쟁하는 것을 싫어했다. 복잡한 불교 철학이 재미없다는 것이 아니라 그렇게 논쟁하다보면 자신의 무식이 드러나기 때문이었다. 아버지는 노란 머리에 파란 눈을 한 찰스에게 말했다.

"여기 오신 이상 우리 손님이라는 뜻이니 우선 이곳에 머무십시오."

밖에서는 인도에서 가져온 향으로 손님방의 곰팡이 냄새를 쫓아내고 있었다.

어머니가 손뼉을 치자 절름발이 집사가 들어와서 손님을 방으로 데리고 갔다. 손님이 나가려는 순간 내가 말했다.

"손님이 하나 더 올 거예요. 그 손님은 당나귀가 아니라 노새를 끌고 올 거예요."

아닌 게 아니라 문 앞의 개들이 죽어라 짖기 시작했다.

아버지, 어머니, 그리고 형은 아주 별일이라는 듯 나를 바라보았다. 그런데 그들의 눈빛이란 게 내 몸을 찌르는 것처럼 불편했지만 나는 애써 참으며 말했다.

"보세요, 손님이 왔잖아요."

새 교파 겔룩파

두 번째의 불청객은 가사를 입은 스님이었다.

그는 부지런히 말고삐를 문 앞의 말뚝에 매더니 날렵한 걸음으로 위층으로 올라왔다. 주위에는 바람 한 점 없었는데 그의 붉은 가사에서는 깃발이 휘날리는 것처럼 펄럭이는 소리가 났다. 스님은 5층으로 올라왔으나 수없이 많은 방이 다 똑같아서 자기를 기다리는 사람이 어느 방에 있는지 일일이 다 열어보아야 했다.

젊은 데다 흥분까지 되어있는 얼굴이 지금 우리 앞에 나타났다.

송글송글 땀이 맺힌 콧등으로 대단히 먼 길을 달려온 말처럼 거칠게 숨을 내쉬었다. 방에 있는 모든 사람들이 이 얼굴을 좋아하는 기색이 보였다. 그는 통성명도 하기 전에 대뜸 큰 소리로 말했다.

"제가 찾던 곳이 바로 여깁니다. 당신들의 땅이 바로 제가 찾는 곳이란 말입니다!"

투스는 자리에서 일어났다.

"아주 먼 곳에서 오셨군요. 장화를 보면 압니다."

그 사람은 그제야 아버지에게 허리를 굽혀 인사했다.

"예, 저는 성지 라싸에서 왔습니다."

그는 열정이 넘치는 사람이었다.

"뜨거운 차 한 잔 주십시오. 여기 오는 내내 샘물밖에 마시지 못했습니다. 이곳을 찾는 데 일 년 넘게 걸렸거든요. 단맛, 쓴맛, 짠맛, 아무튼 온갖 샘물을 다 먹어봤는데 그렇게 많은 맛의 샘물을 먹어본 사람은 저밖에 없을 겁니다."

아버지가 그의 말을 가로막았다.

"스님은 아직 법호조차 알려주지 않았습니다."

"이 정신 좀 보게. 여기 도착하니 너무 흥분돼서 그것도 잊었군요."

그는 머리를 치더니 자기 이름은 웡버이시라고 했다. 꺼시 학위를 받을 때 스승이 지어 준 법명이라고 했다. 그의 말을 들으며 형은 놀란 표정을 지었다.

"당신이 꺼시예요? 아직 우리에게는 꺼시가 없는데요."

꺼시란 승려로서 얻을 수 있는 제일 높은 지위다. 누군가 박사와 같은 뜻이라고 했다.

"봐라, 학식 있는 사람이 또 왔다. 좋아요. 당신은 지금부터 여기 머무르도록 하시오. 우리 집에서든지 사찰에서든지 맘 내키는 대로 하시면 됩니다."

"저는 여기에 새로운 교파, 꺼바 대사가 창립한 위대한 겔룩파를 세울 겁니다. 계율이 느슨하고 세속에 물든 종파들은 이제 설자리가 없을 겁니다."

"지금 어느 교파를 말씀하시는 겁니까?"

"투스님의 보호를 받는 닝마파 따위의 주술이나 외는 엉터리 교파 말입니다."

아버지는 잠시 인상을 찡그리더니 윙버이시의 말을 끊고 집사를 불렀다.

"깔끔하게 마련된 방으로 손님을 모셔다드려라."

윙버이시는 우리 앞에서 집사에게 분부했다.

"내 노새에게 먹이를 좀 주십시오. 당신의 주인이 노새에 귀한 복음을 싣고 어느 날 자신의 영지를 떠나게 될지도 모르니까요."

"우리는 당신처럼 교만스러운 승려는 처음 보는군요."

어머니가 못마땅한 표정을 짓자 윙버이시는 침착하게 대꾸했다.

"이곳 마이치 투스의 영지에 아직 끝없는 법력을 가진 꺼시로 성공한 사람도 없잖습니까?" 이렇게 맞받으며 자기에게 주어진 방으로 가버렸다.

묘하게도 나는 이 사람이 마음에 들었다.

아버지는 성지에서 왔다는 그 승려를 어떻게 대해야 할지 마련이 서질 않았다.

그가 오자마자 멘바 라마는 지거 활불을 찾아 사원으로 갔다. 아버지는 두 원수가 같은 편을 들게 된 것을 보고, 웡버이시가 참 대단한 사람인 모양이라고 말했다. 그래서 하인에게 웡버이시를 모시고 오라고 했다. 아버지는 화려한 방석을 그의 앞에 내놓았다.

"처음에 당신의 장화가 다 찢어진 것을 보고 장화를 드리려고 했는데 방석을 드리는 게 나을 것 같습니다."

"마이치 투스에게 축하를 드려야겠습니다. 성지와 관계를 맺으면 당신 집안의 기반은 자자손손 튼튼하게 이어질 것입니다."

"약한 술 한 잔까지 사양하지는 않겠지요?"

"사양하겠습니다."

"여기의 승려들은 사양하지 않는데……." 머쓱해진 아버지가 중얼거렸다.

"그러니까 이 세상에 우리의 새로운 교파가 필요한 겁니다."

이렇게 해서 웡버이시는 우리 집에 머물게 되었다. 아버지는 그에게 무슨 특별한 권한을 주지는 않으면서 포교만은 자유롭게 해도 좋다고 허락했다. 사실 웡버이시는 투스가 구교파들을 내쫓고 백성과 토지를 자기 두 손에 넘겨주기를 바랐다. 이 열성적인 승려는 자기 스승의 가르침만을 기억해 새 지역으로 널리 퍼지게 될 꿈을 꾸고 있었던 것이다.

일반적으로 말하면 승려란 신파나 구파나 상관없이 어느 한 지역을 자기 교구로 만들기 전에 예시하는 꿈을 꾸게 마련이다. 웡버이시도 꺼시라고 하는 최고 학위를 받고 얼마 안 되어 꿈을 꾸었다고 한다.

라싸에서 황토로 지은 작은 절에서 수행하고 있던 웡버이시는 어느 날

동남쪽으로 산골짜기가 열리는 꿈을 꾸었다. 소라 모양으로 구부러진 산골짜기에서 흐르는 물이 마치 중생이 부처님을 부르는 소리처럼 흘렀다. 윙버이시는 스승을 찾아 해몽을 부탁했다. 그의 스승은 정치에 관심이 많은 사람인데 마침 어떤 영국소령을 접대하고 있었다. 꿈 얘기를 들은 스승은 한족 사람과 가까이 지내는 농경 지역으로 가라고 했다. 그 지역의 산골짜기 사람의 인심은 다 동남쪽을 향한다는 것이었다. 윙버이시는 무릎을 꿇고 그 산골짜기에 겔룩파 교파의 사찰을 많이 세우겠노라고 맹세했다. 스승은 그에게 겔룩파 교파의 경전 아홉 부를 하사했다. 한족과 가까운 곳에 교법을 전하겠다는 이야기를 듣고 있던 영국 소령은 노새 한 마리를 선물했다. 이 노새가 영국에서 왔다는 것을 윙버이시가 꼭 알아야 한다고 힘주어 말했다. 사실 노새가 영국에서 왔는지 확신하지 못했던 윙버이시는 길을 떠나서야 사실이라는 것을 깨달았다. 아버지는 윙버이시에게 알아서 신자를 찾으라고 했다.

하지만 누가 그의 첫 번째 신자가 되려는지. 그가 만났던 네 사람 가운데 투스는 아닌 것 같고 투스 부인 역시 조금치도 관심이 없는 모양이며 투스의 작은아들인 나는 너무 진지해서인지 아니면 멍청해서 그런지 입만 크게 벌리고 있었다. 오직 투스의 큰아들만이 그를 보고 한 번 웃어주었을 따름이었다. 어느 날, 형이 사냥하러 나갈 때 윙버이시가 그의 말고삐를 잡았다.

"나는 당신에게 희망을 품고 있어요. 당신은 나와 마찬가지로 미래를 살아갈 사람입니다."

그러나 형은 뜻밖의 말을 했다.

"이러지 마세요. 난 당신이 신봉하는 그런 것을 믿지 않습니다. 당신 것 뿐만 아니라 다른 승려들의 것도 마찬가지예요."

이 말은 윙버이시에게 충격을 주었다. 감히 성스러운 불법을 믿지 않는 다고 하는 사람을 그는 평생 처음 보았다.

형은 말을 타고 멀리 달려가 버렸다.

윙버이시는 처음으로 이곳의 공기도 남다르다는 것을 알아챘다. 아편 을 가공하는 냄새가 어디선가 흘러왔던 것이다. 그 냄새는 사람을 편안하 게도 하지만 동시에 어지럽게도 만들었다. 악마의 유혹보다도 더 지독한 냄새였다. 윙버이시는 일 년여 전에 꾼 꿈이 자신을 얼마나 힘든 곳으로 내몰았는지 알게 되었다. 하지만 아무 성과 없이는 결코 성지로 돌아가지 않을 것이었다. 그는 길고도 길게 한숨을 쉬었다. 그의 깊은 내공이 드러 나는 한숨이었다. 윙버이시는 멘바 라마가 이미 그의 등 뒤에 왔다는 것을 알아챘더라면 그렇게 길게 탄식하지는 않았을 것이다. 멘바 라마는 하하 웃었다. 윙버이시는 머리를 돌리지 않고도 그것이 스님의 웃음소리인 것 을 알 수 있었다. 또 그 웃음소리는 멘바 라마가 자신의 내공을 보여주려 는 의도인 것도 알았다. 그러나 첫 숨은 괜찮았는데 이어진 숨결에서 결점 이 드러났다.

"새 교파 사람이 왔다는 소리를 들었습니다. 뵈러 가는 참이었는데 여 기서 만났군요."

윙버이시는 그를 돌아보았다.

"경전에 의하면, 교파가 다른 라마끼리 만나면 서로 법력을 다투라고 했습니다."

"서로 타협하면 화목하게 지낼 수 있다는 구절도 있지요."

결국 둘은 티격태격하더니 각각 등을 돌리고 가버렸다.

이튿날부터 윙버이시는 손님방 열쇠를 허리에 차고 마을마다 선교를 하러 다니기 시작했다.

한편 찰스는 말구유에서 태어난 사람의 얘기를 어머니에게 하고 있었다. 나는 더러 그 자리에 끼여 몇 마디 듣다가 그 사람에게 아버지가 없다는 사실을 알게 됐다. 그럼 쑤오랑쩌랑과 똑같네. 이렇게 말하자 어머니는 나한테 침을 뱉었다.

어느 날, 촐마가 울면서 방에서 나왔다. 누가 너를 괴롭히느냐고 묻자 그녀는 흐느끼면서 말했다.

"그 사람이 죽었대요. 로마 사람들이 못 박아 죽였대요."

방에 들어가 보니 어머니도 비단 손수건으로 눈물을 닦고 있었다. 찰스의 얼굴에는 의기양양한 표정이 떠올랐다. 그는 창가에 어떤 사람의 초상을 놓았다. 그 사람은 벌거벗었으며 가슴께는 늑골이 뚜렷하게 드러나 있었다. 나는 그가 바로 두 여자를 울게 만든 이야기 속의 인물인 모양이라고 생각했다. 그는 손바닥에 못이 박힌 채 죄인처럼 걸려서 피를 흘리고 있었다. 나는 그의 피가 이미 다 흘러나와 버린 것 같다고 생각했다. 그렇지 않다면 머리가 그처럼 가슴으로 축 늘어지지는 않았을 것이었다. 나는 참다못해 크게 웃었다.

찰스는 못마땅한 표정을 짓더니 중얼거렸다.

"주여, 모르는 것은 죄가 아니니 이 무식한 사람을 용서해주십시오. 저는 그가 당신의 양이 되게 만들겠습니다."

"피 흘리는 사람은 누구예요?"

나는 찰스를 향해 물었다.

"나의 주 예수님이십니다."

"그 사람은 무슨 일을 할 수 있나요?"

"사람들이 고난의 바다에서 벗어날 수 있게 도와주실 수 있지요."

"이렇게 불쌍하게 보이는데 이 사람이 어떻게 누구를 또 도와요?"

찰스는 어깨를 으쓱하고는 더 이상 말을 하지 않았다.

찰스는 틈 날 때마다 투스의 허락을 받고 산으로 들로 온갖 돌을 찾고 있었다. 어느 날 찰스는 웡버이시가 어떤 동굴에 머물면서 온화한 교리와 엄격한 계율을 선전하고 있다는 소식을 전했다.

"제가 한마디 하지요. 그 사람은 참 좋은 승려입니다. 하지만 당신들이 좋은 교리를 받아들이지 않습니다. 그래서 당신들 그리고 티베트 민족의 냉대와 조소를 받고 있습니다. 뭐 이상할 것도 없지요. 돌을 채집할 수 있게 해주는 것만으로도 저는 만족합니다."

그가 모으는 돌이 갈수록 많아지자 멘바 라마가 아버지에게 말했다.

"그 사람은 우리의 보배를 모두 가져갈 겁니다."

"보배가 어디 있는지 알면 당신이 가서 지키면 될 것 아니오. 잘 모른다면 그런 말은 아예 꺼내지도 마시오."

멘바 라마는 할말을 잃었다.

투스는 어느 날 지거 활불에게 말했다.

"당신 알고 있소? 때가 되면 낡지도 않고 새롭지도 않은 당신들의 교파에 의지할 거요."

그러나 활불은 이 말을 그대로 믿지 않았다. 그는 담담하게 말했다.

"마음이 가는 대로 입이 말하는 거지요."

첫눈이 내렸을 때 찰스가 떠나려고 했다. 이때 이미 웡버이시와는 친구가 되어 있었다. 찰스는 당나귀를 웡버이시의 노새와 바꿨다. 그는 수집한 돌을 고르고 또 고르더니 소가죽 주머니에 담아 노새의 등에 실었다. 건조한 눈발은 가루 같기도 하고 모래 같기도 했다. 찰스는 먼 산, 웡버이시가 머무는 동굴 쪽을 한번 바라보며 입을 열었다.

"내 친구는 큰 노새를 제대로 돌보지 못해요. 하지만 이제 작고 온순한 당나귀를 가졌으니 잘 기를 겁니다."

"당신은 당나귀는 돌을 실으면 움직이지 못하니까 그의 노새와 바꾼 거지요?"

내 말에 찰스는 웃었다.

"도련님은 참 재미있는 사람이에요. 저는 당신이 좋아요."

그는 나를 안았다. 그의 몸에서 아주 지독한 가축 냄새가 났다. 그는 내 귀에 대고 작은 소리로 말했다.

"당신이 투스가 된다면 우린 틀림없이 좋은 친구가 될 겁니다."

그의 파란 눈에 웃음이 가득 찼다. 그는 내가 바보란 것을 눈치채지 못한 것 모양이었다. 다른 사람도 내가 바보란 것을 얘기해 줄 기회가 없었을 것이다.

찰스는 장갑을 끼고 노새의 엉덩이를 두드리며 소리 없이 흩날리는 눈송이 속으로 사라져 갔다. 그의 커다란 그림자가 사라진 지 꽤 한참 후에야 노새의 발굽 소리도 사라졌다. 모두들 큰짐을 내려놓았다는 듯 긴 한숨을 길게 쉬었다.

사람들은 황 특파원이 다시 올 때가 되었다고 했다. 눈이 설산을 막아버리기 전에 틀림없이 올 거라고도 했다.

그런데 느닷없이 윙버이시가 생각났다. 아무도 안 받아주는 교리를 전하는 승려는 아주 재미있는 사람이라는 생각이 들었기 때문이다. 당나귀가 건초를 먹고 있을 뿐 그의 주위에는 단 한 사람도 없었다. 오직 눈발만이 아름다운 커튼인 양 동굴 밖에서 흩날리고 있을 뿐이었다. 이 순간 나는 어떤 사람에 의해 온 세상을 내던져버린 듯한 쾌감을 맛보았다.

은돈

우리에게 은이란 화폐다. 하지만 단순히 화폐라고만 생각해서는 안 된다. 우리가 은을 좋아하는 것이 재물에 대한 집착 때문이라고 여긴다면 그 사람은 우리를 이해하지 못한 것이다.

우리가 찰스의 종교와 그 뒤에 찾아온 윙버이시의 교리를 거절하는 것에 두 사람이 당혹스러워하는 것과 마찬가지다. 그들은 우리에게 왜 좋은 종교는 버리고 나쁜 종교를 받아들이느냐고 물었다. 당신들은 중국 사람들이 했던 것처럼 서양 사람에게 마음을 놓지 못한다면 그럼 윙버이시의 교리는 좋은 것인데 왜 받아들이지 않는 거냐고 다시 물었다. 자신의 종교야말로 티베트의 정신적 지도자 달라이 라마의 교리라고 했다.

다시 은에 관한 얘기를 해보자.

우리는 아주 옛날부터 황금, 은 같은 귀금속을 채굴하는 기술을 익혔다. 금의 노란색은 종교적인 것이다. 부처님 얼굴의 금가루, 스님들이 진홍색 가사 안에 입은 비단 내복이 그런 것이다. 금이 은보다 더 비싼 걸 알면서도 우리는 은을 더 좋아했다. 백색의 은, 투스 가족이 왜 은을 특히 더 좋아하느냐 하는 문제는 절대로 투스 앞에서 꺼내지 말아야 한다. 그것을 묻는 사람은 대답을 얻기는커녕 따돌림을 받을 것이기 때문이다. 그런 사람은 아마 우리가 백성과 토지를 사랑하기 때문이라는 대답을 들을 것이다.

우리 조상들 가운데는 글을 쓰는 재주를 가진 사람이 있었다. 그는 통치자, 즉 왕이 되려면 세상에서 제일 똑똑한 사람이 되거나 아니면 아예 바보가 되라는 말을 했다. 나는 그 생각이 재미있다고 생각했다. 왜냐하면 내가 모두가 인정하는 집안의 바보이기 때문에 형은 어려서부터 투스가 되는 학습을 할 수 있었다. 형은 똑똑하고 아버지 뒤를 이어 마이치 투스가 될 것이기 때문에 어릴 때부터 교사를 따라 공부해 왔다. 그는 어떻게든 똑똑한 사람이 되어야 했다. 지금까지 상황을 보더라도 나를 바보로 여겼기 때문에 좋은 점이 있었다. 형은 과거의 다른 형제들처럼 미래의 권력을 위해 경계할 필요가 없어서 내게 호의적이었다.

형은 내가 바보이기 때문에 나를 사랑해주는 것이었다.

나는 바보이기 때문에 그를 사랑했다.

아버지도 이 문제에 있어서만큼은 이전의 투스들보다 걱정이 덜 된다고 여러 번 말했다. 자기 자신도 내가 본 적이 없는 작은아버지를 투스의 자리에 앉지 못하도록 하기 위해 많은 재물을 썼다. 재물은 은돈이었다.

"내 아들들은 내가 신경 쓸 일을 만들지 않는다."

아버지가 이 말을 할 때마다 어머니 얼굴에는 고통스러운 표정이 드러났다. 어머니는 내가 바보라는 사실을 분명히 알면서도 마음속에 한 줄기 희망을 숨기고 있었다. 바로 그 숨겨진 희망이 그녀를 고통스럽게 그리고 절망하게 만들었다. 나를 가질 때 아버지가 술에 만취해 있었다는 얘기는 앞에서 했다. 『투스 통치 기술』을 썼던 조상은 이런 방법으로 후손들의 권력다툼을 막을 수 있다는 생각은 미처 하지 못했을 것이다.

그날 아버지가 다시 같은 이야기를 꺼냈다.

어머니는 다시 고통스러운 표정을 지었다. 이번에는 내 머리를 쓰다듬으면서 아버지에게 말했다. "난 그래도 당신 신경 쓰이게 하는 아들을 낳지는 않았어요. 그런데 그 여자는 어떤가요?"

그랬다. 우리 산채에서 양종이라 불리는 여인은 이미 마이치 가족의 아이를 배고 있었다. 양종을 화근이라고 생각하지 않는 사람은 아무도 없었다. 그 여자 때문에 이미 한 남자가 죽었다. 또 누가 그녀로 인해 목숨을 잃을 것인지 다들 지켜보고 있었다. 그러나 더 이상은 아무도 그녀 때문에 죽지 않았다. 그래서 아버지가 양종에게서 멀어지자 사람들은 다시 그 여자를 동정하기 시작했다. 그 여자는 처음부터 잘못이 없는데 숙명적으로 이런 지경에 빠졌다는 거였다.

양종은 몇 번 헛구역질을 한 후 집사에게 말했다.

"전 주인 나리의 애를 이미 가졌어요. 어린 투스를 낳을 거예요."

투스는 그 여자에게 가지 않은 지 이미 오래되었다. 세 번째 부인인 양종은 투스의 방에서 아이를 뱃속에 품고 있었다. 신경이 날카로워진 여자가 애를 가진 데다 나으리가 못 본 척하니 아무래도 미치광이를 낳을 거라고 다들 수군거렸다. 이 일을 의논하는 사람이 너무 많다보니 양종은 누가 뱃속의 아들을 죽일지도 모른다면서 더 이상 문 밖으로 나가지 않았다.

다시 은 이야기를 해 보자.

그 이야기를 하기 전에 먼저 하얀 꿈 이야기부터 해야겠다.

아주 옛날, 얼마나 오래됐는지 모르지만 적어도 천 년 전 이야기이다. 우리 조상이 티베트 왕국을 출발해 여기까지 왔을 때 원주민들의 필사적인 저항에 부딪혔다. 전설에 의하면 야만인들은 원숭이처럼 재빠르고 영리하고 표범처럼 사나웠다고 했다. 게다가 숫자도 우리보다 훨씬 많았다. 우리가 원주민을 통치하려면 먼저 그들을 이겨야만 했다.

조상 중 한 사람이 꿈을 꾸었는데, 은색 수염의 노인이 나타나 다음날 싸움에 백색의 석영을 무기로 사용해야 한다고 말해줬다. 동시에 그는 원주민의 꿈에도 나타나 하얀 눈덩이로 우리 편에 대응하라고 알려주었다. 그 결과 싸움에서 우리가 이겼고 이 땅의 통치자가 되었다. 은색 수염의 노인 꿈을 꾸었던 사람 까얼파가 우리 마이치의 첫 번째 투스가 되었다. 이곳으로 원정 왔던 귀족들은—나중에 티베트 왕국이 무너졌지만—티베트가 우리 고향이라는 사실을 잊어버렸다. 뿐만 아니라 우리도 점점 우리 고향의 언어를 잊어갔다. 지금 우리가 쓰는 말은 전부 우리에게 정복당한 원주민의 언어다. 물론 그 속에 우리 민족의 언어가 녹아 있기는 하지만 그건 아주 적은 부분에 지나지 않는다. 우리는 여전히 자기 영지의 왕이지만 투스라는 칭호는 중원, 즉 중국 정부에서 하사한 명칭이다.

석영은 대단히 중요한 광물이다. 날카로운 초승달 모양의 조각에 풀로 만든 심지를 남자들이 야크 털로 만든 쌈지에 넣었다 필요할 때 불을 붙인다. 백색의 석영과 회색의 쇳조각이 부딪치는 것을 보면 나는 기분이 좋았다. 불꽃이 튀어나오는 것을 보면 내 몸도 바싹 말라 보드라운 심지 보풀처럼 유쾌하게 타고 있다는 느낌이 들었다.

내가 만약 불이 탄생하는 것을 본 첫 번째 마이치였더라면 나는 위대한 인물이 될 수 있었을 것이다. 하지만 나는 그 마이치가 아니고 위대한 인물도 아니다. 그래서 생각하는 것마다 다 바보 같았다. 내가 물어보고 싶은 것은 세상에 태어난 마이치 가족 중에 내가 정말 제일 멍청한 놈이냐는 것이다. 대답이 없을 거라는 걸 나는 알고 있다. 이 문제에 대해서 나는 정말이지 뭐라고 할말이 없다. 하지만 나는 자신이 불의 후손이라고 믿고 있었다. 그렇지 않다면 그것을 볼 때마다 어떻게 할아버지, 할아버지의 할아버지를 보는 것과 같이 친근한 느낌을 갖는지 해석할 길이 없기 때문이다. 내가 그 얘기를 하자 아버지, 어머니, 형, 심지어 시녀인 쫄마까지도 웃었다. 어머니는 화를 내다가 결국에는 웃어버렸다.

"법당에 가서 벽화를 꼼꼼하게 다시 보세요." 쫄마가 일깨워줬다.

나도 법당에 벽화가 있다는 것은 알고 있었다. 그 벽화는 마이치, 즉 우리 조상이 바람과 거대한 붕새의 알에서 나왔다는 것을 알려준다. 하늘과 땅에 아무것도 없었을 때 세상에는 바람만 윙윙 불었다. 바람 속에서 신이 나타나 "하"라고 하니까 한 세계가 생겨나더니 허공에서 빙빙 돌기 시작했다. 신이 또다시 "하"라고 하니까 새, 나무, 물 등 여러 가지가 생겼다. 신은 그때 무엇 때문인지 "하"라고 끊임없이 외쳤다. 어쨌든 마지막으로 "하"라고 한 결과 거대한 붕새가 하늘 끝에서 나타나 알을 낳았고 그 알에서 아홉 명의 투스가 나타났다. 그들은 나란히 나왔기 때문에 서로 동등했다. 내 딸을 네 아들에게 시집보내고 너희 아들이 나의 딸을 아내로 맞게 했다. 투스들은 모두 다 친척일 수밖에 없었다. 동시에 더 많은 토지와 백성을 갖기 위해서는 적이 되기도 했다. 자기들 스스로 왕이라 칭하지만 베이징과 라싸에서는 큰 그릇인 투스만 인정했다.

그래, 다시 은 이야기로 돌아가자.

물론 나는 이미 말을 다 했다고 생각한다. 은은 금과 같은 기능을 가지고 있어서 사람들이 좋아한다. 게다가 행운을 가져오는 백색이라 더욱 호감을 받는다. 앞서 말한 사실이다. 뿐만 아니라 세 번째 항목이 더 있다. 그 이유는 은으로는 여러 가지 장식품을 만들 수 있다는 점이다. 작은 것으로는 반지 · 팔찌 · 귀고리 · 칼집 · 골무 · 이쑤시개 등을 만들 수 있고, 큰 것으로는 허리띠 · 경전함 · 말안장 등의 마구 · 식기세트 · 불공 때 쓰이는 법기 세트 등이다.

마이치 투스의 영지에는 은 광산이 많지 않고 냇가의 모래 속에 사금이 조금 있을 뿐이었다. 투스는 사금을 채취해 자기가 쓸 것은 조금 남기고 나머지는 몽땅 은으로 바꾸어 산채의 지하실에 넣었다. 창고 열쇠는 여러 겹으로 만든 궤짝에 넣고 그 궤짝의 열쇠를 허리에 달고 다녔다. 그 열쇠는 스님의 염불을 거쳐 투스 몸의 한 부분처럼 되었기 때문에 잃어버릴 염려가 없었다. 만약 열쇠가 몸에서 떨어지면 투스의 성기는 벌레에 물린 것처럼 따끔거렸다.

요 몇 년 지거 활불이 투스에게 냉대받아온 원인 가운데 하나는 은돈이 그만큼 있으니 더 이상은 사금을 채취하느라 강변의 풍수를 망가뜨리지 말라고 했기 때문이다. 스님은 집에 은돈이 많이 있어야 무슨 소용이냐, 땅에 있는 것이 진정한 소유다 라고 했다. 밭에 농작물이 있고 풍수가 좋아야 투스의 기반이 든든하게 되고 이런 땅이라야 사람을 길러내는 보배로운 곳이라고 했다. 그러나 아버지는 이런 말이 귀에 거슬렸다.

우리 가문이 오랜 세월을 거쳐 조금씩 모아서야 그나마 달콤한 돈더미의 맛을 볼 수 있었다. 그렇기 때문에 그동안 별로 부유한 편은 못 되었었다. 그러나 지금은 달라졌다. 양귀비를 심은 후 모든 투스 중에서 우리 아버지인 마이치 투스가 제일 부자가 되었다. 양귀비 수확이 끝난 뒤 황 특파원이 보낸 사람들이 우리에게 아편 값을 계산을 해줬는데 그 사람 입에서 나온 숫자는 우리 모두를 놀라게 했다. 말라빠진 중국 꼰대 하나가 마이치 집안에 이렇게 많은 재산을 가져다줄 줄 몰랐다.

"재물의 신이 어쩌자고 그렇게 말라빠진 꼰대란 말이냐?!" 아버지가 중얼거렸다.

그날 깊게 가라앉은 하늘에서 비가 내렸다. 계절은 겨울의 문턱에 이르러 있었다. 차가운 겨울비가 회색 구름층에서 점점 낮게 가라앉더니 오후가 되면서 눈송이로 바뀌었다. 그러나 아직은 때가 이른지 땅에 떨어진 눈은 바로 물로 변했다.

바로 그때 황 특파원과 수행원의 말이 눈이 녹은 물을 철벅철벅 밟으며 왔다. 황 특파원의 모자 꼭대기에만 유일하게 이 계절을 증명하듯 방금 내렸던 눈이 앉아있었고 대기하던 집사는 이미 준비해 놓은 준비물을 서둘러 늘어놓았다.

"그만 두시오, 얼어 죽겠네."

황 특파원은 성큼성큼 화로 곁에 앉더니 재채기를 크게 연거푸 두 번 해댔다. 온갖 감기약을 다 가져와도 그는 머리를 젓기만 했다. "투스 부인께서라야 내 마음을 알 거요. 한족 출신이시니 말이오."

어머니는 아편 도구를 내밀었다.

"당신이 가져온 씨가 맺은 열매를 당신네 사람이 가공한 것이에요. 맛을 보세요."

황 특파원은 연기를 깊이 빨아들여 뱃속으로 삼키고 눈을 감고 있다가 한참 후에 떴다.

"품질이 우수하군. 좋습니다."

"돈으로 바꾸면 얼마나 되겠습니까?"

아버지가 성급하게 묻자 어머니는 그렇게 급하게 굴지 말라고 눈짓했다. 황 특파원이 피식 웃었다.

"부인 안 그러서도 됩니다. 나는 투스님이 솔직해서 좋아요. 아마 상상도 못할 큰돈을 받을 수 있을 겁니다."

아버지는 구체적으로 얼마냐고 물었다.

"지금 산채에 얼마나 있습니까? 있는 대로 말해 보세요."

아버지는 사람들을 물러나게 하고 산채에 있는 돈이 얼마 얼마라고 말했다. 황 특파원은 노란 수염을 만지면서 웅얼거렸다.

"적은 건 아니지만 많은 것도 아니군요. 내가 같은 액수만큼 은돈을 드리리다. 대신 그 반의반으로는 신식 무기를 사서 군사를 신식으로 무장시켜야 합니다."

아버지는 기꺼이 승낙했다. 황 특파원은 마시고 먹고 구경한 후 어머니가 보낸 하녀의 시중을 받으면서 아편을 피우고 나서야 잠자리에 들었다. 우리 식구들은 다시 모여 회의를 했다. 우리는 창고를 확충하기로 결정했다. 그날 밤 파발꾼을 보내 각 마을의 소족장에게 석공과 잡역부를 파견하라는 명령을 전했다. 하인들도 불려나왔다. 투스는 은돈을 저장할 수 있게 지하 감옥에 있는 죄수들을 한 방으로 몰고 나머지 방을 비우게 했다.

세 칸에 수감되었던 죄수들을 다른 감옥으로 옮긴다고 했지만 실제로는 한 칸 뿐이었다. 이십 년이나 갇혀 있던 한 죄수는 버럭 버럭 화를 냈다. 그 동안 넓은 감방에서 잘 살아왔는데 이제는 비좁은 곳으로 몰려나 이렇게 형편없이 살게 됐으니 설마 전보다 더 나쁜 투스가 새로 들어선 것 아니냐고 묻기까지 했다.

이 말은 즉시 위층으로 전해졌다. 아버지는 술을 한 모금 마시고 말했다.

"나이 내세워 **뻣뻣하게** 굴지 말고 찌그러져 있으면 나중에 더 넓은 방으로 보내준다고 해라."

아버지 마이치는 다른 투스들이 꿈에도 생각하지 못한 많은 은돈을 곧 가질 것이며 마이치 역사상 제일 부유했던 투스보다도 더 부자가 될 것이었다. 그 죄수는 절대로 이런 사실을 알지 못할 것이다. 그래서 욕을 퍼부었다.

"내일 어떻게 될 거라는 말은 하지도 마, 지금도 어두운데 내가 앞으로는 더 어두운 곳에 있을 거란 정도는 안단 말야, 씨팔!."

아버지는 이 말을 전해 듣고 웃으며 말했다.

"그 놈이 결국 환한 해는 못 보겠구나. 좋아, 망나니를 불러 지금 당장 끝내주게 넓은 데로 보내버려라."

이때 내 눈꺼풀이 무거워졌다. 방을 받치는 기둥이라도 내 눈꺼풀을 받치지 못할 정도였다. 아주 시끌시끌한 밤이었는데 나는 계속 하품만 하고 있었다.

어머니는 딱하다는 눈빛으로 나를 바라보았다. 나는 미안하다는 말도 하고 싶지 않았다. 촐마도 나를 방으로 데려가서 재워줄 생각도 하지 않았다. 그러나 결국에는 나를 방으로 데려다주었다. 나는 방에서 나가지 말라고 했다. 혼자 있다가 쥐 생각이 나면 무서워지니 가면 안 된다고 했다. 촐마는 나를 꼬집었다.

"그럼 아까는 왜 쥐 생각이 안 났어요?"

"그때는 나 혼자 있는 게 아니었잖아? 혼자 있을 때만 쥐 생각이 난단 말이야."

촐마가 웃음을 터뜨렸다. 나는 촐마를 좋아했다. 그 몸에서는 암소 같은 냄새가 났다. 나는 그게 좋았다. 그건 촐마의 사타구니와 가슴에서 풍기는 것이었다. 물론 대놓고 이런 말을 한 적은 없었다. 일단 말해버리면 자기가 아주 대단하다고 생각할 것이었기 때문이다. 대신 우리 집에 아무리 많은 은돈이 들어온다고 해도 너까지 우리 아버지처럼 흥분할 필요는 없노라고 나는 따끔하게 한마디 했다. 은돈은 절대로 촐마의 것이 아니기 때문이었다. 이 말은 확실히 효과가 있었다. 촐마는 어둠 속에서 침대 앞에 한참 서 있다가 한숨을 쉬고는 옷도 벗지 않은 채 내 옆에서 잤다.

아침이 되자 전날 감방이 좁다고 불평해대던 죄수는 이미 죽었다.

사람을 처형할 때마다 우리 집은 아주 특이한 분위기에 휩싸이곤 했다. 겉으로 보기에는 평소와 다름이 없다. 그렇지만 아버지는 밥을 먹기 전 큰소리로 기침을 하고, 어머니는 마치 심장이 떨어져 나갈까 두려운 듯 손으로 가슴을 가린다. 그렇게 해야 특별한 진동이 피해가고 그렇게 하지 않으면 땅바닥으로 패대기라도 쳐진다는 듯 긴장하곤 했다. 형은 밥 먹기 전 휘파람을 불곤 했다. 오늘 아침도 그랬다.

나는 그들 마음속이 편편치 못해서 그런 다는 것을 알고 있었다. 투스 가족이 사람을 죽이는 것을 두려워하는 것은 아니지만 막상 사람을 죽이고 나면 마음속이 편하지 못한 것은 당연했다. 투스가 사람 죽이는 것을 좋아한다고 하는 말은 옳지 않다. 사람이 살다보면 부득이한 일이 있듯이 투스도 마찬가지였다. 믿지 못한다면 투스가 왜 전문적인 망나니를 키워야 되는지 그 이유를 생각해보라. 그래도 믿지 못하겠으면 망나니에게 명령을 내린 뒤에 우리 집에 와서 함께 밥 한 끼 먹어보라. 평소에 비해 물을 많이 마시고 밥은 적게 먹으며 고기에 손대는 사람은 아무도 없다. 식구들 모두 먹었다는 시늉만 낼 뿐이다.

오직 내 위장만 그런 영향을 받지 않는다. 오늘 아침도 그랬다.

음식을 먹을 때 나는 평소처럼 소리를 냈다. 촐마는 진흙탕 걷는 소리가 난다고 말하고 어머니는 돼지가 꿀꿀거리는 것 같다고 했다. 이 말을 듣고 나는 더 큰 소리를 냈다. 아버지는 눈살을 찌푸렸다.

"모자라는 애인 걸 어떡해요. 별수 없잖아요?"

아버지는 아무 대꾸도 하지 않았다. 그렇다고 어떻게 아무 말도 하지 않겠는가? 곧이어 퉁명스럽게 소리를 질렀다.

"그 중국 사람은 왜 안 일어나는 거야? 중국 사람들은 늦게까지 이불 속에 웅크리고 있는 걸 좋아하나?"

어머니도 중국 사람이었다. 보통 때 어머니는 식구들과 같이 아침을 먹지 않고 다른 사람보다 늦게까지 자는 편이었다. 이 말을 듣고 어머니는 쓴웃음을 지었다.

"그렇게 말하지 마세요. 아직 은돈을 못 받았잖아요. 일찍 일어나 가래나 뱉어내는 것보다는 조용하게 잠을 더 자는 게 오히려 나아요."

이런 모습을 보고 부부 사이가 별로 좋지 않다고 생각한다면 그건 잘못 아는 거다. 둘은 사이가 안 좋을 때는 깍듯하게 예절을 지키고 사이가 좋을 때 이렇게 입씨름하는 것이었다.

"보라고, 당신은 우리말을 할 수 있잖소." 아버지 생각에 좋은 말은 사람을 똑똑하게 만드는데 바로 우리말이 이런 언어라는 의미였다.

"여기 말이 이처럼 간단하다면, 그리고 당신이 중국말을 이해할 수 있다면 지독하다는 게 무슨 뜻이지 알게 해 드릴 텐데요."

"도련님, 아세요? 주인 나리와 마님은 어젯밤에 그걸 했어요."

촐마가 속삭이는 소리에 나는 큼지막한 고기 덩어리를 문 채 히히 웃었다. 형은 왜 웃느냐고 물었다.

"촐마가 똥 마렵대요."

"미친년."

어머니는 대뜸 촐마를 째려봤다. 나는 다시 촐마에게로 말머리를 돌렸다.

"얼른 변소로 가, 겁내지 말고."

놀림을 당한 촐마는 얼굴을 붉히며 물러갔다.

"야, 우리 바보 아들도 많이 컸네."

아버지는 크게 소리 내어 웃으며 형에게 분부했다.

"나가서 일하는 사람들이 왔는지 살펴봐라. 벌써 피가 흘렀는데 오늘 일하지 않으면 불길해."

4

은 세공장이의 청혼

산채에는 지하 감방이 세 칸 있었는데 그 중 두 칸을 큰 창고로 개축했다. 한 칸에는 은돈을, 다른 한 칸에는 황 특파원에게서 사온 신식 무기를 넣었다.

황 특파원은 우리 병사를 훈련시키는 군인 몇 명만 남기고 엄청나게 많은 아편을 갖고 떠났다. 보리를 심던 산채 밖의 땅은 훈련장이 되었다. 거우내 병사들의 함성이 천지를 진동시키고 먼지를 날렸다. 지난번 출정에서 우리 병사들은 정식으로 총을 쏘고 제식 훈련받은 대로 움직였었다. 이번에는 제식훈련과 사격훈련을 번갈아 했는데 꽤 그럴싸했다. 투스는 많은 재봉사를 불러 통일된 군복을 서둘러 만들라고 지시했다. 검은색 외투에 붉은색·노란색·남색의 십자무늬는 야크 털로 만든 천으로 테를 둘렀고, 붉은색 허리띠에 총과 칼을 장착할 수 있도록 디자인했다. 초급 군관은 옷에 마모트의 가죽으로 테를 두르고 고급 군관은 표범 가죽으로 된 테를 둘렀다. 최고 군관인 대대장은 나의 형인 단전공뿌가 임명됐는데 그 옷에는 최고급 방글라데시 호랑이 가죽으로 테를 둘렀다. 이처럼 무기가 잘 갖춰지고 훈련이 잘 된 부대는 역사상 어떤 투스에게도 없었다.

새해가 다가오고 있을 무렵 연병장의 먼지가 다시 솟구쳤다 땅으로 내려앉았다.

쌓인 눈이 녹을 즈음 큰길로 새로운 인파가 몰려왔다. 대표는 이웃의 투스인데 하인과 위병대로 구성된 긴 대오를 끌고 왔다.

촐마는 그들이 왜 왔겠느냐고 물었다. 나는 친척을 방문하러 왔다고 대답했다. 촐마는 그렇다면 지난해에는 왜 오지 않았는지 모르겠다고 했다.

마이치 집안에서는 별수 없이 하인들을 높은 산으로 보내 손님들이 오는 시간을 미리 확인해야만했다. 그래야 그들이 산채 입구로 들어섰을 때 고급 양탄자는 위층에서 아래층까지 깔고 일반 양탄자는 계단 입구에서 광장까지 깔 시간이 생기는 것이다. 그런 다음 어린 하인들은 손님들이 말에서 내릴 때 계단으로 사용할 수 있도록 몸을 굽혀 기다리는 것이 의례였다.

투스들은 어디를 가든지 항상 기마대를 데리고 다니기 때문에 산모퉁이를 돌 때쯤이면 그들의 방문을 알 수 있다. 말방울 소리가 잘랑잘랑하며 차갑고 투명한 공기를 뚫고 들려오자 높은 산으로 갔던 하인들이 산채에 그 사실을 전했다. 이때 아버지는 몸을 녹일 쑤요우차蘇油茶를 내오라고 하더니 한 잔 또 한 잔 음미하며 천천히 세 잔이나 마셨다. 그러자 손님 앞에 나타난 얼굴이 불그레하고 윤이 났다. 그 얼굴은 먼 길을 오느라 피곤에 지친 손님들의 희뿌옇고 추위에 지친 시퍼런 얼굴색과 선명하게 대비되었다. 그토록 멀리서 온 투스들은 얼굴색으로 이미 자기들의 위풍을 잃었다.

처음에 우리는 손님한테 아주 공손하게 대했다. 아버지는 남들이 마이치 가족을 벼락부자라는 말이 나오지 않게 조심하라고 당부했다. 하지만 손님들은 우리가 거만하다고 생각하는 모양이었다.

그들은 여기까지 오게 된 무엇보다도 중요한 청을 두 가지 내놓았다.

첫째는 많은 돈을 벌 수 있는 신비한 식물의 씨앗을 나눠달라는 것이었다.

다른 하나는 마이치 투스의 아들과 자기의 여동생 혹은 딸과 결혼을 시키자는 것이었다. 목적은 물어볼 필요도 없이 신비한 씨앗을 얻기 위한 것이었다.

그들의 요청을 듣자 겸손하려 애쓰던 우리 마이치 가족은 기고만장했다. 우리는 그들의 요구를 모두 승낙했다. 형은 신바람이 나서 떠들었다. "나하고 동생이 평등해지겠구나. 한 사람이 서너 명씩 여자를 얻을 모양이야."

"예끼!" 아버지의 호통에도 형은 실실 웃었다. 자기가 가장 좋아하는 두 가지, 총과 여자를 얻을 수 있어 몹시 기분이 좋은 모양이었다. 여자들도 그와 친하게 된 것을 엄청난 영광으로 여겼다. 백성들은 마이치 가문의 큰 아들이 총을 잘 다룬다고 소곤거렸다. 이것 때문에 비교되는 사람이 있었으니 바로 나였다. 사람들은 내가 총을 쏠 줄 모르고 여자도 좋아하지 않는다고 생각하고 있었다.

이렇게 의기양양한 기운이 넘치던 겨울, 마이치 가족은 이웃의 모든 투스들을 적으로 만들었다. 그들에게 신비한 양귀비 씨앗을 주지 않았기 때문이었다.

그 후로 이상한 소문이 동서남북 사방으로 번개치듯 빠르게 퍼졌다. 모든 투스가 중국 황제에게서 책봉받는 형식은 마찬가지지만 특별히 마이치 투스가 중국 사람에게 의지한다고 했다. 마이치 가족은 하룻밤 사이에 티베트족의 배신자가 되었다.

우리 가족은 이웃 투스들에게 그 신비로운 씨앗을 나눠줄 것인가를 의논했다. 아버지, 어머니, 그리고 형처럼 똑똑한 사람에 멍청한 나까지 끼어 진행된 토론이었다. 총명한 가족들은 한결같이 단 한 알의 씨앗도 주지 말아야 한다고 주장했다. 하지만 나는 그건 은돈이 아니라고 했다.

"원 미친놈, 그게 은돈이 아니라고?!" 식구들이 내 말에 콧방귀를 뀌며 말허리를 자르는 바람에 결국 '그런 것은 들판에서 자라는 것이지 마이치 가문의 지하 금고에 있는 것이 아니지 않느냐' 는 마음속의 말을 입 밖으로 내뱉지는 못했다.

"바람도 그것들을 데려갈 수 있잖아."

그러나 내 말을 들은 사람은 아무도 없었다. 혹 들었더라도 못 들은 척하고 있는지도 몰랐다. 촐마는 아무 말 말라는 뜻으로 내 손을 잡고 밖으로 잡아끌어 내 입을 막았다.

"멍청하긴! 도련님의 말을 듣는 사람은 없어요."

"씨앗이 너무 작아서 날아가는 새도 몇 알쯤 이웃 땅으로 물어갈 수 있어."

이렇게 중얼거리면서 침대 앞으로 가서 촐마의 치마를 걷어 올렸다. 침대는 삐걱거리며 흔들리기 시작했고 촐마는 그 박자에 맞춰 나를 불렀다.

"바보, 바보, 바…보……."

나는 자신이 바보인지 아닌지는 잘 모르지만, 이 짓을 할 때는 마음이 시원해지는 느낌이 들었다. 일을 끝내자 기분이 많이 좋아졌다. "네가 날 너무 심하게 할퀴었어."

촐마가 느닷없이 내 앞에 무릎을 꿇었다. "도련님, 은 세공장이가 저한테 청혼을 했어요."

눈물이 볼을 타고 흘러내리는데 내 듣기에도 터무니없는 목소리로 애걸했다. "시집가더라도 날 모른 척하진 마라."

똑똑한 가족들은 방에 모여 골머리를 싸매고 있었다. 나는 촐마의 유방 사이에 머리를 처박고 누워 있었다. 내가 바보지만 성심껏 시중들다 보니 눈물 흘리는 이유를 알 것도 같다고 했다. 또 내가 서운해 하는 것은 다른 여자가 없기 때문이라고도 했다. '도련님에게는 새로운 시녀가 생길 거예요.' 이렇게 말할 때 나는 촐마의 아들이라도 된 양,

"난 너를 보낼 수 없단 말야." 이렇게 징징거렸다.

촐마는 내 머리를 쓰다듬어주며 어차피 평생 동안 내 옆에 있고 내가 여자를 진정으로 알게 되면 자신을 버릴 것이라고도 했다.

"저는 이미 한 아가씨를 골라놓았어요. 도련님이랑 딱 맞는 짝이에요."

다음날 나는 어머니한테 촐마가 시집갈 거라고 했다.

어머니는 그 천한 것이 나한테 뭐라고 했느냐고 물었다. 나는 마음이 쓸쓸했지만 그런 말해봐야 소용이 없다는 걸 알기 때문에 형이 여자 얘기를 할 때처럼 시큰둥하게 대답했다. "난 나랑 맞는 여자를 원해요."

어머니는 눈물을 흘리면서 말했다.

"내 바보 아들아, 네가 드디어 여자를 알게 되었구나."

여자

쌍지 촐마의 말은 거짓이 아니었다. 사람들은 이내 새 시녀를 데리고 왔다. 키도, 얼굴도, 눈도, 손발도 자그마한 아가씨였다. 그 시녀는 내 앞에서 울지도 않았고 웃지도 않았다. 새 시녀의 몸에서는 촐마 같은 냄새가 나지 않았다. 내가 싫어하는 표정을 짓자 촐마는 안달이 났다.

"좀 기다려봐요. 도련님과 함께 조금만 있으면 그 냄새가 생겨요. 그 냄새는 남자가 주는 거예요."

"난 새로운 애가 마음에 들지 않아."

어머니는 이 아가씨의 이름이 '타나' 라고 말했다. 나는 그 이름에 대해 진지하게 생각해 보았다. 그 두 글자는 아름다운 아가씨에게 어울리는 이

180

름이지 내 눈앞에 서 있는 이런 시녀에게는 맞지 않는다는 느낌이 들었다. 하지만 이 여자는 나의 시녀일 따름이고 나의 공식적인 아내가 아니기에 꼬치꼬치 따질 필요는 없었다. 나는 손발이 자그마한 이 시녀한테 네 이름이 '타나'가 맞느냐고 물었다. 그녀의 목소리는 긴장해서 떨리고 있었다.

"다들 제 이름이 이상하다고 하던데, 도련님도 그렇게 생각하세요?"

갑자기 타나가 입을 열었는데 낮지만 아주 또렷한 목소리였다. 훈련이 잘 된 시녀들이라야 이런 목소리를 낼 수 있는 것이다. 하지만 타나는 마부의 딸이었기 때문에 산채에 들어오기 전에는 누추한 집에서 살았다. 그 어머니는 천장이 낮은 집에서 아래로 깔리는 화로 연기에 눈을 그을려 시력을 잃었다. 일여덟 살 때부터 타나는 매일 새벽에 일어나 가축에게 사료를 먹여야 했다. 어느 날 절름발이 집사가 찾아온 후에야 자신의 앞날에 새로운 삶이 펼쳐질 수도 있다는 걸 알았다. 타나는 꿈을 꾸듯 온천에 가서 목욕을 하고 새 옷을 입고 내 곁으로 왔다. 나는 이것저것 물은 뒤 타나가 목욕을 했노라고 말했음에도 하인에게 다시 목욕시키고 새 옷으로 갈아 입히라고 분부했다.

나는 틈만 나면 촐마를 만나러 갔지만 그녀는 이미 내게서 마음이 멀어져 있었다.

촐마는 3층 난간 뒤에 앉아 수를 놓으며 낮은 소리로 콧노래를 불렀다. 노래는 사랑과 아무 상관도 없었지만 촐마의 마음에는 사랑이 가득 차 있었다. 그 노래는 한 서사시의 일부분이었다.

그 여자의 살, 새가 먹었다 깔쭉깔쭉,

그 여자의 피, 비가 마셨다, 벌컥벌컥

그 여자의 뼈는, 곰이 갉아먹었다, 갉작갉작

그 여자의 머리카락, 바람에 흩어졌다, 한 가닥, 한 가닥

촐마는 새가 먹고, 비가 마시고, 곰이 갉아먹고, 바람이 부는 의성어를 생동감있게 그리고 의미심장하게 불렀다. 촐마가 노래를 부를 때면 은 세공장이는 망치로 듣기 좋게 박자를 맞추었다. 마이치의 집에 은이 많아져서 은 세공장이의 일도 많아졌다. 다들 세공장이의 솜씨가 갈수록 좋아진다고 했다. 아버지는 세공장이에게 호감을 갖고 있었기 때문에 촐마가 그에게 시집가고 싶다고 했을 때 다행이라는 표정을 지었다.

"우리 시중을 들더니. 사람 보는 눈이 있네. 안목이 있어!"

은 세공장이는 노예 신분이 아니지만 일단 시녀와 결혼하면 자유인에서 노예로 전락될 수밖에 없었다. 아버지는 그 사실을 세공장이에게 알려줬다. 세공장이는 의외로 선선히 대답했다.

"노예와 자유인의 구별이 뭡니까? 어차피 평생 동안 이 마당에서 일 해야 되는걸요, 뭐."

그들이 결혼하면 촐마는 향기로운 시녀에서 얼굴에 솥검정이 묻은 부엌데기가 될 것인데도 그건 자기 팔자라고 했다.

요 며칠은 시녀 촐마에게 아주 기분 좋은 날이었다. 내게 남녀가 할 수 있는 짓을 가르쳐준 선생으로서는 최고의 나날이었다. 바로 이 점에서 어

머니는 한 여자가 다른 한 여자에게 줄 수 있는 최대한의 인자함을 베풀었다. 촐마가 서둘러 아래층으로 내려왔다. 투스 부인이 충고하기를 앞으로는 간혹 남자와 여자가 함께 하는 시간이 있겠지만 시집을 가고 나면 더 이상 이렇게 좋은 날은 없을 거라고 했다. 어머니는 색색의 고운 실과 바늘을 주며 말했다.

"이건 다 네 거다. 마음 내키는 대로 수를 놓아라."

은 세공장이는 매일 마당에서 맑은 소리를 내며 은을 두드렸고 촐마는 복도에 앉아 노래를 부르며 수를 놓았다. 세공장이의 망치 소리는 촐마가 나를 쳐다볼 틈도 없게 만들었다. 그래서 바보인 나는 원래 여자는 다 남자를 쉽게 잊는 존재라는 생각이 들었다.

새로 온 시녀 타나는 내 뒤에서 가느다란 손가락을 계속 만지작거렸다. 내가 노래를 부르는 촐마 뒤에서 기침을 했는데도 그 망할 것은 고개를 돌리지도 않은 채 노래만 불렀다. 무슨 깔쭉깔쭉, 벌컥벌컥 뭐 이따위 소리를 끝도 없이 이어가며 웃기는 노래를 했다. 죽 그러더니 어느 날 세공장이가 나가고 없을 때야 고개를 돌려 발그레해진 얼굴로 웃으며 물었다.

"새 여자가 저보다 도련님을 더 즐겁게 해드렸겠지요?"

나는 타나에게 손도 대지 않았다고 말했다.

촐마는 타나를 꼼꼼히 훑어보고 나서야 내 말이 진짜라고 믿었다. 내가 걸핏하면 거짓말을 잘하지만 남녀간의 일은 절대 없었다. 촐마는 눈물을 흘렸다.

"도련님, 전 내일 시집가요. 세공장이가 오늘 말을 빌리러 갔거든요. 앞으로도 저를 잊지 마세요."

나는 머리를 끄덕였다.

다음 날 나는 비몽사몽간에 촐마의 노랫소리 같은 울음소리를 들었다. 밖으로 나가보니 세공장이가 어느새 새 옷으로 갈아입고 위층으로 올라와 있었다. 쌍지 촐마는 어머니 발 앞에서 작별인사를 하며 울다가 쓰러졌다. 어머니의 눈언저리도 붉어졌고 어제 내가 했던 말과 크게 다르지 않은 말을 건넸다.

"누가 너를 못 살게 굴면 올라와서 나한테 얘기해."

어머니는 다시 몸을 돌려 하인들에게 분부했다.

"촐마가 나나 작은 도련님을 만나러 올라오면 누구도 막아서는 안 된다!"

"알겠습니다!"

하인들은 일제히 대답했다. 은 세공장이가 몸을 굽히자 촐마는 그의 등에 업혔다. 나는 그 둘이 계단을 한 칸 한 칸 내려가는 것을 보았다. 남자 하인 둘의 손에는 투스가 하사한 혼수품이 들려 있었고 하녀 둘의 손에는 투스 부인이 준 선물이 들려 있었다. 하인들 눈으로 보면 쌍지 촐마는 참 총애를 받는 행운아였다.

은 세공장이는 그의 여자를 말 등에 올려놓고 자기도 올라타더니 밖으로 나가 흙길을 달리기 시작했다. 맑고 높은 겨울 하늘 아래로 누런 먼지만 남기고 그들은 산모퉁이를 돌아 사라졌다. 마당에 있던 하인들은 환호성을 지르며 떠들었다. 나는 그들의 괴상야릇한 외침이 무슨 뜻이 담겨 있는지 알고 있었다. 갓 결혼한 신혼부부는 남이 안 보이는 데까지 멀리 가서 햇빛 아래서 그 짓을 하는 풍습이 있었다. 기술이 좋은 사람은 말 등에서 그 일을 한다고도 했다. 어린 노예 둘도 그들 가운데 끼여 있었다. 쑤오랑쩌랑은 큰 입으로 뭐라고 지껄이고 있었고 꼬마 얼이는 멀찌감치 자기 아버지가 사람을 처형하는 말뚝 근처에 불쌍한 듯 홀로 서 있었다. 그런데 예기치 못하게 촐마가 다른 남자의 말에 타는 것을 보니 나도 좀 외롭고 처량했다. 나는 이 마음을 얼이는 알 수 있을 거라고 생각해 그를 향해 손을 흔들었다. 그러나 꼬마 얼이는 말이 사라진 곳을 너무나 열심히 바라보는 중이어서 자기보다 더 쓸쓸한 나를 미처 보지 못했다. 말이 사라진 후 햇빛은 측백나무 사이의 마른 잔디밭만 쓸쓸하게 비췄다. 내 마음도 그만큼 텅 비어갔다.

말은 사라졌던 곳에서 다시 나타났다.

사람들은 다시 환호했다.

은 세공장이는 자기의 고운 신부를 말 등에서 내리게 하더니 산채 아래층의 제일 음침하고 냄새 지독한 작은 방으로 들어갔다. 마당에서는 하인들이 노래를 부르기 시작했다. 그들은 노래를 부르면서 일을 하고 있었다. 잠시 후 은 세공장이도 나와서 일을 하기 시작했다. 망치 소리가 맑고 쟁쟁했다.

댕그랑! 댕그랑! 댕그랑!

"저도 나중에 촐마처럼 내려가고 싶어요. 그때도 지금처럼 떳떳하고 성대한 혼례를 치를 수 있을까요?"

손발이 자그마하고 말하는 목소리조차 가는 타나가 내 뒤에서 말했다. 내가 미처 대답을 하기도 전에 타나는 다시 한마디를 덧붙였다.

"그때도 도련님은 지금처럼 슬픔을 느끼게 될까요?"

모든 것을 다 알고 있다는 그 말투에 나는 질겁했다.

"나는 네가 이런 걸 아는 것이 싫어."

타나는 깔깔 웃으며 말했다. "그래도 전 아는 걸요."

나는 혹시 네 어머니가 그걸 가르쳐 주더냐고 물었다.

"눈이 멀었는데 어떻게 이런 걸 가르칠 수 있겠어요?"

아마 늙은 남자하인의 입에서 나온 말이었던 모양이다.

저녁이 되자 하인들은 마당에 불을 피워놓고 술을 마시며 춤도 추었다. 나는 높은 난간에 비스듬히 기대 졸마가 흥겨워하는 사람들 사이에 끼어 있는 것을 내려다보고 있었다. 밤이 깊어 갈수록 별빛은 머리 위에서 반짝이고 있었다. 이때 그 사람들은 틀림없이 더웠으리라. 적어도 나처럼 머리 꼭대기에서 등줄기로 써늘한 한기가 훑어내려 부들부들 떨지는 않았을 것이다. 방으로 돌아왔을 때 등불은 이미 꺼졌고 화로의 숯도 약하게 타고 있었다. 나는 화롯가에서 몸을 데웠다. 먼저 잠이 든 타나의 뽀얀 팔뚝이 이불 밖으로 드러나 있었다. 또 매끄럽고 가는 목과 치아도 보였다. 타나가 눈을 떴다. 조용하고 그윽한 눈동자가 보석처럼 빛났다. 드디어 뭔가 불끈 치밀어 오르면서 몸에 불이 붙는 것 같았다.

"타나."

이빨 사이로 이제까지 한 번도 없었던 떨림이 밀려나왔다.

"추워요."

내 품으로 굴러 들어온 것은 매끈하고 차갑고 조그마한 사람이었다. 가
느다란 허리, 작은 엉덩이, 조그마한 젖가슴은 신기했다. 전에 내 온몸은
촐마에게 완전히 빠졌었는데 지금은 여자의 몸이 내게 홀랑 덮였다. 나는
만 열네 살, 햇수로 열다섯 살로 이미 진정한 남자가 되었다. 나는 타나에
게 아직 추우냐고 물었다. 그녀는 생글생글 웃으며 이젠 덥다고 했다. 정
말로 그 작은 몸이 갑자기 뜨끈뜨끈해졌다.

쌍지 촐마와는 늘 그 여자의 몸속에 틀림없이 들어갔는데도 밖에 있는
것만 같았다. 그런데 지금은 아무리 애를 써도 들어갈 수가 없었다. 막 들
어가려는 순간 이 계집애는 가슴이 철렁할 정도로 소리를 질렀다. 놀란 내
가 몸을 떼려 하자 두 팔로 꽉 끌어안았다. 그렇게—그렇게—쭈욱 껴안고
있으니 산과 냇가 그리고 나무에서 새들이 재잘재잘 지저귀기 시작하더
니 곧 동이 트려고 했다. 타나는 이제 괜찮으니까 마음대로 하라고 했고
나는 안심하고 있는 힘껏 그 여자의 몸으로 들어갔다.

나는 그때 비로소 여자를 느꼈다! 한 여자를 어떻게 채우는지를 알았
다!! 조그마한 여자가 이렇게 좋을 수 있다는 것을 처음으로 느꼈다! 조그
마한 여자가 이렇게 좋을 수 있다는 것을 분명히 알았다!!! 나는 조그마한
여자 안에서 내가 급속히 커지는 것을 느꼈다. 세계가 끝도 없이 팽창하고
있었다. 대지가 팽창하니 물은 낮은 곳으로 흘러가고, 하늘이 팽창하니 별
들이 양끝으로 미끄러져갔다. 그런 다음 '쾅'하고 온 세계가 무너졌다.

이때 날이 밝았다. 타나는 엉덩이 밑에서 새빨간 핏자국이 얼룩진 하얀

비단수건을 빼내 내 눈앞에서 흔들었다. 나는 그것이 어떤 의미인가를 알고는 헤벌쭉 웃으며 흡족하게 잠들었다.

나는 밤까지 내처 잤다. 잠에서 깨어나니 어머니는 내 침대에 걸터앉아 있었다. 어머니의 웃음에는 남녀간의 일을 알게 되었으니 이제는 성인으로 나를 인정해준다는 의미가 실려 있었다. 그런데 이미 전부터 여자경험이 있었다는 것을 모르는 표정이었다. 솔직히 말해 난 이번에 진정한 경험을 한 것이다.

"물 좀 줘요."

나는 이불 속에서 손을 빼내며 말했다. 목소리가 하룻밤 사이에 달라진 것 같았다. 가슴에서부터 충분히 공명을 받은 굵은 목소리가 울려나왔다.

어머니는 평소에는 없었던 다른 손짓으로 내 머리를 짚었다. 그런 후 고개를 돌려 타나에게 분부했다.

"도련님 깨셨다. 목이 마른 모양이다. 약한 술을 먹이면 더 좋을 거다."

타나가 술을 가져왔다. 술이 목구멍으로 넘어갈 때의 미묘한 느낌은 이전에 몰랐던 기분이었다. 어머니는 타나를 향해 다시 분부했다.

"도련님을 너한테 맡겨놓을 테니 시중 잘 들어야 한다. 다들 도련님을 멍청이라고 하는데 멍청하지 않은 데도 있단 말이다."

타나는 수줍게 웃고 낮지만 충분히 들릴 만한 또렷한 목소리로 대답했다.

"네."

투스의 아내는 품속에서 목걸이를 꺼내 타나의 목에 걸어주었다. 어머니가 나간 뒤 나는 타나가 어머니의 분부를 받들어 도련님 시중 잘 들겠다

고 맹세할 줄 알았다. 그런데 오히려 머리를 내 가슴에 묻고 "앞으로 저한
테 잘해주셔야 돼요."라고 말할 뿐이었다.

나는 도리 없이 "앞으로 잘해줄게."라고 할 수밖에 없었다.

타나는 고개를 들고 무슨 말을 하려다 내 표정을 보더니 입을 다물었다.

"내가 이미 대답했는데 할말이 더 있어?"

"제가 예쁜가요?"

나는 어떻게 대답해야 할지 몰랐다. 솔직히 나는 여자가 예쁜지 안 예쁜
지 보는 눈이 없다. 이것 때문에 바보라고 한다면 어느 만큼은 바보임에
틀림없다. 나는 여자에게 욕망이 있는지 없는지를 알 뿐이다. 여자의 어느
부분이 특별한 모양을 하고 있다는 것을 알긴 하지만 어떻게 생긴 게 예쁜
지는 모른다. 내가 도련님이라는 사실은 안다. 그래서 기분이 좋으면 여자
에게 말한다. 기분이 나쁘면 말을 안 해도 된다는 걸 안다. 그래서 나는 대
답하지 않았다.

나는 식구들과 함께 저녁을 먹기로 했다.

밥을 먹기 전 형은 내 머리를 두드렸고 아버지는 꽤 큰 보석 한 알을 주
었다. 타나는 그림자처럼 내 뒤에 붙어 있었다. 내가 자리에 앉자 타나는
내 바로 뒤에서 무릎을 꿇었다.

식당은 직사각형의 방이다. 아버지와 어머니는 상석에 앉았고 형과 나
는 각각 양옆에 앉았다. 자리마다 폭신한 방석이 있는데 여름에는 무늬가
아름다운 페르시아산 양탄자고 겨울에는 곰 가죽이었다. 식구 앞에는 각
각 빨간 칠을 한 탁자가 놓여 있다.

마이치 가족이 양귀비를 심어 돈을 많이 번 뒤에 식기가 고급품으로 바뀌었다. 모든 식기가 은제품이고 술잔은 산호로 만들어진 것을 썼다. 우리는 중국 땅에서 밀랍을 많이 운송해 왔고 중국에서 소문난 장인들을 불러와서 초를 만들게 했다. 식구마다 촛대를 하나씩 앞에 놓았고, 촛대에서는 고급 밀랍으로 만든 촛불이 실내를 밝게 비추고 있었다. 밝은 빛이 방안을 가득 채우면 공기마저 훈훈하게 덥혀질 지경이었다. 사방 벽면을 두른 것은 벽화였고 식구대로 놓인 식탁 말고도 별 게 다 있었다. 양쪽을 금으로 도금한 전화기 두 대는 영국에서 온 것이고 카메라는 독일제였으며 라디오는 미국에서 만든 거였다. 심지어 망원경도 있고 네모진 휴대용 손전등도 있다. 이처럼 희한한 물건이 엄청나게 쌓여갔다.

우리는 이런 것들을 뭐 하는 건지 몰랐고 사실 특별히 쓸 곳도 없다. 하지만 다른 투스들이 갖지 못한 별난 물건을 자랑하고 싶은 마음 때문에 죽 늘어놓은 것이다. 만약 어느 날 무엇인가가 없어진다면 누가 훔쳐가서가 아니라 다른 투스에게도 같은 물건이 생겼기 때문일 것이다. 실제로 최근에 몇 개의 자명종이 사라졌다. 찰스라는 선교사가 우리와 헤어지고 나서 다른 몇 명의 투스에게 같은 선물을 주었다는 소식이 들려서다. 형은 육혈포의 뇌관을 빼서 자명종이 있던 자리에 놓았다. 포탄의 표면은 검은 빛이 돌며 반짝였고 꼬리도 우아하고 아름다웠다.

우리 가족은 식사를 시작했다.

종류는 많지 않았지만 양은 풍성한 데다 뜨거워서 김이 무럭무럭 올라왔다. 하인들이 부엌에서 요리를 날라 오면 우리 각각의 뒤에 무릎 꿇고 있는 또 다른 하인들이 식탁에 올려놓았다. 그런데 식사가 끝나기도 전에 뜻밖에 촐마가 들어왔다. 손에 큰 사발 하나를 들고 바닥에 무릎을 꿇은 채 주인들의 앞으로 조심스레 움직였다. 부엌으로 내려간 첫날 자신이 만든 첫 버터를 주인들에게 바치러 온 것이다. 이제 촐마는 더 이상 예전의 촐마가 아니었다. 몸에서는 향기가 사라졌고 비단 옷 대신 거친 삼베옷을 입고 있었다. 그녀는 무릎을 꿇고 내 앞으로도 다가왔다.

"잡수세요, 도련님."

그녀의 목소리는 늙은이 같아 더 이상 옛날의 아름다움을 떠올릴 수 없었다. 어제까지만 해도 촐마는 산뜻한 옷을 입고 향기를 풍기는 아가씨였지만, 이제는 천한 하녀가 되어 있었다. 우리에게 버터를 바치는 그녀의 몸에서는 연기에 그을린 냄새만 풍겼다. 나는 대답을 안 했지만 가슴이 아팠다. 촐마가 밝은 방에서 어둠 속으로 물러가는 것을 보고 어떤 것은 삶에서 한번 사라지면 영원히 다시 나타날 수는 없다는 생각이 들었다. 이런 느낌은 평생 처음이었다. 예전에 나는 어떤 것이든 생겨난 대로 거기에 영원히 있을 것이며 그리고 나타난 이상 절대로 사라지지 않는다고 생각했었다.

마이치 가족들은 배부르게 먹고 나서 이를 쑤시거나 하품을 했고 그때서야 하인들이 밥을 먹기 시작했다. 타나도 같이 먹기 시작했다. 그녀는 밥을 씹는 속도가 빨라 사각사각 쥐가 뭔가를 갉아먹는 것 같은 소리를 냈다. 쥐 생각이 들자 등줄기가 뻣뻣해지는 바람에 나는 앉은 자리에서 떨어질 뻔했다. 나는 머리를 돌려 타나가 음식 씹는 것을 쳐다봤다. 내가 쳐다보는 것을 눈치챈 타나는 긴장된 나머지 숟가락을 놓칠 뻔했다.

"겁내지 마."

머리를 끄덕이긴 했지만 타나는 음식 먹는 모습을 내게 보이기 싫은 것이 분명했다. 나는 고기를 가리키며 "먹어!"라고 말했고 타나는 말없이 고기를 집었다. 쥐가 갉아먹는 소리는 안 났다. 나는 접시에 있는 삶은 잠두콩을 가리키며 "이것도 먹어라." 명령했다. 콩을 입에 넣고 씹는데 이번에는 입을 아무리 꼭 다물어도 이가 아래위로 부딪힐 때마다 쥐 소리가 났다. 나는 또 웃었고 타나는 겁이 나는지 이번에는 결국 숟가락을 바닥에 떨어뜨리고 말았다.

나는 큰 소리로 말했다. "난 더 이상 쥐가 무섭지 않다!"

모두들 이상한 눈빛으로 나를 바라보았다. 마치 내가 하늘이 없어졌다고 말하기나 한 듯한 표정들을 지었다. 나는 다시 큰 소리로 말했다.

"난, 더 이상, 쥐를, 무서워하지, 않아!"

여전히 침묵이 흘렀다. 나는 타나를 가리키며 말했다.

"이 애는 밥을 먹을 때 갉작갉작 소리를 내, 갉작갉작, 갉작갉작 꼭 쥐 같아."

나를 의도적으로 난감하게 만들 생각이었는지 방안에 있는 사람들은 계속 침묵했다. 그러자 내가 정말로 쥐를 무서워하는지 의구심이 들었다. 그때 아버지가 웃음을 터뜨리며 말했다.

"얘야, 네가 진심을 말하고 있다는 걸 난 믿는다."

그런 다음 나직하지만 사람들이 다 들을 수 있는 목소리로 어머니에게 말했다.

"남자에게 여자가 왜 필요하지? 여자만이 남자를 진정한 남자로 만들 수 있어서 그런 거야! 저 녀석이 자기 병을 스스로 고쳤잖아."

방으로 돌아온 후 타나가 물었다.

"도련님, 어떻게 그런 생각이 났어요?"

"그냥 갑자기 그런 생각이 났어. 골 난 건 아니지?"

타나는 마부인 자기 아버지도 꼭 쥐 같다는 말을 한 적이 있어서 골나지 않았다고 했다. 투스에게 바칠 좋은 말이 있을 때 타나 아버지는 타나에게 항상 새벽같이 먹이를 주라고 시켜서 쥐새끼 모양 새벽에 바스락거리며 돌아다녔기 때문에 말을 놀라게 한 적은 없었다고 덧붙였다.

우리는 침대에서 한 번 했다. 끝난 뒤 타나는 속옷을 입으면서 해죽해죽 웃었다. 이렇게 좋은데 세상에 있는 다른 것들은 어째서 이걸 하지 않는지 모르겠다고 말했다. 나는 다른 것들이 누구냐고 물었다. 암말들이나 자기 어머니는 이런 일을 하고 싶어 하지 않는다고 했다. 내가 다시 물어보려고 했을 때 그녀는 이미 만족한 표정으로 잠이 들었다. 나는 등불을 껐다. 평소에는 어둡기만 하면 바로 잠이 드는데 오늘은 좀 달랐다. 나는 바람이 옥상 위로 윙윙 지나가는 소리를 들었다. 그것은 마치 큰 새 떼가 머리 위를 줄지어 날아가는 것 같았다.

아침에 어머니는 푸르뎅뎅한 내 눈자위를 보더니 어제 잠을 못 잤느냐고 물었다.

나는 어머니가 무슨 뜻으로 하는 말인지 알았고 타나를 괴이쩍게 여기지 않는다는 것도 알았다. 그래서 간단히 어쩌다 보니 잠을 놓쳤다고 했다. 그러자 어머니는 다시 물었고 나는 옥상을 지나가는 바람소리 때문에 잠을 설쳤다고 대답했다.

"난 또 무슨 일이 있는 줄 알았네. 애야, 우리가 아무리 투스 집안이라고 해도 바람한테 옥상으로 지나가지 말라고 할 수는 없잖니?"

"그런데 촐마는 왜 그런 걸 모를까요?"

"지나가는 바람이 그렇게 간단한 게 아니라는 건 알겠다만 촐마는 또 뭘 모른다는 거냐?"

"헌 옷을 입고 있고, 몸은 재투성이에 지독한 냄새가 난다는 걸 모를까요?"

"알지."

"그런데 어째서 아래층으로 내려간 거예요?"

어머니 말투가 갑자기 싸늘해졌다.

"어차피 내려가야 된다. 그나마 일찍 내려가면 남자를 찾을 수 있지만 늦어지면 찾지도 못해."

우리가 얘기를 나누고 있을 때 집사가 들어오더니 내 유모가 돌아왔다고 말했다. 유모 더친뮈추오는 많은 사람과 라싸로 성지순례를 떠난 지 근일 년이 되었고 솔직히 그동안 우리는 잊고 지냈다. 한 사람이 다른 사람들에게 잊혀졌을 때 돌아오는 것은 절대로 바람직하지 않은 일이다. 옛날의 모든 것이 망각에서 스멀스멀 되살아나기 때문이다.

유모가 성지순례를 떠나던 당시 우리는 많은 걱정을 했다. 어쩌면 순례

길에서 죽을지도 모른다고도 했다. 유모가 길을 나설 때 여비로 은돈 오십 개를 하사했는데 굳이 다섯 개만 받겠다고 했다. 다섯 개말고는 단 한 개도 너무 많은 거라 안 받겠노라 고집을 부렸다. 유명한 사원 다섯 군데를 돌 예정이라 부처님 앞에 은돈 한 개씩만 놓으면 되며 부처님은 가난한 할미의 마음이면 만족하시지 돈을 원하시지는 않을 거라고 했다. 우리가 왜 하필 다섯 군데냐고 물었더니 자기평생 다섯 군데 사원이 나타났기 때문이라고 대답했다. 길을 나서며 진정으로 예불하러 가는 사람은 길에서 돈을 쓰지 않는데 그건 아무리 돈이 많은 사람이라도 마찬가지라는 말도 했다.

그 말은 사실이었다. 길에서 구걸하지 않는 예불은 예불이 아니라고 많은 사람이 생각했다. 이런 일반적 생각은 투스들이 라싸 예배를 포기해버리는 구실이 됐다. 옛날에 우리 집안의 투스 한 명이 성지순례를 갔던 적이 있었는데 데리고 갔던 시중꾼은 다 돌아왔지만 처음 겪는 고생을 이기지 못한 투스는 끝내 죽은 채 돌아왔다.

유모가 떠난 뒤에 우리는 차츰 그녀를 잊었다. 이것은 우리가 유모를 별로 좋아하지 않았다는 말이기도 하다. 그런 사람이 다시 문으로 들어오니 우리는 깜짝 놀랐다. 산도 깊고 물도 차가웠을 텐데 늙은 몸으로 용케도 걸어온 것이다. 뿐만 아니라 굽었던 허리가 꼿꼿해지고 얼굴을 뒤덮었던 주름도 훨씬 적어졌다. 우리 눈앞으로 다가오는 이 사람은 더 이상 그 나른하던 할멈이 아니라 햇빛에 그을기는 했지만 얼굴에 혈기가 돌고 체격이 큰 아줌마였다. 그녀는 먼 곳의 냄새를 풍기면서 내 뺨에 입을 맞췄다.

원래도 우렁찼지만 더 큰 목소리로 첫 마디를 떼었다.

"마님, 전 도련님이 보고 싶어 죽는 줄 알았어요."

어머니는 아무 말도 하지 않았다.

"마님, 전 돌아왔어요. 어제 도착하기 전에 계산을 해봤는데요, 모두 일 년 십사 일이 걸렸더군요."

"내려가서 쉬게."

유모는 어머니의 말을 못 들은 척하고 눈물을 흘렸다.

"도련님도 많이 크셨네요. 시녀도 생겼군요."

"그래, 많이 컸지. 이젠 자네가 신경 안 써도 된다네."

"그래도 신경 써 드려야죠. 아무리 컸어도 아이는 아이니까요."

유모는 타나를 자세히 보면서 얼굴과 팔다리를 만져본 다음 서슴없이 말했다.

"도련님이랑 안 어울려요."

어머니의 얼굴 표정이 차갑게 변했다.

"자네 말이 너무 많군, 내려가게."

유모는 입을 벌리고 정신을 차리지 못했다. 모두 유모가 길에서 죽었을 지도 모르기 때문에 까맣게 잊고 있었다. 그런 참에 돌아왔고 사람들의 마음을 혼자만 눈치채지 못하고 있었다. 이런 사정을 모르는 유모는 다시 입을 열었다.

"주인 나리와 큰 도련님도 뵈어야 하는데요? 못 본 지 일 년하고도 십사 일이나 됐거든요."

"내 생각에 그럴 필요 없겠네."

어머니의 싸늘한 말에도 아랑곳 않고 유모는 다시 말했다.

"저는 쌍지 촐마 그 계집애도 봐야 되는데요."

나는 쌍지 촐마가 이미 은 세공장이인 취짜에게 시집갔다고 얘기했다. 성지순례는 유모의 겉모습만 바꿨지 원래 성깔은 변화시키지 못했다.

"그 계집애가 도련님을 꼬시려고 하더니 꼴좋다, 부엌데기로 떨어졌으니."

결국 나도 유모에게 고함을 내질렀다.

"이 무당 할미, 꺼져. 내려가라고!"

하찮은 사람과 하는 얘기는 일찍 끝내는 것이 좋다.

나는 분노가 채 가라앉기 전에 내 생애에서 처음으로 중요한 명령을 내렸다. 유모의 짐을 아래층으로 옮기게 한 다음 앞으로 3층 이상으로는 영원히 올라오지 말라고 명령했다. 마당에서 통곡하는 유모의 울음소리가 들렸다.

나는 또 그녀에게 독방 하나와 아주 간단한 취사도구를 내주라고 하고 자기 먹을 밥을 하는 것 말고는 다른 일은 하지 못하게 하도록 만들었다. 이 명령은 모두의 마음에 든 것 같았다. 그렇지 않았다면 아버지, 어머니, 형 누구라도 내가 내린 명령을 뒤집을 수 있었는데 아무도 그렇게 하는 사람이 없었다.

할 일이 없어진 유모는 온종일 나의 어렸을 때의 일과 자기의 성지순례 때 길에서 겪었던 얘기를 하인들 귀가 따가울 정도로 쉬지 않고 읊어댔다. 이런 사정을 알고 난 후 나는 명령을 하나 더 내렸다. 성지순례 얘기만 하고 도련님 어렸을 적 얘기는 하지 말라는 것이었다. 유모는 이 명령을 따를 수밖에 없었다. 나는 유모의 머리가 하루가 다르게 백발이 늘어가는 것을 보고는 명령을 철회하려고 한 적도 있었다. 그러나 위층에서 유모가 마당에 비친 내 그림자에 계속 침 뱉는 것을 보고 이러한 자비를 거둬버렸다.

그 후 유모가 너무 늙어서 내 그림자에 침도 뱉지 못하게 되었을 때 나도 더 이상은 마음에 두지 않았다. 유모가 죽었다는 사실은 일 년이나 지나서야 비로소 알게 되었다. 이런 사람을 두고 사람들은 곧잘 마이치 가문은 바보 아들의 유모에게 고마워한다고들 말했다.

나도 그렇게 생각했다.

맑은 날 하늘의 별을 바라보며 그렇게 생각했고, 흐린 날 밤에 침상에 누워 멀리 동쪽으로 흘러가는 물소리를 들으면서도 그렇게 생각했다. 나중에 내가 더 이상 유모를 생각하지 않게 되자 이번에는 투스에게 환영받지 못한 웡버이시를 생각하게 되었다. 노새와 바꾼 당나귀를 데리고 자기가 본 기이한 일을 기록한 역사책을 가지고 산의 동굴 속으로 사라진 사람이다.

바람의 방향이 바뀔 때마다 냇가의 버드나무 가지는 더욱 푸르러졌고, 송이마다 꽃이 피었다. 하얀 버들 꽃이 바람에 사방으로 날렸다.

그랬다. 봄이 온다온다 하더니 겨울보다는 빨리 왔다.

잘려진 도둑의 머리

회색의 양귀비 씨앗 때문에 마이치 투스는 다른 투스들과 원수지간이 되었다.

투스마다 구석진 곳에 처박혀 살아가는 우리에게 씨앗을 달라고 왔지만, 어느 투스 하나 운 좋게 원하는 대로 씨앗을 얻어가는 사람은 없었다. 그 중 우리와 가까운 지역에 살던 몇몇 투스는 힘을 합쳐 다른 투스들을 정복해버리자고 아버지에게 제의했다. 하지만 우리 아버지는 자기와 백성을 부유하게 하면 될 뿐이지 패권을 잡을 생각은 없다고 거절했다.

먼 곳의 어느 투스는 우리 산채와 워낙 멀리 떨어져 있기 때문에 자신이 아무리 강해지더라도 마이치 투스에게 위협이 되지는 않을 테니 걱정 말라고도 했다. 마이치 투스는 거인에게 넘지 못할 강물이 없는 법이라고 말했다.

봄이 왔다. 아버지는 이제 더 이상 투스들이 찾아오지 않을 것이라고 생각했다. 그때 형이 아버지를 일깨웠다.

"투스 한 명이 아직 얼굴을 내밀지 않았는데요?"

아버지는 손가락을 꼽으며 한참 계산했다. 마이치 투스까지 합치면 투스는 모두 열여덟인데 그 중 세 명은 한족에게 멸망당했다. 또 형제간의 왕위 다툼으로 한곳이 세 개로 분할되기도 했다. 다른 한 투스는 아들이 없어서 부인과 집사에게 땅을 둘로 나눠주었다. 그래서 마이치 투스를 포함해 여전히 열여덟 명의 투스가 존재하고 있는 것이다. 지금까지 모두 열여섯 명이 왔다 갔는데 얼마 전에 우리와 싸웠던 왕뼈 투스가 오지 않았다.

"그들은 안 올 거다. 염치가 없으니까."

아버지의 말에 형은 고개를 저었다.

"아니, 틀림없이 올 거예요."

"그깟 양귀비 씨앗 때문에 원수의 집에 온다면 그는 티베트 사람이 아니다. 우리를 미워하는 투스들조차도 그를 깔보게 될 거야."

"맙소사, 아버지께서는 옛날 생각만 하고 계시군요."

"옛날 생각? 뭐가 옛날 생각이야?"

"별 뜻 없어요. 그는 허리를 굽히는 대신 다른 방법으로 올 수도 있겠지요."

아버지는 버럭 소리를 질렀다.

"그는 나한테 무릎을 꿇은 적이 있는데 감히 양귀비 씨를 뺏으러 올 거란 말이냐? 간덩이가 아직도 남아 있다던?"

사실 아버지는 큰아들이 무슨 말을 하려는지 이미 알고 있었다. 일종의 절망적인 고통이 밀려왔다. 그렇게 소중한 씨앗이 사방으로 퍼져나간다니, 다른 지역에서도 끝없이 많은 꽃송이가 피어나는 것 같은 기분이 들었다.

나는 아버지의 강렬한 고통을 알 수 있을 것 같아 입에 쓴 물이 고였고 아버지가 일어나지 않기를 바라는 우려가 가슴에 와 닿았다. 우리 모두 알고 있다. 투스들은 다 그렇게 해왔다. 그리고 우리한테 애초에 이들의 행동을 막을 도리가 없는 것이다. 그렇기 때문에 누군가가 우리가 처리하지 못할 일을 저질러버려도 자기의 고통을 키워나가는 것 외에는 별 쓸모가 없는 것이다.

똑똑한 형도 이런 문제에서는 총명한 사람이 엄청나게 멍청한 짓을 할 수 있음으로 보여줬다. 형은 간단한 문제 속에서 다른 사람들은 생각하지 못하는 복잡함이 있다는 걸 알아낼 수 있는 사람이었다. 이날 우리 미래의 마이치 투스도 이렇게 표현했다. 형은 득의양양하게 말해버렸다.

"그들은 와서 훔칠 겁니다."

이 말은 총알처럼 마이치 투스에게 명중됐다. 그러나 형에게 화를 내지는 않았다.

"그럼 무슨 방법은 없겠느냐?"

형이 말한 방법은 백성들에게서 양귀비 씨앗을 다 회수했다가 씨 뿌릴 때 일괄적으로 나눠주자는 것이었다.

"씨 뿌릴 때가 다 됐는데 지금 씨앗을 내놓으라고 하면 백성들이 어떻게 생각하겠어? 우리가 그들을 안 믿는다고 생각할 거 아니냐? 만약 백성들이 씨앗을 훔쳐낼 마음이 있었다면 벌써 그렇게 했겠지. 또 다른 생각도 할 수 있지 않겠니? 예를 들면 팔아버린다든지 뭐 그런 방법 말이다."

미래의 투스는 현재 투스를 바라보면서 할말을 잃었다. 이렇게 난감한 상황을 보는 어머니 얼굴에는 즐거운 표정이 떠올랐다.

현재의 투스가 다시 입을 열었다. "이왕 생각이 미쳤다면 방지책을 세워야지. 적어도 자신에게 민망하지는 않게 말이다."

어머니는 웃으면서 형에게 분부했다.

"네가 가서 처리하는 게 옳겠다. 괜히 아버지 신경 쓰시게 만들지 말고."

미래의 투스는 일을 빨리 처리하려고 무진 애를 썼다. 가장 빠른 말을 보내 마을을 돌며 씨앗을 거둬 산채로 가져왔다. 숨긴 것이 얼마나 되는지 명령이 내리기 전에 다른 투스의 손에 넘어간 것이 없는지 깊이 따질 여유가 없었다.

씨앗을 회수하는 막바지, 잉귀루오 소족장이 양귀비 씨앗을 훔치던 도둑 하나를 붙잡았다. 왕뼈 투스의 부하였다. 잉귀루오 소족장은 그 자를 산채로 보낼지 여부를 물었다. 형은 큰 소리로 외쳤다.

"보내야지, 왜 안 보내? 난 그자들이 씨앗을 훔치러 올 줄 알고 있었어. 산채로 데려오고 망나니에게 사형집행을 준비하라고 일러라. 이 겁 없는 도둑의 간이 얼마나 큰지 한번 보자!"

망나니 얼이에게 통지가 도착했다.

산채 앞에는 사형을 집행하는 공터가 있었다. 공터 오른쪽에 말뚝이 몇 개 서 있고 왼쪽에는 죄인을 묶는 큰 기둥이 서 있었다. 그것은 실제 용도 외에 투스 권력의 상징이기도 했다.

기둥은 아주 튼튼한 나무로 만들어졌고 독충을 넣는 깔때기가 꼭대기에 장착되어 있었다. 깔때기 밑을 두른 철 테는 죄인의 목을 고정시키는 데 쓰였다. 기둥에 묶인 죄인을 독충이 물도록 하는 데 아주 유용한 도구였다.

철 테의 양옆에는 기다란 철봉이 달려 있었다. 멀리서 보면 마치 허수아비처럼 보여서 산채 주변 풍경을 그럴듯하게 만들기도 했다. 그러나 사실 그 철봉은 죄인의 손을 자르기 위해 팔을 고정시키는 데 쓰이는 것이었다. 죄인이 천당으로 날아가는 자세를 나타내기 위해 이런 모양이 된 거라고 말하는 사람도 있었다.

땅바닥 가까이에는 쇠고리 두 개가 있었는데 발목을 고정시키는 데 쓰였다. 기둥의 주변에 있는 금속광택이 나는 둥그런 큰 바위, 삼나무를 켜 만든 구유, 거기에 자잘한 것을 합치면 처형장은 특이한 분위기가 만들어지고 죄인을 묶은 기둥은 바로 이 분위기의 중심이 된다. 물론 이런 장면에서 망나니 얼이가 빠진다면 재미는 훨씬 적어진다.

지금 망나니 얼이가 불려왔다. 어른 얼이가 앞섰고 어린 얼이가 뒤를 따라 처형장으로 들어섰다. 두 사람은 팔다리가 길다. 두 발은 비틀거리는 양과 같고 길게 늘인 목을 이리저리 돌리는 모습은 놀란 사슴 같았다.

망나니 가족은 마이치 가족과 마찬가지로 세습된다. 몇 백 년의 긴 세월을 내려오는 동안 마이치 가족은 서로 닮은 데가 없는데 망나니 얼이들은 팔다리가 길고 전전긍긍하는 모습까지 똑같다. 그들은 죄인에게 채찍질을 하거나 신체의 어느 부분을 잘라내는 것 등 여러 방식으로 사형 집행하는 것을 자신의 직업으로 삼는다.

많은 사람이 대부분 이 세상에 얼이 가족이 존재하지 않기를 바란다. 하지만 그들은 아주 강력히 침묵한 채 계속 존재하고 있었다. 그 망나니들이 산채의 처형장에 들어와 섰다. 어른 얼이는 큰 가죽 부대를, 어린 얼이는 좀 작은 가죽 부대를 멨다. 나는 망나니 집에 가보았기 때문에 그 안에 뭐가 들어 있는지 알고 있었다.

어린 얼이는 나를 보고 아이다운 웃음을 보낸 뒤 바로 허리를 굽히고 자기 일을 시작했다. 가죽 부대가 열리자 각종 처형도구가 햇빛 아래서 반짝거렸다.

양귀비 씨앗을 훔친 사람이 집행대 위로 끌려 올라왔는데 자기를 매달 기둥만큼이나 체격이 장대했다. 보아하니 왕뼈 투스는 제일 힘센 부하를 보낸 모양이다.

어른 얼이의 손에 들린 채찍이 날았다. 채찍은 죄인의 몸에 떨어지자 뱀처럼 휘감았고 그때마다 옷 조각이나 피부가 떨어져나왔다. 죄인은 벌써 스무 번째 채찍질을 당하고 있었다. 채찍은 다음에 그의 다리에 감겼다. 어른 얼이가 채찍을 거둬들였을 때 죄인의 바지는 몽땅 뜯겨나가 맨다리가 되어 있었다.

채찍질당하는 부위를 보면 기둥에 묶여 있는 사람의 죄목을 알 수 있다. 죄인은 자기의 맨다리를 봤다. 실오라기 하나 남지 않았지만 다리는 멀쩡했다. 그는 이것이 견디기 어려웠는지 악을 썼다.

"나는 왕삐 투스의 부하지 도둑이 아니다! 난 주인이 원하는 것을 찾으러 온 거란 말이다!"

이때 마이치 투스의 큰아들이 처형장에 모습을 드러냈다.

"어떻게 찾을 거지? 이렇게 소리를 지르면 찾아지나, 아니면 몰래 찾으려는 건가?"

군중 속에서 적에 대한 증오는 창고에 넣어놓은 은돈처럼 필요할 때면 즉시 드러난다. 형의 목소리가 들리자마자 사람들은 외치기 시작했다.

"죽여라! 죽여라! 그 도둑놈을 죽여라!"

그때 죄수가 탄식했다.

"아깝다, 아까워!"

"뭐가 아까워? 잘려나갈 네 놈의 머리가?"

"그게 아니다. 한발 늦은 게 안타까울 뿐이다."

"그랬다고 네 놈 목숨이 보전될 수는 없다."

"내가 살아 돌아가길 바라는 줄 아느냐?" 죄수가 호탕하게 웃었다.

"네 놈도 대장부인 건 틀림이 없구나. 좋다. 바라는 게 있으면 말해라. 들어주겠다."

"내 머리를 주인에게 되돌려다오. 내가 그분을 위해 충성을 다했다는 걸 알리고 싶다. 주인의 앞에 간 후에야 눈을 감을 것이다."

"참으로 대장부로구나. 아깝다. 내 밑에 있었으면 중요한 자리에 앉힐 텐데……."

죄수는 마지막으로 한 가지 요구를 더 말했다. 자신의 머리를 되도록 빨리 보내달라, 눈의 광채가 다 사라진 후에 주인을 만나는 것은 싫다고 했다. "그건 무사로서의 체면을 잃는 것이다." 이렇게 덧붙였다.

형은 빠른 말을 준비하라고 분부했다. 그 뒤의 일은 아주 간단했다. 큰 도련님이 영웅을 아낀다는 사실을 안 망나니는 죄수를 고생시키지 않기로 마음먹었다. 익숙한 손놀림으로 칼을 휘두르니 머리가 데굴데굴 땅으로 굴렀다.

잘려진 머리는 보통 땅바닥으로 떨어지기 때문에 입에 흙이 묻는 경우가 많다. 그런데 이 죄수는 얼굴을 하늘로 향했다. 눈은 반짝였고 입가에는 비웃는 미소까지 머금었다. 나는 승리자의 웃음이 저럴 거라고 생각했다. 내가 자세히 볼 새도 없이 잘린 머리는 붉은 천에 쌓인 채 말에 실려 바람처럼 달려갔다.

"그 비웃는 듯한 웃음이 이상해. 뭔가 있는 것 같아……."

내가 혼잣말로 중얼거리자 형이 놀렸다.

"네 머리에서 그럴듯한 생각이 나왔으면 우리에게 좀 알려주렴. 뭐가 있니?"

"개의 멍청한 머리로도 한두 번은 맞을 수도 있지. 누가 전부 틀렸다고 장담하겠어?"

어머니가 내 역성을 들었고 형도 너그럽게 넘어갔다.

"한 노예가 주인한테 충성을 다했을 때의 웃음일 뿐이야."

똑똑한 사람은 항상 이렇다. 그들은 성격이 좋은 사람이다. 그러면서도 서로 양보하지 않고 남을 따르지도 않는다. 게다가 고집도 세다.

생각지도 못하게 왕뼈 투스는 도둑을 다시 보냈다. 이번에는 두 사람이 었다. 우리는 전과 마찬가지로 처리했다. 아직 온기가 남아 있는 머리들이 발 빠른 말에 실려 먼 곳으로 사라지자 형이 대수롭지 않게 말했다.

"이 일에 신경 좀 써야 되겠다."

왕뼈 투스의 부하들이 또 왔다. 이번에는 세 명이었다. 이번에 형은 너 털웃음을 지었다.

"왕뼈가 부하들의 머리를 가지고 우리랑 놀자고 하네. 좋아, 오는 대로 머리를 잘라주지."

세 사람의 머리를 자르고 되돌려 보내지 않았다. 이번에는 파발꾼이 편 지만 갖고 갔다. 형의 편지내용은 간단했다. 왕뼈 투스 밑에 그처럼 충성 스럽고 용감한 부하가 많이 있는 것을 축하한다고 썼다. 왕뼈 투스는 답장 을 보내지 않았다. 자기 부하를 보내 세 개의 머리를 가져갔고 승려들의 예불을 거친 후 냇가에서 화장시켰다.

이렇게 큰일들이 생기다 보니 모르는 사이에 선뜻 봄이 와버렸다.

급하게 거둬들였던 양귀비 씨앗을 백성들에게 다시 나눠주고 전보다 더 넓은 토지에 뿌리게 했다.

잃어버린 영약

집안의 결정으로 마이치 일가는 자기들 영지를 한 번씩 순시한다.

이 행사는 투스의 아들이 성년이 되면 반드시 거쳐야 하는 과정이다.

아버지는 나에게 영지를 순찰하라고 분부했다. 단 시녀 말고는 어떤 것이든 다 가져갈 수 있다고 말했다. 체격 작은 타나는 온밤을 울음으로 지새웠다. 나도 어쩔 수 없었다. 나는 쑤오랑쩌랑과 미래의 망나니 얼이를 데려가겠다고 했고 나머지는 아버지가 알아서 선발했다.

순시대의 총 관리는 절름발이 집사가 맡고 기관총 한 자루와 장총 열 자루를 가진 호위대원 열두 명도 딸려왔다. 거기에 마부, 천기를 살피는 승려, 장화를 고치는 신기료장수, 음식에 독이 들었는지 검사하는 무당, 악사, 노래하는 가수도 두 명이나 있는 엄청난 규모였다.

이번 순시가 없었다면 나는 마이치 가족의 토지가 도대체 얼마나 넓은지 몰랐을 것이다. 이번 순행이 없었다면 투스가 된 기분이 어떤 것인지도 절대 몰랐을 것이다.

가는 곳마다 고을의 소족장들은 백성을 데리고 나와 환영했다. 아직 우리가 조그맣게 보일 때부터 나팔을 불고 노래를 불렀다. 우리가 마을 가까이 가면 사람들은 기마대가 일으키는 먼지 속에서 무릎을 꿇었다. 내가 말에서 내리고 손을 흔든 다음에야 그들은 다시 먼지를 일으키며 일어섰다.

처음에 나는 먼지 때문에 자꾸 숨이 막혔다. 하인들은 서둘러 내 등을 두드려 주고 물을 먹였다. 나중에는 이러한 일이 익숙해져서 바람을 등진 다음 사람들을 일어서게 했다. 사람들이 소매를 탁탁 털며 일어서면 먼지는 다른 곳으로 날아가게 되었다.

나는 말에서 내리며 장총을 쑤오랑쩌랑에게 주었다. 그 녀석은 총을 참 좋아했다. 총이 손에 닿자 내 뒤에서 평소보다 깊게 숨을 쉬었다. 우리 일행이 각 고을의 소족장이 바치는 맛있는 음식을 먹을 때도 그는 아무것도 먹지 않은 채 총을 들고 내 곁에 서 있기만 했다.

우리를 환영하는 연회장은 대개 소족장의 산채에서 가까운 넓은 풀밭이었다. 특별히 설치한 장막 안에서 우리는 인사와 음식, 노래와 춤 등의 대접을 받았다. 소족장은 자기 휘하에 있는 중요한 인물들을 소개시켰다. 그의 집사, 마을의 장로들, 용맹한 병사들, 마을 원로들, 솜씨 좋은 장인들 등등. 물론 예쁜 아가씨들도 있었다. 나는 그런 절차에 별 흥미가 없었는데 그들은 내가 재미있어한다고 여겼는지 내 말을 묵살했다. 나는 내 마음에 있는 생각은 입 밖으로 내뱉을 수 있다. 내가 재미없다고 하자 절름발이 집사는 그렇게 말하면 안 된다고 했다. 도련님은 마이치 가족 휘하의 백성들에게 축복과 희망을 줘야 하는데 어째서 이런 형식이 중요하지 않느냐며 조곤조곤 가르쳤다. 그는 내 마음을 충분히 이해하지 못하고 있었다. 나는 목소리를 낮춰 그에게 말했다.

"그만 두세요! 우리는 같은 산채에 사는데 당신은 어떻게 내가 무슨 생각을 하는지 모를 수가 있어요?"

말을 마치고 나는 꿇어앉은 사람들에게 말했다.

"너무 신경 쓰지 마세요. 내가 바로 여러분도 다 아는 마이치 투스 집의 바로 그 바보 아들입니다."

이 말에 그들은 오로지 깊은 침묵으로만 자신들의 반응을 드러냈다.

이런저런 이야기가 끝나자 나는 쑤오랑쩌랑에게 우리가 먹다 남은 음식들, 즉 양의 넓적 다리 한 짝, 술 한 주전자, 큼지막한 소시지 따위를 먹게 했다. 신기한 것은 중국 땅에서 온 알록달록한 종이에 쌓인 사탕이었다. 나는 어린 얼이에게 쑤오랑쩌랑의 것을 남겨주라고 일렀다. 쑤오랑쩌랑은 사탕을 먹은 다음 만족하다는 듯 트림을 하고 다시 총을 집어 들고 보초를 섰다. 쉬라고 해도 쉬지 않았다.

"그럼 나가서 총을 쏘고 와. 얼이도 데리고 가서 같이 쏴."

내가 허락하자 쑤오랑쩌랑은 지쳤으면서도 총을 쏘았다. 그는 죽은 것들은 쳐다보지도 않고, 살아 움직이는 것만 쏘았다. 어린 얼이는 금방 돌아왔다.

"쑤오랑쩌랑은 사냥하러 산에 갔어요."

내가 왜 같이 안 갔느냐고 묻자 그는 웃었다.

"너무 피곤해서요."

"하긴, 너는 묶여 있는 것만 사냥하지."

내가 놀려도 어린 얼이는 웃기만 했다.

산 위에서 총소리가 들렸다. 내가 가지고 다니던 장총에서 나는 맑은 소리였다. 밤에 소족장은 예쁜 아가씨를 내 침실로 보냈다. 순찰을 떠난 후 나는 매일 밤 새 여자를 맞았다. 이런 일은 밑에 사람들을 안절부절못하게 한다. 집사도 어떤 곳에서는 나와 같은 대우를 받았다. 그는 사람들로 하여금 내가 바보라는 것을 믿게 했다. 그렇게 해서 자기가 투스의 실질적인 대표이며 몹시 중요한 사람은 자기라는 생각을 사람들에게 심어주었다. 이 방법은 아주 효과가 좋았다. 그는 여자뿐 아니라 다른 선물도 받았다. 그런데 그는 지나치게 나를 우습게 봤다. 어느 날 나는 집사에게 느닷없어 보이는 질문을 던졌다.

"당신, 얼이가 무서워요?"

"저 애 아버지인 어른 얼이가 저를 무서워하는데요."

"아마 어느 날 당신은 저 애를 무서워하게 될 겁니다."

내 말이 무엇을 의미하는지 알고 싶어 했지만 나는 엉뚱한 소리를 했다. 이런 순찰은 즐거울 뿐만 아니라 사람을 빨리 성숙하게 할 수도 있는 것이다. 나는 언제 세상에서 제일 똑똑한 사람이라는 것을 드러내서 나를 무시하던 사람들을 놀라게 해줘야 하는지를 알고 있었다. 하지만 그들이 겁먹고 나를 똑똑한 사람으로 대하려 할 때면 나는 즉시 바보처럼 행동했다. 예를 들어 소족장이 여자를 내 장막으로 들여보내면 나는 그 여자들과 잘 놀았다. 사람들은 투스의 모자란 아들이 그 짓도 할 줄 몰라 여자를 피하는 건 아닐까? 궁금해했다. 우리 일행 중 누구는 투스의 아들이 멍청이인데 그건 중국부인에게서 태어났기 때문에 바보라고 했다. 쑤오랑쩌랑은 장막 안에서 들리는 소리에는 아무 관심도 기울이지 않고 총을 멘 채 문밖에 서 있기만 했다. 이것은 나에 대한 충성심의 표시였다. 어린 얼이도 나에게 충성을 다했다. 그는 자신만의 독특한 표정을 짓고 사방을 돌아다녔는데 모두들 그를 못 본 척했다. 그래서 사람들이 뒤에서 뭐라고 하는지 다 알고 있었다. 하지만 나는 그들에게 아무것도 묻지 않았다.

우리가 한 소족장에게서 다른 소족장에게로 이동하며 긴 산등성이와 산골짜기와 강가를 지나갈 때 햇볕은 쨍쨍했고 가수들의 목은 쉬었다. 기마대가 한 줄로 길게 늘어서면 어린 얼이는 말을 타고 와서 목소리를 가다듬고 자기가 들은 말을 하려 준비했다. 어린 얼이는 어떤 사람이 뭐라고 했고 또 누구는 뭐라고 했는지 객관적이고 냉철하게 말했다. 감정적인 것은 하나도 끼워넣지 않았다. 나는 이 둘을 항상 데리고 다니면서 너희는 나의 가장 좋은 친구라고 말했다.

어느 날 밤 현지의 소족장이 보내준 아가씨가 도무지 내 마음에 들지 않았다. 여자가 시큰둥한 표정을 지었기 때문이었다. 내가 기분이 안 좋으냐고 물었는데도 이 계집애는 대답도 하지 않았다. 내가 바보라는 말을 들었는지 물었더니 그 계집애가 입을 삐죽거리며 말했다.

"하룻밤이라도 절 가지는 남자는 진심으로 저를 사랑해야 돼요. 그런데 도련님은 저를 사랑할 수 없어요."

나는 왜 내가 그녀를 사랑할 수 없느냐고 물었다. 그 망할 계집애가 몸을 비틀며 말했다.

"다들 도련님을 바보라고 하니까요!"

그날 밤 나는 장막 밖에 서 있었고 내 종을 그녀와 같이 자게 했다. 쑤오랑쩌랑이 덫에 빠진 곰 새끼처럼 헐떡거리고 부르짖는 소리가 들렸다. 쑤오랑쩌랑이 나왔을 때 달이 떠오르고 있었다. 나는 다시 어린 얼이에게 들어가라고 했다. 어린 얼이가 안에서 몸부림치는 소리는 뭍으로 나온 물고기 같았다.

아침에 나는 그 아가씨한테 말했다.

"그들 둘이 널 보고 싶어 할 거야."

아가씨는 무릎을 꿇고 내 장화에 머리를 짓찧으며 눈물을 흘렸다. 나는 짤막하게 말했다.

"물러가라. 도련님과 잤다고 해라."

나는 이 일 때문에 소족장의 기분이 상했을까 봐 경계심을 높였다. 술과 음식이 나오면 무당을 불러 은 젓가락으로 음식을, 옥돌로는 술을 검사하게 했다. 독이 들어 있으면 은 젓가락과 옥돌의 색깔이 바뀔 것이다. 소족장은 너무 억울해 손질 잘된 수염이 계속 떨렸다. 결국 참지 못하고 내 앞으로 뛰어나오더니 음식을 몽땅 자기 입에 쑤셔 넣었다. 한꺼번에 많은 음식이 목구멍을 막는 바람에 하마터면 이 세상을 하직할 뻔했다. 정신을 돌린 소족장은 숨을 헐떡이며, "해와 달이 제 충성심을 증명해줄 겁니다. 마이치 투스 중에 저희를 의심한 분은 여태까지 한 분도 없었습니다. 도련님, 이렇게 하시려면 차라리 저를 죽이십시오."

나는 뭔가 잘못한 것 같다는 생각이 들었지만 내가 바보라는 생각이 들자 마음이 오히려 마음이 편해졌다.

"도련님, 다른 사람한테는 몰라도 송빠 소족장한테 이렇게 하시면 안 됩니다."

절름발이 집사도 내게 말했다.

"그럼 왜 매번 독을 검사하는데요?"

"그건……."

집사는 말을 더듬더니 송빠 소족장 쪽으로 고개를 돌렸다.

"제 잘못입니다. 소족장의 충성심을 도련님께 미처 설명드리지 못했습니다."

그 식탁에서 송빠 소족장은 아무것도 먹지 않았다. 그는 내가 바보였기 때문에 그런 짓을 했다는 걸 믿지 않았다. 식사 후 차를 마실 때 절름발이 집사는 슬그머니 그의 옆에 앉았다. 그들은 힐끔힐끔 나를 바라보았고 나는 둘이 나누는 소리를 들었다.

"우리 도련님은 바보예요. 주인 나리가 술에 취해 중국여자와 관계해서 낳았거든요."

"하지만 뒤에 머리가 좋은 사람이 조종하고 있는지 누가 알아요?"

소족장은 미심쩍어했다.

"무슨 말씀이십니까, 뒤에 똑똑한 사람이 있다고요? 우스워 죽겠네. 도련님 뒤에 있는 두 녀석을 보세요. 총 메고 있는 녀석과 죽은 사람 같은 상판대기를 한 녀석, 걔들이 바로 도련님의 심복이에요. 걔들이 똑똑해 보이십니까?"

집사는 웃으면서 대답했다.

나는 송빠 소족장이 충성한다면 그를 싫어할 이유가 없다고 생각했다. 나는 그에게 입힌 상처를 달래주고 싶어서 큰 소리로 이곳에서 하루 더 머무르겠노라고 했다. 송빠 소족장의 얼굴이 금방 환해졌다. 하지만 금방 또 사람들을 깜짝 놀라게 만들었다.

"내일, 우리는 여기서 사냥을 하겠어요."

장막 안의 사람들이 놀라며 벌 떼가 윙윙거리는 소리를 냈다. 어린 얼이가 얼른 다가와 내게 귓속말을 했다.

"도련님, 봄에는 사냥하지 않는데요."

세상에, 비로소 생각났다. 이 계절은 짐승들의 임신기간이다. 지금 한 생명을 죽이면 둘셋, 그보다 더 많은 생명을 죽이는 것이다. 그래서 이 계절에는 사냥을 절대 금한다. 이 중요한 규칙을 까맣게 잊어버리다니…….평소 사람들이 나를 바보라고 여길 때 나는 사람들을 갖고 논다며 속으로 의기양양했는데 이번에는 내가 정말 바보라는 것을 확실히 알았다. 하지만 나는 뻗대야 했다. 안 그러면 바보조차 되지 못할 것이기 때문이었다.

사냥이 시작되자 사람들은 얼렁뚱땅 시간만 보내려고 했다. 그렇게 많은 사람과 사냥개를 데려왔으면서도 겨우 좁은 산골짜기만 둘러쌌다. 짐 승들이 뛰어나와도 총소리만 요란하게 났을 뿐 하나도 맞지 않았다. 나는 직접 총을 쏠 수밖에 없었다. 노루 두 마리를 잡은 다음부터는 나도 빈숲 을 향해 총을 쏘았다.

사냥은 그럭저럭 끝났다. 나는 잡은 동물을 개에게 먹이라고 분부했다.

산에서 내려오는 길에 내 가슴이 심란했다.

송빠 소족장과 나란히 가고 있었는데 이제는 내 머리에 문제가 있다는 것을 믿는 눈치였다. 어쨌든 그는 좋은 사람이었다. 송빠 소족장의 나에게 미안해했다.

"이 늙은이가 도련님 사냥하는 걸 많이 도와드리지 못했네요. 부디 마 음에 두지 마십시오."

나는 바보니까 괜찮다고 말하려다 간절한 그의 얼굴을 보고 말을 삼켰다.

"어떤 때는 나도 이러지 않는 걸요, 뭘."

소족장은 내가 이렇게 솔직한 것을 보고 알겠다는 말을 연거푸 쏟아냈 다. 그런 후 약을 드릴 생각인데 부디 받아달라고 했고 나는 '그러마' 고 대답했다.

소족장이 건넨 약은 여러 빛깔을 지닌 환약이었다. 어떤 유랑스님이 자 기에게 주었는데 강가의 바람과 설산의 빛으로 빚은 거라고 했단다. 참 별 난 조제법이었다.

송빠 소족장의 마을을 떠나던 날 길이 유난히 길고 햇볕은 쨍쨍 내리쬐 서 머리가 온통 벌통 속처럼 앵앵거렸다. 나는 무료하던 차에 호기심을 참지 못해 환약 한 알을 꺼내 입에 넣었다. 그걸 먹으면 환약 속에 있는 설산의 빛이 칼처럼 나를 찌르고 바람이 내 뱃속에서 휘돌아 나를 하늘로 몰아갈 줄 알았다. 하지만 비린내가 입안에 가득 찼다. 이어서 물고기가 내 뱃속에서 헤엄치는 것처럼 속이 울렁거렸다. 나는 토하기 시작했다. 담즙이 올라올 때까지 토하고 토했다. 절름발이 집사는 내 등을 두드리며 걱정스럽게 말했다.

"도련님이 옳았을지도 모르겠군요. 그 늙은이가 정말 도련님을 해치려고 독을 준 건 아닐까요?"

"절름발이인 그대와 바보인 나를 해친다고 그 사람에게 무슨 이득이 있을라고?"

그렇게 말하면서 나는 약을 길가의 풀숲에 슬쩍 버렸다.

나중에야 나는 그 환약이 대단히 귀한 것이라는 사실을 알게 되었다. 그것들을 전부 먹었다면 멍청한 내 머리를 고쳤을 것이었다. 하지만 내 팔자는 이렇다. 송빠 소족장이 준 귀한 영약을 몽땅 내버렸으니.

귀에서 꽃이 피다

봄이 다 지났는데도 우리 일행은 마이치 가문의 영지를 절반밖에 돌지 못했다.

여름이 시작될 때 우리는 남쪽의 변경 지역에 도착했다. 이어서 다시 북쪽으로 돌아갈 예정이었다. 집사는 낫을 들고 수확을 시작하는 계절이 되어야 순시를 다 끝낼 수 있을 거라고 했다.

우리가 순시 나와 있는 곳의 남쪽 끄트머리는 마이치 투스와 왕뼈 투스의 땅이 인접한 곳이었다. 여기서 나는 집에서 보낸 파발꾼을 만났다. 아버지는 변경에서 좀더 오래 머물다 오라고 분부했다. 마이치 투스의 의도는 명쾌했다. 왕뼈 투스의 부하들이 우리, 즉 멍청한 아들과 절름발이 집사가 이끄는 오합지졸을 습격하도록 만들라는 것이었다.

그런데 상대방은 꿈쩍도 안 했다. 괜히 강한 마이치 투스를 건드려봐야 자기들에게 손해라는 걸 알고 있다. 우리가 일부러 변경을 넘어가면 안 보이는 데서 우리 뒤를 따를 뿐 결코 모습을 드러내지는 않았다.

그날은 아침부터 비가 내렸다. 절름발이 집사가 오늘은 나가지 말자고 했다. 어차피 그들이 습격할 리가 없으니 하루 쉬었다가 내일 북쪽으로 돌아가자는 것이었다.

보슬보슬 내리는 빗속에서 마부는 쾅쾅 발굽을 바꾸고 병사들은 총을 닦았으며 가수 두 명은 음을 맞춰 노래를 불렀다. 집사는 종이를 펼쳐 마이치 투스에게 변경의 상황을 보고하는 긴 편지를 썼다. 나는 침대에 누워 장막을 두드리는 빗소리를 듣고 있었다.

점심 무렵 비가 그쳤다. 심심해진 나는 일행들에게 말을 타라고 명령했다. 우리가 변경을 넘어갔을 때 태양이 구름을 뚫고 후끈하게 내리쪼였다. 풀잎에 맺혔던 빗방울에 발이 젖어 우리는 잔디밭에 주저앉아 젖은 장화를 말렸다.

숲에서는 왕뼈 투스의 저격수가 숨어 우리 등을 향해 총을 겨누고 있었다. 벌레에 물린 것처럼 간지러우면서도 바늘로 가볍게 찌르는 듯한 느낌이 들었다. 그들이 감히 총을 쏘지는 못한다. 우리는 저격수들이 어디에 매복해 있는지 알고 있었고 우리 기관총에는 탄알이 가득 장전되어 있었다. 적이 움직이면 우리 총알이 그들의 머리 위로 퍼부어질 것이었다. 따라서 내게는 느긋한 기분으로 주위의 경치를 구경할 여유가 있었다. 산의 경치를 구경하는 데는 비가 멈추고 날이 갤 때가 제일 좋다. 이 순간 모든 색깔은 산뜻하고 눈부시기 때문이다. 예전에 이곳을 지날 때 나는 길가의 삼나무 밑에서 예쁜 진홍빛의 꽃 몇 송이를 볼 수 있었는데 오늘 그것들이 유난히 아름다워 보였다. 나는 집사한테 그 꽃들을 가리켰다. 집사는 흘끗 보더니 말했다.

"저건 우리 양귀비꽃입니다!"

그는 틀림없이 이렇게 말했다, '우리 양귀비꽃.'

지금 우리는 그것을 똑똑히 봤다. 마이치 가족을 강성하게 만든 꽃이 틀림없었다. 모두 세 그루가 햇빛 아래 싱싱하게 서 있었고 한 송이 한 송이 햇빛 아래서 반짝반짝 빛나고 있었다. 집사가 사격 지점을 분배해주고 나서 우리는 꽃으로 다가갔다.

쾅! 쾅! 쾅! 쾅!

매복해 있던 저격수들이 총을 쏘기 시작했다. 꽹과리를 치는 것처럼 시끄러운 소리가 네 번 울렸다. 저격수들은 아마 공포에 떨고 있었을 것이다. 그렇지 않으면 네 번이나 연달아 쏠 필요는 없었다. 한 명이 다치고 한 명은 총에 맞아 죽었다. 독약을 검사하는 무당은 손으로 풀을 쥐어뜯으며 땅으로 쓰러졌다. 어깨를 감싸 안은 가수는 땅에 꿇어앉았는데 손가락 사이로 피가 새어나왔다. 한참이 지난 후에야 우리도 반격할 수 있었다. 갑자기 몰아치는 폭풍우처럼 한바탕 총소리가 울린 뒤 정적이 흘렀다. 잠시 후 숲 속에서 뭔가 움직이는 것 같았는데 그건 바람에 나뭇잎이 흔들리는 소리였다. 저격수 네 명은 추운 듯 몸을 구부리고 커다란 나무 밑에 모두 죽어 자빠졌다.

처음에는 왜 양귀비를 뽑아버릴 생각을 못했을까. 그러다 조금 후 칼로 밑을 파보라고 시켰다. 결과는 뜻밖이었다. 양귀비 포기 밑에는 각각 상자가 하나씩 있었고 그 안에는 썩어가는 사람머리가 들어 있었다. 양귀비 씨앗은 다름 아닌 세 사람의 귀에서 나온 것이었다. 우리가 양귀비 씨를 훔친 사람의 머리를 왕뼈 투스에게 돌려줬다는 것을 기억하고 있으면 이 모든 것을 명쾌하게 이해할 것이다. 이들은 잡혔을 때 씨앗을 귀에 넣었고 왕뼈 투스는 희생자의 귀에서 씨를 얻은 것이었다. 왕뼈 투스는 귀에서 꽃을 피게 하는 방식으로 그의 영웅을 기념하고 있었다.

우리는 계획되었던 북쪽의 순시를 취소한 채 말을 달려 산채로 돌아갔다. 나와 집사는 이 소식이 모두를 놀라게 할 것이라고 생각했다.

하지만 산채의 식구들, 특히 형이 보인 반응은 우리의 예상을 뒤엎었다. 이 똑똑한 사람은 벌떡 일어서더니 고래고래 소리를 질렀다.

"어떻게 그럴 수가 있어? 죽은 사람의 귀에서 꽃이 피었다니, 말이 돼?"

예전에 그는 나한테 아주 친절했다. 바꿔 말해서 투스의 형제들 가운데 그처럼 남동생한테 잘해준 형은 없었다는 얘기다. 그러나 이번은 달랐다. 나를 경멸한다는 뜻으로 손가락을 치켜들고 말했다.

"바보 주제에 네가 뭘 알아?"

이어서 형은 다시 집사 앞으로 뛰어가서 소리를 질렀다.

"아무래도 당신들 악몽을 꾼 모양이야, 그렇지?"

나는 정말로 형이 불쌍해 보였다. 원래 똑똑한 사람이었고 유일한 약점

이래야 자기가 남에게 멍청하게 보일까 두려워하는 것뿐이었다. 평소에 매사 느긋한 모습을 보였더랬는데 자기가 했던 일이 물거품이 되었다는 사실에 이성을 잃어버린 것이다. 눈곱만큼도 생각지 못했던 일이 분명한 사실로 드러나자 심리적 타격이 무척 컸는지 고통스러워하는 형의 모습을 보며 나는 정말 악몽을 꾸었으면 좋겠다는 생각을 했다. 잠에서 깨면 아직 남쪽 변경의 장막 안에서 자고, 그곳에 보슬보슬 비가 내리고 있으면 좋겠다는 생각을 했다.

하지만 이 모든 것은 꿈이 아닌 사실이었다. 나는 손뼉을 쳤다.

쑤오랑쩌랑이 들고 온 보따리를 풀었다.

어머니는 손수건으로 코를 막았지만 타나는 감히 그렇게 하지 못했다. 사방에 악취가 진동했고 타나가 왝왝거리며 구역질을 했다. 모두들 천천히 썩은 머리 앞으로 다가갔다. 형은 누가 양귀비꽃을 임시로 꽂아놓은 것에 불과하다는 것을 증명하려는 듯 집어 들었는데 썩은 머리와 함께 붙어 있었다. 그는 꽃대를 붙들고 흔들었다. 어머니가 비명을 질렀다. 썩은 머리가 터지더니 바닥으로 산산조각 떨어지는 게 보였다. 양귀비의 큰 뿌리는 귀 안으로 깊게 뻗어 있고 잔뿌리는 뇌에까지 닿아 있었다.

"누가 꽂아놓은 게 아니고 거기서 자라 나온 것 같은데?"

아버지는 형을 바라보았다.

"그러네요."

형은 목을 길게 빼고 난감한 어조로 받았다. 이제껏 말을 아끼던 멘바 라마가 입을 열었다. 그를 라마라고 부르는 것은 그가 이 호칭을 좋아하기 때문이었다. 실은 그는 주술, 점술에 정통한 무당이었다.

그는 나에게 이 머리들이 어느 방향을 향해 묻혀 있었느냐고 물었다. 북쪽, 즉 마이치 투스가 있는 방향이라고 대답했더니 그는 혹시 나무 밑에 묻혀 있었느냐고 다시 물었다. 나는 그렇다고 했다. 그는 왕뼈 투스가 씨를 훔친 다음 가장 악랄한 저주를 마이치 투스에게 퍼부은 거라고 말했다. 형은 화난 표정으로 멘바 라마를 바라보았다.

"큰 도련님, 그런 표정으로 보지 마세요. 저는 마이치의 밥을 먹고, 마이치의 시주를 받으니 아는 걸 다 말해야 될 의무가 있어요."

"솔직히 말해보세요."

"그들이 뭐라고 저주했소?"

어머니와 아버지가 동시에 물었다.

"머리와 함께 있던 물건들을 봐야 알 수 있습니다. 작은 도련님이 모든 것을 다 가져왔는지 모르겠군요."

물론 우리는 모든 것을 다 가져왔다. 멘바 라마는 질 좋은 백운향으로 방안의 악취를 내쫓은 후 그 물건들을 연구하러 밖으로 나갔다. 형도 슬그머니 나가버렸다. 아버지는 집사한테 어떻게 발견했느냐고 물었고 집사는 아주 생생하게 얘기를 했다. 아버지는 이야기를 듣더니 먼저 어머니를 한번 바라본 후 전에 없던 눈빛을 나에게 보냈다. 그런 다음 한숨을 쉬었다. 그 한숨 속에는 바보는 그래도 바보일 뿐이라는 의미가 담겨 있었다.

"내년에는 북쪽으로 가서 순시해라. 그때 더 많은 수행원을 주마."

아버지는 이렇게 말할 뿐이었다.

"아버지께 감사드리지도 않고 뭘 하는 거야?"

어머니가 꾸짖었지만 나는 아무 말도 하지 않았다. 이때 멘바 라마가 들어왔다.

"왕뼈 투스가 퍼부은 저주를 알아냈습니다. 그는 양귀비가 제일 잘 자랄 때 계란만한 우박이 쏟아지라는 주문을 걸었습니다."

아버지는 긴 한숨을 쉰 후 입을 열었다.

"좋다. 나한테 맞서겠다 이거지? 어디 오늘부터 시작해보자."

모두가 회의를 할 때 나는 잠이 들었다.

잠에서 깨어났을 때는 동이 트고 있었다. 누가 나한테 담요를 하나 덮어주었던 모양이었다. 이때 나는 멘바 라마의 손가락을 생각해냈다. 그가 웃으며 내게 다시 왔다.

"도련님이 또 뭔가를 봤군요."

나는 송뼈 소족장이 나한테 어떤 약을 주었고, 내가 그것을 버렸다고 말했다. 그는 하얗게 질린 얼굴로 버럭 소리쳤다.

"맙소사! 도련님이 어떤 영약을 버렸는지 알기나 해요? 지금 이 땅에 바람과 빛으로 알약을 만들 수 있는 사람이 또 누가 있겠어요? 도련님, 정말로 하나도 안 먹고 바로 버렸어요?"

"아니, 하나 먹었는데요?"

"그럼, 구토를 했지요? 뱃속에서 벌레가 나오는 느낌이었어요?"

"벌레가 아니고 물고기 같았대요."

집사의 말을 듣고 라마는 발을 구르며 탄식했다.

"맞아요, 바로 그거예요. 그것들을 다 토했으면 도련님의 머리가 완치되었을 건데."

라마는 역시 족집게 무당인가 보다. 무슨 일에든 그 나름대로의 견해를 갖고 있다. 나는 고개를 돌려 아버지에게 물었다.

"곧 전쟁이 시작될까요?"

아버지는 고개를 끄덕였다.

"그럼 양귀비꽃 전쟁이겠군요."

사람들은 순간적으로 나를 바라보았다. 하지만 이 말을 기록해주는 사람은 하나도 없었다. 옛날에는 투스의 언행을 전문적으로 기록하는 사관이 있었다. 그래서 지금도 우리는 마이치 가문의 1대, 2대, 3대 투스가 매일 무엇을 하고, 무엇을 먹고, 무엇을 말했는지 알 수 있었다. 그런데 그 후 기록하지 말아야 할 일을 기록하려는 사관이 나타나 제4대 투스에게 죽임을 당했다. 그 뒤로 마이치 가문에는 사관이 없었다. 우리 조상들이 뭘 했는지도 알 수 없게 된 것이다.

사관은 망나니와 마찬가지로 세습되는 지위였다. 망나니는 지금도 존재하는데 사관만 없어진 것이다. 언젠가 나는 바보의 머리로 내가 투스가 되면 사관을 두어야겠다고 생각한 적이 있다. 시간이 지난 뒤에도 자기가 무슨 말을 했고 무슨 일을 했는지 기록한 것을 들춰본다면 참 재미있을 것 같았다. 한번은 쑤오랑쩌랑에게 "나중에 너한테 사관을 시켜줄게." 이렇게 말한 적이 있었다. 하지만 이 노예가 펄쩍뛰며 고개를 절레절레 흔들었다.

"저는 그러면 얼이하고 바꿀래요. 그 애가 도련님의 사관이 되고 저는 망나니가 되고요."

만약 사관이 있었으면 내 뒤에서 검은 석필심을 한번 핥을 것이다. 그런 다음 듣기 좋은 명칭─양귀비꽃 전쟁─을 기록할 것이라고 나는 생각했다.

양귀비꽃 전쟁

어머니가 식물의 씨앗은 어차피 다른 데로 가게 되어 있으니까 이렇게 조바심할 필요가 없다고 말한 적이 있었다. 훔치는 사람이 없어도 바람을 따라 날아가거나 새의 날개에 붙어 날아갈 수도 있고, 다만 시간이 문제일 뿐이라는 거였다.

"그렇다고 번히 눈뜨고 가만히 있어서야 되겠어?"

"물론 우리가 이것으로 적을 공격하는 핑계를 삼아야겠지요. 하지만 씨앗이 퍼지는 일은 너무 조바심 낼 필요가 없다는 거죠. 그리고 양귀비 때문에 벌어지는 전쟁이라면 황 특파원의 지지를 얻어야 할 거예요."

감히 어머니 의견에 이의를 다는 사람은 아무도 없었는데 이런 경우는

227

처음이었다.

처음으로 투스 집안의 편지를 어머니가 중국어漢字로 썼다. 편지를 봉하려는데 전달을 맡은 형이 말했다.

"안 그러셔도 돼요. 마이치 가족은 중국어를 모르는데요, 뭘."

"네가 보고 안 보고는 문제가 아니야. 마이치 가문이 예절 면에서도 빠지지 않고 품위를 지킨다는 것을 보여주려는 거지."

답장이 도착하기도 전에 남쪽 변경에서 믿을 만한 소식이 날아왔다. 왕뻐 투스가 신통력 있는 무당들을 전부 모아 마이치 가족을 저주하는 굿을 할 거라는 얘기였다.

이제 곧 아주 특별한 전쟁이 벌어질 것이었다.

우리 편 무당들은 망나니 집이 있는 산등성이에 제단을 쌓았다. 그들은 멘바 라마의 지휘에 따라 갖가지 울긋불긋한 옷을 입고 이상한 모양의 모자를 썼다. 또 각종 제사 도구는 물론 신에게 바칠 제물도 헤아릴 수 없게 높이 쌓았다. 또 고대부터 지금까지 사람이 사용한 모든 무기도 한데 모은 것 같았다. 지금 우리가 사용하는 기관총과 장총을 빼고는 돌도끼부터 화살까지 또 투석기부터 화승총까지 다 늘어놓았다. 멘바 라마는 자신이 섬기는 신들은 신식 무기를 쓸 줄 모른다고 했다. 나와 이야기를 하면서도 한눈으로는 하늘을 관찰하고 있었다.

날씨는 아주 맑았다. 바다처럼 파란 하늘에 엷은 흰 구름이 떠돌고 있었다. 라마들이 관찰하는 것은 구름의 색깔이었다. 제일 겁내는 것이 느닷없이 색깔이 변하는 거였다. 흰 구름은 누구에게나 길한 구름인데 적의 무당들은 흰 구름에 엄청난 천둥, 길고 끝없이 쏟아지는 우박을 넣으려고 기를 쓰고 있었다.

어느 날 먹구름이 정말로 남쪽에서 날아왔다. 무당들의 전쟁은 총칼로 싸우는 전쟁보다 더 치열했다. 먹구름이 남쪽의 하늘에 나타나자마자 멘바 라마는 거대한 무사 투구를 썼다. 그는 연극배우처럼 등에 삼각형과 원형의 깃발을 가득 꽂고 제단으로 올라갔다. 등에서 깃발 하나를 빼 흔들자 언덕 위에서 소리 낼 수 있는 모든 것들─벌통 같이 생긴 울림통, 북, 날라리, 방울 등이 울렸다. 그 다음 하늘로 차례차례 총을 쏘았다.

먹구름은 우리 머리 위에서 멈추더니 세차게 소용돌이쳤다. 구름에 검은색이 섞였다. 저주를 싣고 온 천둥도 우르릉우르릉 울렸다. 무당이 왕뼈 투스를 향해 수많은 저주를 쏟아내기 시작했다. 우리 제단에 차려놓은 제물과 무기의 힘을 온갖 신과 도깨비에게 실어주는 것이었다. 드디어 왕뼈 투스의 무당이 보낸 먹구름은 힘을 잃고 산 너머로 쫓겨났다. 마이치 가문의 양귀비 밭, 산채, 한곳에 모여 있는 사람들이 햇빛 아래 새로 목욕이라도 한 듯 상큼하게 반짝였다.

멘바 라마는 손에 보검을 든 채 땀을 삐질삐질 흘렸다. 한동안 가쁜 숨을 몰아쉬던 그는 아버지에게 '구름 속 우박이 녹아 물로 변했는데 지금 내리게 해도 되겠느냐'고 물었다. 라마는 보검으로 천상의 빗물을 모두 받쳐 들고 있는 것처럼 힘겨워 보였다. 마이치 투스가 엄숙한 표정으로 말했다.

"우박이 아니고 비를 내리게 한다는 걸 장담한다면 그렇게 하시오."

멘바 라마가 휘파람을 길게 불고 보검을 거두자 언덕 위의 모든 악기가 소리를 뚝 그쳤다. 바람이 한 줄기 불더니 먹구름이 배탈난 사람 설사 만난 듯 큰비를 쏟아냈다. 빗줄기는 좀 전에 내렸던 것보다 더 심하게 지면으로 콸콸 쏟아졌다. 우리는 햇빛 아래서 멀찌감치 소나기가 퍼붓는 것을 보고 있었다. 멘바 라마가 제단 옆으로 쓰러졌다. 사람들은 그의 투구를 벗겨 주고 장막에 들어가서 쉬게 했다. 나는 멘바 라마가 썼던 투구를 들어 보았다. 삼사십 근이나 되는 무게였다. 어떻게 이런 걸 쓴 채 뛰고, 보검을 휘두르며 의식을 행했는지 모를 일이었다.

아버지도 멘바 라마가 쉬는 장막으로 들어갔다. 어린 무당 몇 명이 라마의 땀을 닦아주고 있었다.

"땀 흘리는 것을 보지 않았다면 내 아들은 투구가 그렇게 무거운지 몰랐을 거요."

지쳐빠진 멘바 라마가 웅얼거렸다. "신을 불러올 때는 그 무거움을 느끼지 못합니다."

이때 지거 활불의 제자들의 염불소리가 커져갔다. 우박은 이미 비가 되어 떨어졌으니 그래봐야 아무 소용도 없는 일일 텐데.

"제 보기에 왕뼈 투스의 하수인들도 지금 자기네가 이긴 줄 알고 염불하고 있을 겁니다."

"우리가 이겼군."

"첫 판만 이겼을 뿐입니다."

그는 아버지에게 산을 내려가지 말고 부정한 것과 여자를 멀리하라고 경고했다.

두 번째 공격은 우리가 우박을 만드는 것이었다.

이번 술법도 요란했고 주술의 모든 효과는 왕뼈 투스의 지역에서만 일어났다. 우리 편 하늘은 파랗게 맑기만 했다. 술법으로 인한 날씨 변화를 보지 못해서 나는 별 재미가 없었다.

사흘 후 왕뼈 투스의 땅에 계란만한 우박이 내리고 폭우가 쏟아졌다는 소식이 들려왔다. 우박은 농작물을 덮쳤고 홍수는 과수원을 쓸어버렸다. 남쪽에 둥지를 튼 왕뼈 투스에게는 목장이 없는 대신 큰 과수원이 있었고 그것을 몹시 자랑스럽게 여겨왔는데 이제 그마저 잃어버린 것이다. 그러나 우리는 그들의 양귀비꽃이 어떻게 되었는지는 모르고 있었다. 어디에 얼마나 심었는지 파악할 수 없기 때문이었다. 하지만 생각해보면 아마 왕뼈 투스의 땅에는 이제 더 이상 그런 식물이 남아 있지 않을 것이다.

아버지는 형이 중국에서 돌아오는 대로 왕뼈 투스를 공격하겠노라고 선포했다.

우리가 제단에 차렸던 음식을 먹고 있을 때 바람을 따라 달랑거리는 말방울 소리가 들려왔다. 누가 왔는지 맞춰보려고 했지만 누구도 짐작을 못했다. 멘바 라마는 하얀 돌멩이와 검은 돌멩이 열두 개씩을 바둑판에 던지더니 한숨을 쉬었다. 누군지는 모르겠지만 몹시 운 나쁜 사람임에는 틀림없다고 했다. 행운을 상징하는 돌이 몽땅 안 좋은 자리에 올라섰다는 것이었다.

우리가 장막 밖으로 나갔을 때 뾰쪽한 머리 하나가 산비탈 밑에서 나타났다. 곧이어 당나귀 한 마리도 뾰쪽한 양 귀를 추켜올린 채 산비탈을 올라왔다. 이 사람과 우리는 오래 전부터 서로 피하는 사이였다. 모두들 그가 곧 미칠 거라고 수군거렸다.

그의 모습은 아주 초췌했다. 우리 앞으로 다가왔을 때 당나귀 등에 실린 경서의 보푸라기가 드러났다.

투스는 그에게 모자를 흔들었다.

"오늘은 투스님께 아무 말도 하지 않겠습니다. 하지만 우리 불가의 내부 일에는 간섭하지 말아주시기 바랍니다."

"대사님 마음대로 하시오."

아버지는 웃고서 한마디를 덧붙였다.

"그런데 대사께서 내게 세상에서 제일 좋은 설법을 들려주시려 온 것 아닌지요?"

"오늘은 그런 일 때문에 온 것이 아닙니다."

윙버이시는 가볍게 머리를 저었다.

"저는 야만스러운 투스가 지혜와 자비의 행복을 거부하는 것을 탓하지는 않겠습니다. 문제는 가사를 입는 놈들에게 있습니다. 그들이 우리의 교리를 망치는 겁니다."

말을 마친 그는 가볍게 지거 활불에게 다가가 그의 머리에 오른팔로 닭벼슬처럼 생긴 노란 모자를 씌워주었다. 이 동작은 우리에게 낯익은 행동이다. 누구의 법력이 높은가 교리논쟁을 요구하는 표시였다.

교리의 역사를 보면 이런 논쟁이 가진 의미는 크다. 인도에서 처음으로 티베트에 왔던 승려들이 바로 이런 방식으로 기존 승려들을 누른 후 권력자의 지지를 받게 되었던 것이다.

이번 논쟁은 참 오래 걸렸다. 윙버이시와 지거 활불은 언성을 높여가며 서로의 교리를 내세웠다. 세상 이치와 우주 원리, 투스의 역할에 이르기까지 논쟁은 끝없이 이어졌다. 논쟁이 막바지에 이르렀을 때 지거 활불의 얼굴이 소의 간처럼 붉은색이 되었다. 활불이 논쟁에서 진 것으로 보였다. 그러나 그의 제자들은 모두 활불이 이겼다고 주장하며 떠들었다. 윙버이시가 투스를 공격하는 것이라며 길길이 날뛰기도 했다. 이 세상에서 투스의 승인아래 그의 법력이 존재하는 것은 아니라는 것이다. 검은머리의 티베트 백성들은 위대한 라싸에 소속되어야 하며 동쪽, 즉 중국과 가까운 야만스러운 왕들은 없어져야 한다고 윙버이시가 말했던 것이다.

마이치 투스는 이들의 논쟁을 줄곧 귀담아 듣다가 입을 열었다.

"성지 라싸에서 온 사람이여, 그대의 머리 위로 곧 재앙이 떨어질 것이다."

윙버이시는 멍하니 투스를 바라보다가 눈물 어린 눈으로 하늘을 쳐다보았다. 마치 불공평한 운명의 그림자가 그곳에 있기라도 한 듯. 아버지는 더 이상 아무 말도 하지 않았다. 윙버이시도 대꾸할 기력을 잃었는지 입을 열지 않았다.

"투스님, 당신은 지금 나를 죽일 수도 있습니다. 그러나 한 말씀 올리지요. 이번 논쟁은 제가 이겼습니다."

윙버이시가 미처 말을 끝내기도 전에 하인들이 달려들어 그를 묶었다.

지거 활불은 난감한 표정을 지었다. 그나마 일말의 양심은 있었던 모양이었다. 나중에 아버지는 지거 활불이 그의 용서를 빌었으면 풀어주었을 것이라고 거듭 얘기했다. 아버지의 얘기가 진담인지 아니면 농담인지는 아무도 몰랐다. 어쨌든 활불은 민망해했지만 윙버이시를 용서하라는 청은 하지 않았다.

나는 그가 진정한 활불이 아닌 것 같았다. 활불에게 당신은 활불이 아니라고 한다는 것은 아무것도 아니라는 뜻이다. 멘바 라마는 승려가 아니고 법력이 높은 박수에 불과하다. 다만 '스님'이라고 불리는 것을 좋아할 뿐이었다. 더군다나 그날 멘바 라마는 아버지에게 "요즘 같은 때는 사람, 특히 가사를 입은 사람을 죽이는 일은 삼가야 됩니다." 라고 충고했다.

아버지는 그의 충고를 받아들여 이 땅에서 투스를 쓸어버려야 한다던 윙버이시를 지하 감옥에 가두라고 명령했다.

우리는 아직 산에 남아 있었다. 멘바 라마가 여러 번 점을 친 결과, 왕뼈 투스의 마지막 저주는 마이치 투스의 식구가 해를 입는다는 것이었다. 이런 저주를 피하려면 월경의 피와 같이 더러운 것을 악령에게 줌으로써 그 저주는 이루어진다고 했다. 멘바 라마는 어쩌면 식구 중 한 명을 희생시켜야 될지도 모른다고 아버지에게 얘기했다. 나는 그 사람이 나일 거라고 생각했다. 내 생각에 그건 나였다. 가족 중에서 누군가가 죽어야 한다면 바보가 죽는 것이 최소한의 희생일 것이기 때문이었다.

밤이 되자 내 주위에 뿌연 연기 같은 것이 끼더니 머리가 지끈거리기 시작했다. 아마도 술법이 작용하는 것 같았다. 나는 곁을 지키고 있던 아버지를 쳐다보며 슬픈 목소리로 말했다.

"그들이 대상을 잘 찾은 거예요. 저들의 음모를 발견한 사람도 저잖아요. 어차피 누군가 희생되어야 한다면 제가 되는 게 낫죠."

아버지는 차가운 내 손을 잡아 그의 품에 넣었다. 손끝으로 차츰 온기가 전해져왔다.

"네 어머니가 여기 없구나. 안 그랬으면 가슴이 아파 죽었을 게다."

얼마쯤 시간이 지난 뒤 멘바 라마가 들어와 그의 기도를 받은 깨끗한 물을 내 몸에 정성스럽게 뿌렸다. 마귀가 몸에 들어가지 못하도록 수정 덮개 역할을 할 거라고 했다. 새벽녘이 되자 머리를 깰 듯 아프게 하던 연기가 드디어 달빛 쪽으로 날아갔다.

"헛수고가 아니었네요. 도련님, 이제 푹 주무세요."

멘바 라마가 다행스럽다는 듯이 말했다.

나는 잠들지 못했다. 장막의 하늘 창으로 초승달이 점점 떠오르는 것만 쳐다보고 있었다. 날이 밝아왔다. 갑자기 나의 미래가 보였다. 정확하게는 모르지만 좋은 일이 있을 것만 같았다. 그런 후 잠이 들었다. 잠에서 깨어났을 때 나는 모든 것을 다시 까맣게 잊어버렸다.

아침에 일어나니 눈 아래 산채는 아침 햇살에 덮여 있었다. 은빛으로 반짝이는 강물이 산채 방향으로 세차게 흘러가다 붉은 바위에 부딪혀 방향을 바꿨다. 산 위로 올라오는 사람은 하나도 없었고 아래 산채 각 층의 복도만 보였다. 모든 광경이 평소와 똑같았는데도 뭔가 달라졌다는 느낌이 들었다.

난 아무에게도 이 말은 하지 않을 생각이었다. 다른 사람의 생각과 달리 다른 사람이 자기 땅에 양귀비를 심은 일을 먼저 알았다고 해서 그 사람에게 저주를 걸어 목숨을 앗아버리기에는 부끄러운 짓이란 생각이 들었다. 나는 다시 장막에 들어갔지만 잠이 오지 않았다. 큰일을 겪고 나니 좀 큰 것 같았다. 머릿속으로 환한 빛이 들어왔다. 나는 밖으로 걸어 나갔다. 풀밭의 이슬이 발을 적셨다. 윙버이시의 당나귀가 조용히 풀을 뜯고 있었다. 주술전쟁을 벌이기 전에 누군가 당나귀를 죽여서 제물로 삼자고 말한 적이 있었다. 나는 줄을 풀어주고 당나귀의 엉덩이를 두드렸다. 당나귀는 여유 있는 걸음으로 풀을 먹으면서 산으로 올라갔다. 나는 저놈은 방생된 당나귀라고 선포했다.

아버지는 나한테 당나귀를 좋아하는 건지 아니면 그 주인을 좋아하는 건지 물었다.

대답하기 곤란해진 나는 실눈을 뜨고 짙푸른 산비탈만 바라보았다. 당나귀가 좋다고 하면 윙버이시는 좋지 않다는 얘기가 된다. 내가 윙버이시를 좋아한다 해도 그는 결코 남들처럼 좋아하는 기색을 드러내지 않을 것이다.

"당나귀가 좋아서 방생하는 거면 지거 활불이 염불한 다음 빨간 부적을 달아야 해. 그래야 진정한 방생이 되는 거란다."

"그건 윙버이시의 당나귀예요. 지거 활불의 염불 따위는 듣지 않을 거라고요."

그날 아침 나는 산언덕에 올라서서 모든 사람을 향해 큰 소리로 외쳤다.

"당나귀와 그의 주인은 지거 활불을 멸시한다~"

아버지는 성질을 누르고 나를 물끄러미 바라보더니 전에 없이 친절한 소리로 말했다.

"네가 그 라마를 좋아한다면 풀어주마."

"그 사람은 책을 보고 싶어 해요. 그의 경서를 돌려주세요."

"감방에서 책을 보고 싶어 하는 사람은 없다."

"하지만 그는 보고 싶어 해요."

그렇다. 나는 새로운 교파를 전하려는 윙버이시가 텅 빈 감방에서 무료하게 앉아 있는 모습이 보이는 것 같았다.

"그럼 사람을 보낼 테니까, 그 사람이 정말 책을 보고 싶어 하는지 한번 알아보자."

윙버이시가 책이 보고 싶어 죽겠다고 하더라는 대답이 곧 전해져왔다. 그의 생각을 이해해준 나에게 감사의 뜻을 전하라는 말도 함께.

그날 윙버이시의 전언을 들은 아버지는 생각에 잠긴 듯한 눈빛으로 계속 나를 바라봤다.

멘바 라마는 상대가 보복을 하기 위해 사람을 해칠 거라고 했다. 그는 우리에게 몸과 마음을 깨끗하게 하라고 재차 요구했다. 아버지와 내가 산에서 내려간 후에도 여자에게 접근해서는 안 된다는 뜻이었다. 사실 아버지와 나는 아무 문제도 없었다. 하지만 형이 여기에 있었으면 좀 어려웠을 것이다. 형에게 사흘 동안 여자를 거들떠보지도 말라고 하면 그는 이 다채로운 세계를 다 개똥으로 볼 것이다. 다행히 형은 지금 중국 땅에 있다. 멘바 라마도 나와 비슷한 견해를 갖고 있었다.

"제가 날씨만큼은 자신이 있는데 사람에 대한 법력은 그리 강하지 않습니다. 큰 도련님께서 안 계시는 게 참 다행입니다. 안심입니다."

하지만 나는 이미 사고가 일어났다는 것을 알았다. 내가 이 느낌을 말하자 멘바 라마도 그렇게 생각하고 있다고 했다. 우리 두 사람은 영지를 한 바퀴 돌아봤는데 별 이상이 없었다. 중요한 사람들에게 아무 일 없었고 중요하지 않은 사람도 모두 멀쩡했다.

"산 밑에, 우리 산채!"

나는 급하게 소리쳤다. 그렇게 든든하고 견고해 보이기만 하는 산채 안에서 무슨 일이 벌어진 것 같았다.

멘바 라마는 열 손가락으로 특이한 손짓을 하며 여러 번 점을 쳤다. 당황한 기색이 역력했다. "일이 확실히 났군요. 그런데 누군지는 모르겠어요. 투스의 여자인데… 도련님의 어머니는 아니고……."

"차차 소족장의 여자 양종 아닌가요?"

"저는 도련님이 그 말을 하기를 기다리고 있었어요. 뭐라고 호칭을 붙여야 될지 몰라서요."

"내가 바보라서 나더러 말하라는 거예요?"

"그런 것도 있고……."

아닌 게 아니라 셋째 부인 양종에게 변고가 생겼다.

임신한 후 양종은 아버지를 둘째 부인 방으로 보내고 자신은 계속 투스의 방을 차지하고 있었다. 이 점에서 양종은 덫에 갇힌 포획물을 보고 크게 짖는 사냥개 같았다. 그녀는 자신의 아이를 보호하기 위해 지나치게 민감했다. 아이를 죽이려는 사람이 있다고 생각했기 때문에 아무도 자신 곁에 못 오게 했다. 그렇기는 해도 양종의 식욕은 왕성했다. 하인들은 아침마다 그녀의 배설물을 담은 구리 요강을 비우고 은그릇에 음식을 담아 날라줄 뿐이었다. 또 자기 뱃속이 아이를 보호하기에 가장 적합한 장소라고 생각한 양종은 아이 낳는 일도 가능하면 늦추려고 미련을 떨었다.

그러나 그날 밤 적의 무당은 마이치 가족이 보호할 생각을 미처 못했던 그곳을 찾았다. 양종은 더 이상 아이 출산을 미룰 수 없었고 처절한 비명 속에서 아이는 죽은 채로 태어났다. 목격한 사람들에 의하면 독을 칠한 것처럼 아이의 온몸이 시커먼 색깔이었다고 한다.

이 특별한 전쟁에서 마이치 가족이 치른 유일한 대가였다.

아이는 태양이 떠오를 때 죽었다. 오후까지 산등성이에 아이를 위한 제사상조차 없었는데 느닷없이 미친바람이 한 차례 휘몰아치며 모든 것을 정결하게 만들었다. 그 아이는 어쨌든 투스의 혈육이었기 때문에 일단 묘지에 안치했다. 지거 활불은 상좌승들을 데리고 죽은 아이를 위해 정성스럽게 염불한 뒤 사흘 후에 수장시켰다.

얼마 후 양종은 머리에 산뜻한 수건을 감은 채 우리 앞에 나타났다.

다들 그녀가 더 아름다워졌다고 했다. 하지만 그녀의 얼굴에서는 아버지와 막 사랑에 빠졌을 때의 꿈에 잠긴 듯한 표정이 사라졌다. 그녀는 긴 치마를 입고 위층에 올라가서 둘째 부인 앞에 무릎을 꿇었다.

"마님, 안부 여쭈러 왔습니다."

"몸이 많이 좋아졌군. 우리 나중에 천천히 얘기하자."

양종은 어머니를 향해 깊이 고개를 수그리며, "형님." 이렇게 말했다.

어머니는 양종을 일으켜 세웠다.

"많이 힘들었나 봐. 괜찮네. 아무 걱정 말고."

"꿈을 꾼 것 같아요. 하지만 꿈은 사람을 이렇게 힘들게 하지는 않았지요."

이날부터 양종은 진정으로 투스의 여자가 되었다. 저녁에 어머니는 아버지에게 셋째 부인과 함께 자라고 권했지만 아버지는 거절했다.

"흥미가 없어졌어. 그때는 내 몸에서 엄청난 불길이 일어났었는데 이젠 다 꺼져버렸어."

그 말을 들은 어머니는 양종에게 말했다.

"우리 앞으로 투스에게 그런 큰불이 다시 일어나지 않도록 하자."

양종은 새색시처럼 얼굴을 붉히며 말을 하지 않았다. 어머니는 한마디 더 덧붙였다.

"만약 불이 다시 붙는다면 그건 나를 위한 것도 아니고 너를 위한 것도 아닐 거야."

5

혀를 자르다

나는 산채 앞 광장에서 사방치기를 하고 있었다. 사방치기는 아주 쉬운 놀이다. 나뭇가지로 땅에 칸을 그린 다음 돌맹이 여섯 개를 주워오면 된다. 규칙도 간단하다. 한 직선에 두 개의 돌을 놓는 사람이 상대방의 돌 한 개를 먹을 수 있다. 여섯 개를 먼저 먹는 쪽이 이기는 것이다. 개미 두 마리 중 한 마리가 상대방 한 마리를 먹거나, 두 사람이 다투다 한 사람을 죽이는 것처럼 간단하다. 예부터 있어왔던 진리이다.

투스들 간의 전쟁도 그렇다. 우리는 항상 상대가 얼마나 많은 병사를 끌고 왔는지 살피곤 했다. 적의 수가 얼마 안 되면 우리는 즉시 뛰어나갔고 수가 많으면 일단 숨어 있다가 사람과 힘을 모은 뒤에 상대방을 무찔렀다.

그러나 이런 규칙도 이제는 효력이 없어졌다. 양귀비꽃 전쟁의 두 번째 단계에서 우리 마이치 가족은 아주 적은 병력으로 상대방의 많은 수를 죽여버렸다. 은돈을 주고 사온 신식 무기로 전쟁의 회오리를 일으켜 왕뼈 투스의 토지 전부를 쓸어버린 것이다. 왕뼈 투스가 우리 몰래 심은 양귀비도 재가 되어 하늘로 올라갔다.

일 년이 지나고 다시 봄이 왔다.

아니, 어쩌면 몇 년이 더 지났을지도 모른다.

그러나 무슨 상관이 있겠는가. 마이치 투스 집에 보관된 은돈보다 더 많은 것이 이 세상에 있다면 그것은 시간뿐일 것이었다. 우리는 어떨 때 시간이 너무 길다고 느꼈다. 아침에 일어나면 날이 어두워지기를 기다리고, 봄에 씨 뿌리면 수확을 기다렸다. 영토가 넓으니 시간도 그렇게 끝이 없는 것 같았다. 공간과 시간은 비례하는 것 같았다.

그렇다. 이렇게 공간과 시간이 합쳐져 마이치 가문의 기반은 세상이 끝날 때까지 절대 무너지지 않을 거라는 확신을 들게 만든다.

맞다, 이 모든 것이 먼 곳에서 보면 꿈속에서 보는 허망한 경계란 것을 알게 만든다.

다시 봄이 왔고 그날 아침 태양이 떠올랐다. 대기에는 습기가 가득했다.

나는 사방치기에 한참 동안 빠져 있었다.

나는 날마다 아침 일찍 일어나 밥을 먹고 나면 산채 밖으로 나가 광장 끝에 있는 호두나무 밑에 앉았다. 매일 설산 위로 떠오르는 태양을 보고 난 후면 나뭇가지를 주워 촉촉한 땅바닥에 사방치기 판을 그렸다. 머릿속으로는 왕뼈 투스를 공격하는 격렬한 장면, 양귀비꽃 전쟁이 벌어지던 날들을 생각했다.

해가 뜬 후 시간이 조금 지나자 공기 중에 물의 향기가 가득 찼다. 멀리 있는 설산, 이슬에 젖은 산림과 농작물이 아침 햇살 아래서 반짝이고 있었다. 하인들은 분주하게 내 앞을 오가면서도 "도련님, 사방치기 한판하시지요."라고 말 거는 일이 없었다. 그들은 다 천명에 순종하는 사람들이었다. 칙칙하고 음울한 표정에 나만 보면 슬슬 피하는 눈빛만 보아도 그것을 알 수 있었다.

평소에 나와 사방치기를 하는 사람은 내 어린 노예 둘뿐이었다. 쑤오랑 쩌랑은 밤에 일하는 것을 좋아했다. 태양을 보든 못 보든 상관이 없는 것 같았다. 그는 세수도 안 해 몸에서 하인들 이불에서 맡아지는 지독한 냄새를 풍기면서 내 앞에 나타났다. 그런데 어린 얼이는 그렇지 않았다. 그는 항상 일찍 일어나서 아침을 먹고 자기 집이 있는 언덕에 앉아서 해가 뜨는 것을 본 후 내가 바닥에 사방치기 판을 다 그린 것을 보고서야 천천히 산에서 내려왔다.

그러나 오늘은 상황이 좀 달랐다. 내가 판을 다 그렸는데도 둘 다 나타나지 않았다. 바로 이때 은 세공장이, 즉 촐마의 남편이 내 앞을 지나가 멈칫하고는 돌아와 내 앞에 섰다.

"도련님, 한판두십시다."

나는 돌을 주머니에서 꺼내며 말했다.

"당신은 은 세공장이니까 은 색깔인 흰 돌을 써."

나는 그에게 먼저 두라고 했다. 그는 먼저 하면서도 가장 중요한 중간 위치에는 두지 않았다. 나는 왼쪽에서 다시 오른쪽으로 공격해 금방 첫 판을 이겼다. 둘째 판을 둘 때 그는 갑자기 말했다.

"저희 집사람은 늘 도련님을 보고 싶어 해요."

나는 아무 말도 하지 않았다. 내가 주인이니까 날 보고 싶어 한다는 것은 당연한 일이었다. 물론 내가 대꾸를 하지 않는 것은 그 이유 뿐만은 아니었다.

"촐마가 그렇게 말한 건 아니지만 저는 알아요. 꿈속에서도 도련님을 생각하지요."

나는 아무 표정도 없이 하인들은 주인 옆에 오래 있었으니 그럴 거라고 했다. 따라서 당신이 잘해줘야 하며 안 그러면 주인인 내 기분도 좋지 않을 거라고 덧붙였다.

"나는 당신들에게 아이가 있는 줄 알았는데……."

내 말을 듣고 세공장이는 얼굴을 붉혔다.

"촐마가 임신했다는 말을 도련님께 알려드리라고 했어요. 도련님이 아셔야 우리도 아이를 갖게 될 거라고요."

나는 촐마가 왜 그런 말을 했는지 알 수 없었다. 이제는 바보 멍청이가 씨를 뿌릴 수도 없기 때문이었다. 나는 할 말이 생각나지 않았다. 그래서 엉뚱하게 한마디 던졌다.

"촐마한테 전해줘. 한꺼번에 두 명을 낳으라고."

정말 그렇게만 되면 아이한테 각각 다섯 냥의 은돈을 주고, 멘바 라마가 염불하는 가운데 장수 목걸이를 만들어 그들의 작은 목에 걸어줄 생각이었다.

"도련님은 참 좋으신 분이군요. 촐마가 그렇게 도련님 생각을 하는 것도 이상할 게 없네요."

"가 봐!"

내가 말을 마쳤을 때 어린 망나니가 산에서 내려와 세공장이의 뒤에 서 있었다. 세공장이는 일어서다가 얼이와 부딪혔다. 갑자기 세공장이의 얼굴이 창백해졌다. 알다시피 망나니는 투스의 명령에 따라 사람의 손이나 목을 자르는데 사람들은 이상하게도 투스보다 망나니를 더 두려워했다. 세공장이 역시 가까이에서 망나니를 보게 되자 두려움에 떨었다. 세공장이는 당황하며 그나마 가까이 있는 나를 바라봤다. "잘못한 것도 없는데 왜 망나니를 불러왔어요?" 하는 표정이었다.

나는 이 꼴이 우스웠다. "당신, 무섭지? 왜 겁내는 거야, 안 그래도 되는데?"

그는 계속 쩔쩔맸다.

"겁내는 게 아니에요. 전 잘못한 것이 없는데요."

"잘못한 것은 없지만 겁내는 것은 맞아."

어린 얼이의 얼굴에는 아무 표정도 없었다. 그는 아주 차분하게 말했다.

"당신이 무서워하는 것은 아마 내가 아닐 겁니다. 투스의 규칙이지요."

그 말을 듣고서 세공장이는 아직도 창백한 얼굴로 피식 웃었다.

"그래요. 생각해보니 그 말도 맞네요."

"그래, 가보게."

세공장이는 바로 자리를 떴다. 나는 어린 얼이와 사방치기를 하기 시작했다. 그는 하나도 양보하지 않았다. 나는 계속 졌다. 해가 높이 떠 있어 머리에서는 땀이 나기 시작했다.

"제기랄, 얼이, 날 꼭 이겨야 하겠니?"

얼이는 아주 똑똑한 놈이었다. 그는 내 눈을 깊게 응시했다. 내가 정말 화내는지 보려는 것이었다. 하지만 내 기분은 날씨처럼 좋았다.

"도련님은 주인이니까 제가 평소에 모든 것을 다 들어주잖아요. 그런데 사방치기 할 때도 절 이겨야 한단 말이에요?"

나는 다시 판을 잡았다. "그럼 또 이겨 봐."

"내일 형 집행이 있어요."

얼이의 말에 나는 깜짝 놀랐다. 영지에 무슨 일이 있으면, 즉 어떤 사람이 규칙을 위반해서 벌을 받는다면 당연히 내가 먼저 알게 되어 있다. 그런데 내일 형 집행이 있다는 얘기는 금시초문이었다.

"사방치기나 계속 해. 영지의 그 많은 사람들을 너희 둘이 다 죽일 수 있겠어?"

"도련님이 그 사람을 좋아한다는 걸 알아요. 하지만 아버지와 제가 그 사람한테 형을 집행한다고 해서 설마 저희를 미워하지는 않겠지요?"

이렇게 길게 풀어서야 나는 그 사람이 누군지를 알게 되었다.

"도련님, 그 사람 보러 안 가실래요?"

목소리에 감정도 없고, 얼굴색도 창백한 이 놈을 미워할 수는 없을 거라고 나는 생각했다. 마이치 가족이 그를 이렇게 만들었으니까.

"감옥에는 맘대로 못 들어가잖아?"

얼이는 호랑이 머리가 새겨진 감옥 출입 전용 패찰을 꺼냈다. 호랑이는 검은 판에 대장장이가 벌건 쇳물로 낙인을 찍어 만든 것이었다. 망나니는 형을 집행하기 전에 죄인의 체격, 정신적 상황을 꼼꼼히 살펴봐야 한다. 투스가 의도적으로 죄수를 고생시키려는 것이 아닌 한 빠르게 처리해야 하기 때문이다.

우리는 감옥에 들어갔다. 우리 땅에 새로운 교파를 세우려던 윙버이시는 창문 앞에서 책을 읽고 있었다. 간수가 문을 열었다. 나는 그 사람이 책에 몰두하는 척 우리를 아랑곳하지 않을 줄 알았다. 학식이 있는 사람들은 항상 그런 자세를 취하니까.

그러나 윙버이시는 그렇게 하지 않았다. 내가 들어가자 보던 책을 덮었다.

"누구신가요?"

그는 아주 조용히 입가에 미소를 지었다.

"투스의 바보 아들이에요. 경전을 읽는 거예요?"

"아, 역사를 읽고 있어요."

그 책은 옛날에 살았던 미치광이 라마가 쓴 것으로, 지거 활불이 주었다고 했다. 그건 아주 재미있다고 했다.

"당신의 활불이 나에게 마음 놓고 죽으라고 했어요. 내 영혼은 자기가 거둬줄 테고, 앞으로 마이치 가족을 수호하게 될 거라고 하더군요."

나는 그의 말을 귀담아듣지 않고 창문 밖에서 강물이 세차게 굽이치는 소리에 집중했다. 나는 이 소리를 좋아했다. 젊은 라마는 한참이나 나를 쳐다보더니, "머리가 아직 목에 붙어 있을 때 도련님께 감사를 올립니다." 이렇게 말했다.

그는 내가 경전을 돌려주게 한 것 그리고 당나귀를 방생한 것도 나라는 걸 알고 있었다. 듣기 좋은 소리를 중언부언 늘어놓지도 않았고 다른 사람의 험담도 하지 않았다. 다만 무언가를 뒤적뒤적하더니 나에게 작은 두루마리 하나를 건네주었다. 그 위에 적힌 글자는 그가 탁발해 온 금분으로 쓴 것이었다. 윙버이시가 특별히 강조한 사항은 어느 마이치에게도 받아들여지지 않았던 책이었다는 점이다. 그것은 어떤 교파에서든 지켜야 할 부처님의 어록이었다. 이런 책에는 지혜가 충만해 있기 때문이었다. 나는 곧 벌을 받을 텐데 책에도 이런 내용이 있느냐고 물었다.

"어떤 것은 있지요, 물론 있습니다. 비록 제가 죽더라도 이것을 읽어주십시오."

그 두루마리를 받쳐 들자 가슴이 뜨거워졌다. 나는 그의 교파 말고 다른 교파, 예를 들어 지거 활불도 이런 걸 읽어야 되느냐고 물었다. 그는 그렇다고 대답했다.

"그럼 당신들은 왜 서로 미워하나요?"

이것은 아주 결정적인 질문이었다. 그는 한동안 말이 없었다. 강물이 산채 아래에서 굽이쳐 동쪽으로 흘러가는 세찬 소리가 다시 들려왔다. 윙버이시는 길게 탄식하고 말했다.

"다들 도련님이 바보라고 하는데 제가 보기에는 아주 똑똑한 것 같아요. 바보라서 영특한 거지요. 곧 죽을 사람이 횡설수설하는 말이니 그냥 이해해주십시오."

나는 이해한다고 말하고 싶었는데 그래야 의미가 없다는 생각이 들어서 입을 다물었다. 그는 어차피 곧 죽을 사람이었다. 강물이 소용돌이치는 소리가 다시 한 번 크게 들렸다. 나도 그의 말을 기억할 참이었다.

그는 원래 이곳에 새로운 교리를 전하려고 왔지만 성공하지 못했다. 그런데 감옥에 갇혀 겨울 내내 참선만 한 결과 많은 것을 깨달았다. 그의 마음속에서 다른 교파에 대한 원한은 이미 다 사라졌다. 마지막 남은 의문은 '왜 종교가 우리에게 사랑이 아니라 서로를 미워하는 원한을 가르쳤는가?' 하는 것이었다.

다시 광장으로 돌아가자 감옥에 있을 때보다 훨씬 마음이 편해졌다. 눅눅하고 기다란 복도를 돌아 회전 계단을 올라갈 때 어린 얼이는 고개를 돌리고 말했다.

"내일 제가 직접 하고 싶어요."

"처음인데 무섭지 않아?"

그는 머리를 저었다. 창백한 얼굴 위로 여자아이 같은 홍조가 떠올랐다.

"망나니가 아니었다면 무섭겠지만 저는 망나니이기 때문에 무서울 것이 없어요."

그 말은 참 이치에 맞았다. 나는 그 말을 망나니 어록으로 기록하면 좋겠다는 생각을 했다.

어쨌든 오늘 나는 짧은 시간 동안 재미있는 말 두 마디를 들었다. 감방안에서 들었던 '왜 종교가 우리에게 사랑이 아니라 원한을 가르쳤는가' 하는 것이 첫 번째이고 다른 하나는 어린 얼이의 그 말이었다. 그러나 아깝게도 이러한 좋은 말들은 하나도 기록되지 못하고 연기처럼 날아가 버렸다.

저녁 때 촛불이 마구 타오르고 하인들이 상을 차리느라 분주한 틈을 타서 나는 아버지한테 물었다.

"내일 사형 집행하나요?"

아버지는 깜짝 놀란 것이 틀림없었다. 그는 아주 크게 트림을 했다. 배가 부르거나 놀랄 때만 트림을 한다.

"네가 그 사람을 좋아한다는 걸 알고 있단다. 그래서 얘기하지 않은 거야."

투스는 눈을 꿈쩍였다.

"네가 그를 용서해주기 바란다면 감형해줄 생각인데……."

음식이 나왔다. 나는 더 이상 아무 말도 하지 않았다. 소나 양의 젖을 바짝 졸여서 만든 기름 양념인 쑤오유麻油, 감자가루 무침과 양 갈비, 주식인 보리찐빵과 벌꿀이 차례로 상위에 올라왔다.

음식은 사람들 앞에 산더미처럼 쌓여 있었다. 모두들 산더미를 무너뜨리며 집어 들었지만 타나는 그 음식더미에 작은 흠집만 남길 뿐 많이 먹지 않았다.

밤에 타나에게 말했다.

"넌 많이 먹어야 돼. 아니면 엉덩이가 커지지 않을 거야."

타나는 흑흑 흐느껴 울면서 내가 자기를 싫어한다고 소리를 질렀다.

"내가 엉덩이 얘기만 했는데도 이러는 거야? 만약 가슴까지 들먹이면 도대체 어떤 꼴을 보일 작정이야?"

울음소리가 더 커져 드디어는 어머니 방까지 들렸고 급기야 내 방으로 달려왔다. 어머니가 입이 돌아가게 뺨을 때리자 타나는 이내 울음을 뚝 그쳤다. 어머니는 나에게는 잘 자라고 했고 타나는 내 침대 앞에 무릎을 꿇으라고 했다.

사실 마이치 가족 남자들은 여자들이 울든지 화내든지 별로 상관하지 않는다. 그러면 여자들은 혼자 울다 지쳐 저절로 입을 다문다. 그러나 어머니는 여자의 모든 것에 몹시 신경을 곤두세우는 한족 출신이다.

어머니가 타나를 혼낼 때 나는 이미 잠에 빠졌다. 나는 기둥에 묶여 있는 윙버이시에게 직접 칼을 들이대는 꿈을 꾸었다. 온몸이 땀에 젖은 나는 큰 소리를 치며 깨어났다. 타나는 아직 침대 앞에 무릎을 꿇고 있었다. 나는 왜 여태 안 잤느냐고 물었다.

"도련님께서 용서해야 잘 수 있다고 마님께서 말씀하셨어요."

나는 용서했다. 침대로 올라온 타나의 온몸은 강물 밑의 자갈처럼 차디찼다. 말할 것도 없이 나는 금방 따뜻하게 만들었다.

아침에 일어났을 때, 나는 윙버이시가 곧 죽을 것이라는 생각이 들었다. 그때서야 나는 그를 위해 용서를 빌지 않은 것을 후회했다. 어젯밤에 용서를 구할 수 있었을 텐데 이제는 너무 늦었다.

산채에 호각 소리가 길게 울렸다. 강을 따라 흩어진 마을에서 백성들이 몰려들었다. 그들의 일상생활은 바쁘지만 평범하다. 사형 집행을 구경하는 것은 하나의 오락이라고 볼 수 있다. 투스는 백성들이 사형 장면을 지켜보는 것을 일종의 교육이라고 생각하고 있었다.

사람들이 새까맣게 모여 광장을 채웠다. 그들은 흥분하여 떠들고, 기침하고, 침을 곳곳에 내뱉었다. 사형수가 끌려나와 기둥에 묶였다. 윙버이시는 투스를 쳐다보았다.

"전 활불의 염불이 필요 없습니다."

"그럼 스스로 염불하시오. 그런다고 당신의 목숨을 더 요구하지도 않을 테니"

"당신은 그 혀로 우리가 오랫동안 믿어온 종교를 공격했소. 우리는 당신의 그 터무니없는 말을 책임질 수 있는 혀만 필요합니다." 집사가 형 집행의 이유를 말했다.

마지막 결정을 내린 사람은 형이었다. 이 사람은 위대한 교의를 전하러 왔다가 결국 혀를 잃게 된 것이었다. 죽을 각오를 했던 윙버이시지만 이 결정을 듣고는 이마에서 땀을 줄줄 흘렸다. 처음으로 형을 집행하는 어린 얼이의 이마에도 똑같은 땀이 반짝이고 있었다. 백성들은 찍소리도 못 냈다. 윙버이시의 얼굴에 흐른 땀이 처음 형을 집행하는 어린 망나니의 콧등에 떨어졌다.

망나니는 가죽 지갑에서 사람의 입만큼 구부러진 모양의 좁은 칼을 꺼냈다. 사람의 입 크기가 서로 다르듯 칼의 크기도 달랐다. 얼이는 윙버이시의 입에 딱 맞는 칼을 고르려고 크고 작은칼을 가져다 입에 대보고 있었다. 광장은 쥐 죽은 듯 고요했다.

"어제 감방에는 뭐 하러 왔었어? 왜 그때 안 쟀어?"

웡버이시가 얼이에게 나무라는 소리가 들렸다. 나는 어린 얼이가 처음으로 형을 집행하는 것이니 만큼 두려워할 줄 알았다. 하지만 얼이는 얼굴만 평소보다 상기되었을 뿐 차분했다.

"어제 나는 당신의 목 크기를 쟀어요. 하지만 주인 나리께서 자비를 베풀어주셨기 때문에 혀 길이를 재야 돼요."

"내 입에서 손을 멀리 떼는 게 좋아. 그렇지 않으면 내가 깨물지도 몰라."

"나를 미워해봐야 의미 없는 일이에요."

웡버이시는 크게 한숨을 쉬었다. "그래, 내 마음속에 이따위 원한도 없어져야 되는데……."

이때 늙은 얼이는 기둥 뒤편으로 가 밧줄을 죄수의 목에 고정시켰다. 웡버이시는 몸을 꼿꼿이 세우더니 두 눈을 부릅뜨고 혀를 쑥 내밀었다. 어린 얼이는 그의 아버지 못지않게 동작이 재빨랐다. 칼에서 번쩍 빛이 더니 죄수의 혀는 놀란 쥐처럼 망나니 손위로 튀어 올랐다가 땅으로 떨어졌다. 마치 하늘에서 뭐가 떨어져 내린 것 같았다. 그나마 아직 혀뿌리가 잘려나가지는 않고 웬만큼은 남았다. 피범벅이 된 혀가 붉은 땅에 떨어져 흙 범벅이 되는 것 보고 있자니 인간의 영혼이란 마냥 고상하기만 한 것도 아니었다.

웡버이시는 짐승처럼 비명을 질렀다. 땅에 떨어진 혀는 곧바로 먼지가 묻어서 원래의 생동감과 선홍색 빛깔을 잃어버렸다. 혀가 없는 죄인의 입

254

에서 나오는 소리는 모호하고 의미가 실리지 않았다. 어떤 사람이 검은머리의 티베트족은 남정네 한 사람이 나찰 마녀에게 유혹을 당해 생겨났다고 했다. 아마 나찰 마녀가 낳은 자식이 처음으로 낸 소리가 바로 이처럼 모호하고 혼란스러웠던 건 아닐까. 아니, 어쩌면 그 소리는 눈앞에 드러난 무질서한 세계에 대한 분노였을지도 모른다.

어린 얼이는 칼을 거두고 약을 꺼내 아직 기둥에 묶여 있는 웡버이시의 입에 발라주었다. 약효가 아주 좋아서 이내 피를 응고시켰다. 늙은 얼이가 뒤에서 끈을 풀자 웡버이시는 땅에 주저앉아 엄청난 핏덩어리를 뱉었다. 어린 얼이는 가져가겠느냐는 뜻으로 혀를 그의 앞으로 내밀었다. 웡버이시는 고통스러운 표정으로 자기의 혀를 보더니 천천히 머리를 저었다.

어린 얼이가 손을 쳐들자 혀가 하늘로 날아갔다. 사람들이 기겁을 하며 소리를 질렀다. 그때 개 한 마리가 뛰어올라 공중에서 혀를 받아 물었다. 그러나 그 개는 고깃덩이가 익숙지 않았는지 총알에 맞은 것처럼 깨갱 소리를 지르면서 땅으로 곤두박질하더니 사지를 뻗었다. 다른 사람들은 말할 것도 없고 웡버이시 자신도 개가 고꾸라지는 것을 멍하니 보고만 있었다.

웡버이시는 자기의 입을 만졌다. 핏덩어리만이 울컥울컥 흘러나올 뿐 폭력으로 입은 흔적을 명확하게 드러낼 상처는 겉으로 보이지 않았다. 개는 웡버이시의 혀를 내뱉고 울부짖으면서 꼬리를 감추고 멀리 도망쳤다. 사람들은 혀가 떨어진 근처에 얼씬도 하지 않았다. 웡버이시도 더 이상 버티지 못하고 기절했다.

형 집행은 끝났다.

사람들은 천천히 흩어졌고 그들이 원래 있던 자리로 돌아갔다.

역사책

윙버이시는 다시 감옥으로 들어갔다. 상처가 다 아물어야 나올 수 있기 때문이다.

이렇게 해서 마이치 가족에게는 노예가 한 명 더 늘었다. 투스의 복잡할 것 없는 규칙으로 죽어야 할 사람인데 사형을 면하면 우리 집의 노예가 되어야 한다. 윙버이시는 '원수는 없다'는 교리를 가지고 왔지만 우리한테 받아들여지지 않았다. 오히려 야만스럽고 개화되지 못한 무리에 오히려 흡수되고 말았다.

어린 얼이는 그의 첫 번째 수형자의 상처를 치료하러 매일 감옥에 갔다.

나는 집행한 지 십여 일이 지난 후에야 가보았다.

감옥은 아침에만 잠깐 햇빛이 들어오는 구조였다. 우리가 들어갔을 때 윙버이시는 창문으로 난 작고 네모난 하늘을 바라보고 있었다. 문 여는 소리가 들리자 그는 몸을 돌려 나한테 미소까지 지었다. 그에게는 눈에 보이도록 웃음을 짓는 것조차 아주 힘든 일이라고 했다. 잠시만 웃어도 그의 상처는 기절하도록 아프게 한다.

"됐어요. 안 그래도 돼요."

나는 말을 하면서 처음으로 아버지와 형에게 배운 대로 손을 들어보았다. 그렇게 하니 좋은 점이 하나 있었는데, 손에 최고의 권력을 쥐고 있는 듯 마음이 느긋해졌다.

윙버이시는 다시 나를 향해 웃었다. 나는 이 사람을 좋아한다는 생각이 들었다.

"뭐 필요한 거 없어요?"

그는 알 듯 모를 듯한 표정을 지었다. '이 꼴이 됐는데 필요한 게 뭐가 있겠느냐?' 아니면 '할 말이 있는데 해도 되느냐?' 인 것 같았다.

"내일 책을 갖다 줄게요. 책 읽는 것을 좋아하지요?"

그는 돌 벽을 미끄러져 내려 천천히 바닥에 앉아 머리를 숙인 채 말이 없었다. 나는 그가 책을 좋아한다고 생각했다. 책 얘기가 그의 마음속 어딘가를 건드린 것인지 그는 어깨를 움츠린 채 다시는 머리를 들지 않았다. 우리가 감옥에서 나올 때 어린 얼이가 말했다.

"노예 주제에, 도련님이 이렇게 잘해주시는데 인사도 안 해요? 입으로 할 수 없지만 눈은 됐다 뭐하게요."

그러나 여전히 머리를 들지 않았다. 나는 그의 머릿속에 무언가 무거운 것이 담겨 있다고 생각했다. 책인가? 나는 윙버이시가 측은했다.

투스의 아들이지만 책을 찾는 일은 무척 어려웠다. 첫째, 나는 당당하게 책을 달라고 할 수가 없는 사람이었다. 투스의 아들 두 명 중 똑똑한 사람, 앞으로 투스가 될 사람만이 글을 배웠다는 것은 누구나 알고 있는 사실이다. 다른 한 명인 멍청이는 삼십 개의 티베트 자모 가운데 서너 개만 안다. 나는 절름발이 집사한테 경전을 찾아오라고 했는데, 그는 농담하는 거냐고 웃었다.

법당에 가도 가능성은 여전히 안 보였다. 내가 알기로는 마이치의 커다란 산채 안에서 책이 있는 곳은 법당과 투스의 방뿐이다. 정확하게 말하면 투스의 방에 있는 것은 책이 아니고 사관이 있었을 때 작성한 최초의 세 투스에 대한 기록이다. 앞서 말했듯이 사관 하나가 기록하지 말아야 할 일을 기록하는 바람에 투스가 지켜보는 벌건 대낮에 그 사관은 목숨이 떨어졌고, 그 이후 이런 하인은 우리 가문에 있던 적이 없었다. 나는 아버지가 그것을 벽장에 넣어놓았다는 것을 알고 있었다. 아버지는 양종이 임신한 뒤 환장할 것만 같은 이상한 느낌으로 잠에서 깬 뒤로는 그 방에 잘 가지 않았다. 어머니가 가라고 할 때만 가끔 가지만 하룻밤 지내고는 냉큼 어머니의 방으로 다시 돌아갔다.

내가 방으로 들어갔을 때 양종은 어둠 속에서 노래를 부르고 있었다. 이 사람이 마이치의 집에 들어온 후 나는 한 번도 그녀와 얘기해 본 적이 없어서 뭐라고 해야 할지 알 수 없었다. 그래서 민망한 마음을 감추려고 입을 뗐다. "노래하는 거예요?"

"그래요, 고향의 노래예요."

나는 그녀의 발음이 우리와 좀 다르다는 것을 알았다. 그녀의 남쪽 지방 발음은 똑 떨어지지는 않지만 부드러웠다. 그래서 북쪽 사람이 들으면 말 속에 깊은 뜻이 들어 있다는 느낌을 받는다.

"전 남쪽에 가서 싸운 적이 있어서 당신이 그쪽 사람들과 같은 발음이라는 걸 알아요."

"그들이 누군데요?"

"왕뼈 투스의 사람들이요."

그러면서 자신의 고향은 남쪽으로 더 가야한다고 했다. 우리는 더 이상 화제 거리를 찾지 못했다. 어디서 말머리를 꺼내야 할지 둘 다 모르기는 마찬가지였다. 나는 벽장을 바라봤고 양종은 자신의 손을 내려다보고 있었다. 바로 그때 내가 찾는 물건이 바로 그 벽장 안에 놓여 있는 것을 보았다. 노란 비단으로 꽁꽁 싸여 중요한 것과 중요치 않은 물건의 사이에 처박혀 있었다. 하지만 나는 감히 당당하게 다가가 벽장문을 열고 우리 집의 초기 역사를 꺼내지는 못했다. 방에서 먼지 냄새가 심하게 풍겼다.

"음… 이 방은 오래 청소를 안 했나보군요. 청소를 잘해야 되겠어요."

"하인들이 매일 오지만 청소는 잘 안 하더라고요."

또 침묵이었다. 나는 다시 벽장을 보고 그녀는 다시 손을 내려다보았다. 갑자기 양종이 웃음을 터뜨렸다.

"도련님, 무슨 일이 있지요?"

"아무 말도 안 했는데 어떻게 알아요?"

양종은 다시 웃었다.

"어떤 때 도련님은 누구보다도 똑똑한데 지금은 완전히 바보처럼 보여요. 그 똑똑한 양반이 어떻게 도련님 같은 바보를 낳았을까?"

어떻게 해야 똑똑한 사람 짓을 하는지 어떻게 하는 게 바보 같은 행동인지 알 수 없었다. 별수 없이 예전에 어떤 물건을 여기에 두고 갔노라고 둘러댔다. 바보도 거짓말을 한다며 놀렸다. 정말로 내게 필요한 것을 가리키고 싶었지만 참았다. 양종은 곧바로 벽장으로 가더니 보따리를 꺼냈다.

노란 비단 보따리를 내 앞에 내리더니 그 위에 쌓인 먼지를 훅 불었다. 나는 한참이나 눈을 뜨지 못했다.

"아이고, 나 좀 봐. 도련님 눈을 멀게 할 뻔했네요."

그녀는 몸을 돌리더니 혀로 내 눈에 들어가 있는 먼지를 핥아냈다. 바로 이 때문에 나는 아버지가 왜 이 여자를 그처럼 사랑했었는지 알게 되었다. 그녀의 몸에서는 은은한 난초 향기가 났다. 나는 손을 내밀어 그 여자를 안으려고 했다. 양종이 나를 막으며 엄하게 꾸짖었다.

"명심해. 도련님은 내 아들입니다."

"아니에요, 난 당신의 아들이 아니에요."

나는 고개를 흔들고 한마디 덧붙였다.

"당신 몸에서 꽃향기가 나요."

"바로 그게 날 이 꼴로 만들었지요."

그녀는 자기 몸의 향기는 태어나면서부터 있던 것이라고 했다. 한숨을 폭 내쉰 양종은 보따리를 건네주었다.

"빨리 가요, 누가 볼까 무섭네요. 그리고 그 안에 쓰인 것이 마이치 가문의 역사라는 말 하지 마세요."

방에서 나오자마자 꽃향기가 이내 사라졌다. 햇빛 아래 서자 양종의 혀가 내 눈에 남긴 그 야릇한 느낌도 사라졌다.

나와 어린 얼이는 책 보따리를 들고 감옥으로 갔다. 윙버이시는 자그마한 창문 밑에 앉은 채 손으로 머리를 받쳐 들고 있었다. 무슨 일인지 하룻밤 사이에 그의 머리카락이 많이 자랐다. 어린 얼이는 약봉지를 꺼냈다. 윙버이시는 아! 아! 소리를 내면서 입을 열었다. 절반으로 잘린 혀에서 피딱지와 그 위에 뿌렸던 가루약이 떨어졌다. 상처는 아물었고 완전하지는 않지만 그런 대로 혀의 모양을 갖추고 있었다. 어린 얼이가 웃었다. 그는 약을 주머니에 넣더니 꿀 한 병을 꺼냈다. 얼이는 작은 숟가락으로 꿀을 퍼 윙버이시의 혀에 발랐다. 윙버이시의 얼굴에 이내 즐거운 표정이 나타났다.

"보세요. 맛을 볼 수 있으면 상처가 다 나은 거예요." 어린 얼이는 기쁜 듯 말했다.

"말도 할 수 있어?"

"아니에요, 아직은……."

"그럼 혀가 다 나았다는 헛소리 마. 그렇게 떠들어대면 너의 아버지에게 네 혀도 잘라내게 할거야. 어차피 망나니는 말을 할 필요가 없으니까."

어린 얼이는 눈을 내리깔고 더 이상 말을 하지 않았다.

나는 품속에서 책을 꺼내 방금 벌꿀 맛을 느낀 윙버이시의 앞에 놓았다.

그는 책을 보더니 방금 전 꿀맛으로 행복해하던 기색이 사라지며 눈살을 찌푸렸다.

"펴 봐요."

그는 무슨 말인가를 하려다가 말을 할 수 있는 기관이 이미 없어졌다는 사실을 떠올리며 고통스러운 표정으로 머리를 저었다.

"펴 봐요. 당신이 생각하는 그런 책이 아니에요."

고개를 든 그의 눈 속에 의심이 가득 들어 있었다.

"당신을 해친 경서가 아니라 우리 마이치 가족의 역사예요."

그가 책을 싫어할 리는 없었다. 내 말이 끝나자마자 그의 손은 보따리로 가고 있었다. 나는 그의 손가락이 아주 길고 민첩하다는 것을 주의 깊게 지켜봤다. 보따리를 풀자 그 안에는 몹시 거친 종이들이 들어 있었다. 듣기로는 마이치 가족이 스스로 삼을 심어 종이를 만들었다는 것이다. 그 기술의 원천은 우리를 부자로 만든 양귀비와 마찬가지로 중국 땅이라는 말도 들은 적이 있었다.

이튿날 어린 얼이 나를 찾아왔다. 윙버이시가 종이와 붓을 달라고 했단다. 나는 어린 얼이에게 종이와 붓을 주었다.

그 이튿날 뜻밖에도 얼이는 감옥에 있는 죄수가 투스에게 전하는 긴 편지 한 통을 가져왔다. 나는 그 편지에 뭐가 씌어 있는지 몰라 좀 불안했다.

"네가 감옥에 자주 들어간다고 하던데 이 일 하러 간 거냐?"

나는 헤벌쭉 웃기만 했다. 할 말 없을 때는 멍청하게 웃는 게 제일이다.

"앉아라, 이 멍청아. 방금 전까지 바보가 아니라고 했는데 또 병신 같은 짓을 저질렀구나."

편지를 보면서 아버지의 얼굴은 여름 날씨처럼 변덕스럽게 변했다. 편지를 본 후 투스는 아무 말이 없었다. 나도 감히 묻지 못했다. 날짜가 꽤 오래 지난 후에야 죄인을 자기에게 데려오라고 했다. 윙버이시의 박박 머리가 어느새 머리카락이 또 많이 자란 것을 본 아버지는 물었다. "내 영지에 새 교파를 세우려고 했던 그 라마 맞는가?"

윙버이시는 대답하지 않았다. 말할 수 없으니까.

"나도 어떤 때는 당신의 교리가 정말 좋은 것일지도 모르겠다는 생각이 들더군. 그러나 당신의 교리가 너무 좋으면 내가 어떻게 이 땅을 통치하겠나? 여기는 라싸와 달라. 거기서는 가사를 입은 사람이 모든 것을 통치하지만 여기는 그렇지 않아. 대답해 봐. 당신이 투스가더라도 나처럼 할 거 아니겠소?"

윙버이시가 웃었다. 혀가 잘린 사람은 웃을 때도 누군가에게 목이 졸린 듯한 소리를 냈다.

"젠장, 당신에게 혀가 없다는 것을 잊고 있었어!"

아버지는 이제 알았다는 듯이 종이와 붓을 라마에게 주라고 한 뒤 필담을 시작했다.

"당신은 이미 내 노예가 됐어."

'이렇게 학문이 깊은 노예가 있었어요?' 윙버이시가 글씨를 써 내렸다.

"물론 없었지. 이전의 마이치 투스들에게도 없었어. 하지만 나한테 생긴

긴 거야. 예전의 어느 마이치 투스보다 내가 제일 강해. 난 가장 강력한 마이치란 말이야"

'죽어도 노예는 안 될 겁니다.'

"어쨌든 나는 당신을 안 죽여. 감옥에 줄곧 가둬놓을 거야."

'노예가 되는 것보단 낫지요.'

아버지는 웃었다.

"정말 사나이 대장부일세. 당신이 편지에 쓴 제안은 어디서 나온 건가?"

윙버이시의 편지 내용은 한 가지였다. 오랫동안 끊어졌던 전통을 다시 잇기 위해 자신이 우리 집의 사관노릇을 할 수 있다는 것이었다. 그는 우리 집 투스들의 역사를 보니 아주 흥미 있었노라고 했다. 마이치 투스는 자신이 이제 역사상 제일 강한 투스가 되었으니까 돈 이외의 무엇인가를 후대에 물려주고 싶어 했다. 자손들이 자기를 기억하게 만들고 싶었던 것이다.

"왜 마이치 가족의 얘기를 기록하려고 하는데?"

'얼마 안 되어 이 땅에서 투스가 사라질 테니까요.'

동쪽이든지 서쪽이든지 어느 날 강인한 세력이 나타나면 더 이상 투스와 같은 토박이 왕의 존재를 용인하지 않을 것이고, 게다가 투스는 지금 바싹 마른 섶에 스스로 불을 붙였다고 윙버이시는 썼다. 투스는 그 불이 뭐냐고 물었다.

'양귀비.'

"나더러 그것을 포기하라고?"

'모든 것은 이미 숙명적으로 결정이 되어 있습니다. 양귀비를 심은 것은 어차피 올 것을 당긴 것뿐이지요.'

결국 아버지는 그의 요구를 승낙했다. 마이치 가족의 사관 전통은 끊어진 지 오랜만에 다시 이어졌다. 사관의 지위에 대해 두 사람은 또 한참 동안 옥신각신했다. 아버지는 그에게 노에 위치는 변함이 없을 것이라고 했고, 그는 사관이 노예라는 것은 말이 안 된다고 했다. 마지막에 투스는 노예가 되지 않으려면 당신이 바라는 대로 죽일 것이라고 했다. 혀가 없는 윙버이시는 붓을 놓아두고 동의했다.

아버지는 이제 주인한테 절을 하라고 했다. 윙버이시는 '이번 한 번만이라면.' 이라고 썼다.

"매년 이맘때 한 번씩 해야 돼."

혀가 잘려진 윙버이시는 역사를 편찬하는 사람이 갖고 있어야 할 안목 갖춘 눈빛을 한번 보여주고 나서 다시 종이에 썼다.

'당신이 죽고 나서는요?'

아버지는 웃었다.

"내가 죽을 때까지 당신 목은 떨어지지 않을 줄 알아?"

윙버이시는 같은 말을 다시 종이에 썼다.

'당신이 죽고 나면요?'

아버지는 형을 손가락으로 가리키며 말했다.

"이 사람한테 물어. 그때가 되면 이 사람이야말로 당신의 주인이 될 테니까."

"그때가 되면 당신의 죄를 면해드리지요."

형의 대답을 들은 혀 잘린 사람이 다시 내 앞으로 왔다. 나는 그가 나한 테 똑같은 문제를 물어보려고 하는 것을 알고 있었다. 내가 투스가 된다면 그 사람에게 고개를 숙일 필요는 없을 것이다.

"나한테는 묻지 말아요. 다들 내가 바보라고 하니 투스가 될 리는 없잖 아요."

그러나 그는 고집을 부리면서 계속 내 앞에 서 있었다.

"진짜 멍청하다. 네가 대답하지 않으면 안 끝나는 거 몰라?"

형이 웃으며 말했다.

"그래요. 만약 내가 투스가 되면 자유민의 신분을 줄게요."

이 말은 형의 비위를 거스르게 만들었다.

"어차피 그냥 해 본 소리니까 무슨 상관있어?"

나는 형을 향해 웃으며 말했다. 윙버이시는 그제야 아버지 앞에서 무릎 을 꿇고 머리를 숙였다. 투스는 그의 새로운 노예한테 첫 번째 명령을 내 렸다.

"오늘의 일을 기록하라."

뭘 두려워해야 하는가

몇 년 동안 우리 마이치 가문은 양귀비의 독점적 재배 권리를 지키기 위해 여러 번 전쟁을 벌였다.

물론 마이치 가문의 신식 무기를 당해낸 부족은 하나도 없었다. 그러나 궁극적으로 우리 부족을 부유하게 만든 양귀비 씨앗이 다른 투스들에게 넘어가는 것을 막을 도리는 없었다. 몇 년 사이에 모든 투스의 땅에 양귀비 씨앗이 퍼졌다. 이런 상황에 나는 물론 아버지와 형도 답답했다. 애당초 그렇게 많은 전쟁을 벌인 것이 무슨 소용이었던가 하는 생각이 들었다. 양귀비 씨앗을 어떻게 얻었느냐고 물으면 그들의 대답은 틀림없이 바람에 날아왔다거나 새의 날개가 가져왔다고 할 것이었다.

이때 마이치 투스와 접촉하는 중국인은 양귀비 씨앗을 전하던 그때의 황 특파원이 아니고 연방군의 지앙 연대장이었다. 황 특파원은 공산당원 공격에 반대했기 때문에 표면적으로 영전한 듯 보이지만 실제로는 좌천당해서 권리가 없는 참의원^{參議員}이 되었다는 소리가 들렸다. 황 특파원은 우리에게 행운을 가져다준 사람이었기에 우리 모두 탄식했다. 한숨을 쉬었다. 지앙은 키가 큰 편은 아니지만 아주 튼실했고 허리 왼쪽과 오른쪽에 각각 권총이 꽂혀 있었다. 그는 살찐 양고기와 술을 좋아했다.

"당신도 전의 그 특파원처럼 시를 쓰십니까?"

아버지의 물음에 지앙은 자배기 깨지는 소리로 반문했다.

"제기랄, 내가 그 개똥 같은 시를 왜 쓰겠소? 배때기가 불러서 할 일이 없어? 뭐 하러 그런 개똥 같은 짓을 합니까?"

"하긴 그렇지요."

아버지가 고개를 끄덕였지만 지앙은 그만둘 생각도 않고 계속 말했다.

"내가 시를 쓴다면 당신들이 깔봐도 돼요! 그렇다면 난 투스의 친구가 아니지요!"

"지앙은 우리의 친구다! 우리도 지앙의 친구다!" 아버지와 형이 동시에 외쳤다.

아버지와 형은 황 특파원보다는 이 사람과 같이 있는 것을 더 좋아했다. 그러나 이 사람이 황 특파원과 맞서는 존재이고, 앞으로 우리 마이치 가족의 원수가 될 거라는 것은 꿈에도 몰랐다. 황 특파원은 다른 투스를 통제할 수 있도록 한 투스만 강하게 만들어야 한다고 주장한 반면 지앙은 모든 투스들에게 양귀비와 은돈과 기관총을 안겨줘 자멸하도록 부추겼다.

지앙이 온 뒤로 양귀비는 다른 투스의 영지에 전보다 더 많이 퍼졌다. 그해 아편 가격은 절반 이하로 떨어졌다. 아편의 가격이 떨어질수록 투스들은 더 많은 토지에 양귀비를 심었다. 그렇게 이삼 년이 지나자 투스들은 당장 내년에 양식이 모자랄 것이란 것을 알게 됐다. 투스의 영지에서 수십 년 동안 없었던 일, 즉 머잖아 굶어죽는 백성이 생길 것이었다.

마이치 가족은 재산이 많으니까 걱정이 덜했다. 우리는 값이 내린 아편을 한족이 사는 지방으로 실어가 식량과 바꿔왔다. 하지만 그 지역 역시 빨간 한족과 하얀 한족(^{역주}공산당과 국민당)이 싸우고 있어서 식량이 싼 편은 아니었다. 게다가 우리 영지까지 운송해오게 되면 곡물 값은 더욱 비싸졌다.

봄이 되자 마이치 가문에서는 사방으로 사람을 보내 다른 투스들은 땅에 무엇을 심었는지 살펴봤다. 남쪽의 투스는 여전히 양귀비를 잔뜩 심었다. 마이치 투스는 비웃었다. 하지만 그 역시 올해에 뭘 심어야 할까 아직 결정하지 못하고 있었다. 농작물과 양귀비 중 무엇을 더 많이 심을 것인가 혹은 농작물이나 양귀비 중 어느 하나만 재배할 것인가 하는 문제는 결정하기 쉬운 일이 아니었다.

마이치 부족은 지리적으로 모든 부족의 중심에 있다. 남쪽의 봄은 우리보다 일찍 오지만 북쪽의 봄은 우리보다 늦게 온다. 각 부족에서 뭘 심는지 기다리는 것은 우리를 못 견디게 했다. 이즈음 우리 심정은 양귀비꽃 전쟁 때보다 더욱 가슴 졸이는 일이었다. 전쟁을 할 때 우리는 이길 것이라는 사실을 의심하지 않았지만 지금의 상황은 그것과 달랐다.

북쪽 투스가 농작물을 파종할 때까지 기다리자면 우리는 경작 시기를 놓칠 판이었다. 그렇게 되면 보리 수확 때 홍수가 질 것이고, 옥수수가 익을 때는 서리 피해를 입을 것이었다. 그것은 아무런 수확도 없는 것을 의미하니까 다른 투스와 똑같이 심는 것보다 더욱 고약한 일이 될 것이다.

우리 북쪽의 이웃도 멍청하지 않아서 그들 역시 마이치 투스가 무슨 씨를 뿌릴지 지켜보고 있었다. 더 이상 우리가 기다릴 입장이 아니었다. 형은 양귀비를 많이 심자고 주장했지만 아버지는 가타부타 말을 안 하고 눈길을 내게 돌렸다. 언제부터인지 잘 모르겠지만 무슨 일이 있으면 아버지는 내 의견을 물어보게 되었다. 나는 옆에 있던 타나에게 살짝 물었다.

"네가 말해 봐. 뭘 심을 것 같아 보이니?"

"양귀비요."

"너는 아직도 시녀한테 물어서 일을 결정할 정도로 멍청하구나." 형은 큰 소리로 웃었다.

"그럼 형은 어째서 내 시녀하고 똑같은 대답을 하지?"

언제부터인지 형은 전처럼 나를 사랑하지 않게 되었다.

"멍청한 놈, 천하디 천한 네 시녀가 내 말을 따라 한 거다."

형은 나를 향해 으르렁거렸다. 그 말은 나를 꼭지가 돌도록 격노케 만들었다. 나는 큰 소리로 아버지에게 말했다.

"식량이요, 몽땅 식량을 심어야 해요."

나는 하늘 아래 모든 사람이 그의 말을 따라 하는 것은 아니라는 것을 알려주고 싶었다.

뜻밖에 아버지는 "나도 그렇게 생각해."라고 동의했다. 너무나 기분이 좋은 나는 헤헤 웃었다.

형은 방에서 뛰어나갔다.

주된 양식을 심겠다는 결정을 내린 후에도 아버지의 기분은 개운하지 못했다. 이런 때 내가 투스였다면 엎드려 한바탕 울었을 것이다. 만약 북쪽의 투스도 우리처럼 양귀비를 심지 않아서 내년에 아편 가격이 치오르면 왕뼈 투스를 포함한 남쪽의 투스들이 입이 찢어지게 웃을까봐 걱정이었다. 그렇게 되면 이웃 투스나 형도 멍청한 아들의 터무니없는 소리를 들어 꼴좋다고 비웃을까봐 걱정이 됐다. 어머니의 아편 피우는 긴 의자에 걸터앉은 아버지는, "당신 아들이 나를 걱정하게 만들었어." 이렇게 말했다.

"그 애 말이 옳아요. 내가 특파원의 양귀비 씨앗을 받으라고 한 것처럼 옳은 거예요."

어머니는 '당신을 걱정하게 만드는 건 오히려 큰아들이라고 말했다' 고 시녀 편에 알려주었다.

나는 아버지에게 다가갔다. "괜찮아요. 북쪽에서 아직까지 씨앗을 안 뿌린 건 거기 투스들이 똑똑해서가 아니라 날씨 때문이에요. 겨울이 지나갔다가 다시 한 번 추위가 닥쳤으니까요."

이 말은 사관 웡버이시가 나한테 해준 거였다.

아버지가 대놓고 칭찬하지는 않았지만 "네 친구가 너한테 진심으로 대해 주는구나. 우리는 이 강물 양쪽 토지를 다스리는 투스 가문이지만 친구가 많이 필요하다. 너한테는 그런 친구가 여럿 있으니 다행이다." 이렇게 에둘렀다.

"하지만 형은 제가 노예들과 어울린다고 비웃어요."

아버지는 충성하는 노예 친구 몇 명 있는 것도 나쁘지는 않다고 했다. 이것은 마이치 투스가 바보 아들에게 처음으로 정중하게 얘기한 것이었다. 게다가 처음으로 자기의 손을 내 머리가 아닌 어깨에 놓았다.

이런 일이 있었던 날 오후에 확실한 소식이 들려왔다. 심한 서리 피해 때문에 북쪽의 몇몇 투스는 제대로 농작물을 심지 못해 짧은 시간에 수확이 가능한 양귀비를 심을 수밖에 없다는 것이었다. 소식이 들려왔을 때 두 사람을 제외하고는 모든 식구들이 다 기뻐했다.

셋째 부인 양종으로 말할 것 같으면 그 여자는 마이치 가족에게 무슨 일이 생긴다 해도 자신과 아무 상관이 없었다. 사 나흘에 한 번씩 투스와 밤을 보내기 위해 존재하는 것과 같았다. 모두들 이제는 습관처럼 받아들였다.

비정상적인 것은 내 형이었다. 그는 항상 마이치 가족이 승리를 거둘 수 있도록 아낌없이 노력했는데 우리한테 유리한 소식이 들려왔는데도 전혀 기뻐하지 않았다. 이번 일을 결정하는 데는 머리를 써야 했는데 멍청이 동생보다도 못했기 때문이었다. 이런 일이 한 번에 그치지 않았다. 그래서 몹시 우울해했다. 어느 날 나는 형에게 그때 식량을 선택하게 된 이유가 타나 때문이 아니라고 애써 변명했다.

"형 말이 맞아. 그 계집애가 모자라거든, 그래서 나한테 양귀비를 심으라고 했어. 하지만 나는 그 애가 형편없다는 걸 아니까 일부러 곡식을 심자고 엇나간 거야."

그런데 이 말은 형의 화를 돋우고 말았다. 내뱉은 말이 내 의도가 아니었는데 우습게도 결과적으로는 멍청이의 말이 옳은 것으로 판명됐으니 형의 마음이 편할 리 없는 것이다.

나는 될 대로 되라는 심정이었다.

북쪽에서 날아온 소식은 형을 더 화나게 했다. 예전 같았으면 나는 똑똑한 사람도 어쩌다 보면 잘못을 할 수 있다고 생각했을 것이다. 그리고 나의 멍청함에 안도했을 것이다. 그러나 이날은 그렇게 되지 않았다. 나는 하지 말아야 할 말까지 다 해버리고 말았다.

"형, 너무 슬퍼하지 마. 마이치 가족에 좋은 일이 생겼는데 이렇게 심기 불편한 모습을 드러내면 사람들이 형은 마이치 가족 사람이 아니라고 할지도 몰라."

형은 내 귓방망이를 날렸고 나는 뒤로 넘어졌다. 바로 이날 나는 내 몸의 감각이 그리 발달하지 못했다는 것을 알았다. 나는 아픈 것도 몰랐다. 나도 전에 넘어지거나 촐마와 타나가 꼬집거나 하면 아팠던 적이 있었다. 하지만 누군가 나를 정말로 때린 적은 없었다. 앙심먹고 때린 사람이 없었기 때문에 이렇게 맞으면 통증도 못 느낀다는 사실을 이제까지는 모르고 있었다. 이건 놀라운 발견이었다.

이날 나를 때릴 사람을 사방으로 찾으러 다녔다. 누군가 앙심을 품고 때려도 나를 아프게 하지 못한다는 것을 증명하고 싶었기 때문이었다.

"왜? 내가 뭐 때문에 널 때리겠니?"

"나는 너를 미워하지 않는다. 그런데 어떻게 내 아들을 때릴 수 있겠니?"

하루 종일 돌아다녀도 나는 때릴 사람을 찾지 못했다. 위층 아래층을 왔다 갔다 했지만 아버지도 어머니도 안 때린다고 했다. 사관 웡버이시는 웃으면서 머리를 저으며 종이에 뭐라고 한 줄을 썼다. 나는 멘바 라마에게 읽어달라고 했다. 그 종이에는 이렇게 씌어 있었다.

'나는 혀를 잃어버렸는데 손마저 잃어버리고 싶지는 않아요. 당신 집의 망나니라면 또 모를까…….' 그의 말은 번개처럼 내 머리를 환하게 밝혀줬다.

그날 내가 명령 반 애원 반으로 어린 얼이에게 채찍을 들게 했는데 갑자기 늙은 얼이가 뛰어와 그의 아들에게 채찍을 휘둘렀다. 비참하게 울부짖는 소리가 내 입에서 나오는 줄 알았는데 눈을 떠보니 어린 얼이가 머리를 감싼 채 바닥에서 구르고 있었다. 이때 하인 몇몇도 뛰어 들어왔다. 다시 말해서 그들은 투스의 명령을 받고 내 뒤에서 나를 보호하는 임무를 수행하고 있었다.

쑤오랑쩌랑은 뭐든 내가 시키는 대로 하지만 이날은 그도 그런 용기가 없었다. 별수 없이 나는 채찍을 주면서 형에게 부탁했다. 형은 채찍을 쥐고 분노로 떨었다.

"형, 마음의 분이 풀릴 때까지 힘차게 때려. 어머니가 말했잖아. 나는 앞으로 형의 아래에서 먹고살아야 한다고."

형은 채찍을 던져버리더니 자기 머리카락을 잡고 큰 소리를 질렀다.

"여기서 꺼져, 나가! 이 멍청한 척하는 잡종 새끼야!"

호기심을 만족시키지 못한 나는 밤에 과수원을 산책했다.

과수원에는 물맛 좋은 샘이 하나 있었는데 산채의 물은 하녀들이 전부 여기서부터 길어온다. 하인들이 물을 긷는 시간은 밤부터 새벽까지였다.

샘가에서 나는 이전의 시녀 쌍지 촐마를 우연히 만났다. 그녀는 아주 공손하게 인사를 했다. 나는 등에 진 물통을 놓고 내 옆에 앉으라고 했다. 그녀의 손은 예전처럼 향기롭고 부드럽지 않았다. 그녀는 낮게 흐느꼈다. 나는 한번 안아 보고 싶었지만 그녀는 거절했다.

"저는 이젠 감히 도련님 옆에 못 가겠어요. 도련님을 더럽힐까 봐요."

"아들 낳았어?"

내 물음에 촐마는 다시 흐느껴 울었다. 그녀의 아이는 태어난 지 얼마 안 되어 병으로 죽었다. 엷은 달빛과 은은한 꽃향기 속에서 울고 있는 촐마 몸에서는 쌀뜨물 냄새가 지독하게 풍겼다.

바로 이때 은 세공장이가 숲에서 나왔다. 촐마는 몹시 당황하며 어떻게 왔느냐고 물었다. 세공장이는 물 한 통 져 나르는데 왜 그렇게 오래 걸리는지 걱정돼서 와 봤노라고 했다. 그는 몸을 돌려 나를 향했다. 나는 이 자가 나를 미워한다는 것을 알고 있었다. 나는 채찍을 그의 손에 들려주었다. 대낮에 나 때려줄 사람을 찾으러 다닐 때 모두들 내게 바보도 모자라 미치기까지 했다고 수군거렸다. 세공장이는 마당에서 일하니까 이 일을 이미 알고 있을 것이다.

"도련님, 정말 사람들이 말하는 것처럼 미쳤어요?"

276

"자네가 보기에는 내가 미친 것 같아?"

세공장이는 차갑게 웃더니 머리를 숙여 절을 했다. 곧이어 채찍이 바람 소리를 내며 내 몸에 떨어졌다. 이 사람이 앙심을 품고 때리는 것을 나는 알았다. 채찍이 떨어지는 부위가 어디인지는 알았지만 나는 전혀 아프지는 않았다. 예전에 그의 아내가 살짝 꼬집기만 해도 아팠었는데 말이다.

춤추는 채찍의 끝이 사과 꽃을 많이 떨어뜨렸다. 옅은 달빛 속에서, 꽃의 연한 향기 속에서 나는 웃었다. 세공장이는 씩씩거리며 손에 든 채찍을 던졌다. 곧 이어 이들 부부는 내 앞에서 무릎을 꿇었다.

세공장이는 이 기적 앞에서 내게 굴복했다.

"예전엔 제 아내만 도련님의 사람이었는데, 지금은 저도 도련님의 사람, 도련님의 가축입니다."

"둘 다 가봐. 그리고 서로 잘 지내라."

그들은 갔다. 옅은 구름 속에서 달이 움직이는 것을 보면서 나는 가슴이 텅 빈 것 같아 기분이 좋지 않았다. 그건 달 때문이 아니라 형 때문이었다.

마이치 가문의 도련님인 나로 말할 것 같으면 세상에 두려울 것이 없었다. 굶주림, 추위…… 보통 사람들이 겁내는 일에 나는 전혀 두려움이 없다. 오직 하나 두려운 것이 있다면 그것은 아픔이었다. 나는 어릴 때부터 맞은 적이 없었다. 설령 내가 나쁜 짓을 저질러도 그들은 불쌍한 바보가 뭘 알겠느냐며 용서해주곤 했다. 그러나 이제 그 두려움마저 가뭇없이 사라졌다. 나는 어쩐지 막막한 느낌이 들었다.

이런 느낌은 내가 더 바보가 돼야겠다는 생각을 굳혔다.

"내가 뭘 두려워해야 할까?"

시녀 타나는 더욱 막막한 눈빛으로 나를 쳐다보았다.

"아무것도 안 두려운 게 행복한 일 아닐까요?"

하지만 나는 고집을 부렸다.

"내가 뭘 두려워해야 되지?"

타나가 깔깔 웃으며 말했다. "도련님 또 멍청한 짓 하시네요."

나는 이 말의 뜻을, 평소에는 바보가 아닌데 다만 어떤 '짓'을 할 때만 바보가 된다는 것으로 이해했다. 그래서 나는 타나와 그 짓을 했다. 그 짓을 할 때 타나는 새가 되어 높이 날아가더니 갑자기 또 말이 되어 나를 태우고 하늘 끝까지 달려갔다. 그 짓이 끝난 뒤 그 엉덩이에서 나온 냄새가 나를 깊은 잠에 빠뜨렸다. 나는 그때부터 꿈을 꾸기 시작했다.

예전에 내 머리는 일단 잠에 빠지면 아무런 움직임도 없는 물건에 지나지 않았다는 말을 하자는 게 아니다. 그런 의미가 아니란 말이다. 만약 내가 이렇게 말한다면 내 주둥이를 훔쳐갈거도 좋다. 내가 말하려는 것은 전에는 한 번도 꿈을 꾼 적이 없었다는 이야기다. 즉, 제대로 줄거리가 이어지는 꿈은 없었다. 지금부터 나는 완벽하게 앞뒤가 맞는 꿈을 꾸기 시작했다는 말이다.

이때부터다. 나는 항상 어딘가에서 떨어지는 꿈을 꾸었다. 그때의 느낌은 뭐라고 형언할 수 없을 만큼 묘했다. 생각해 보시라, 끝도 안 보이는 곳으로 내내 떨어지다가 마지막에는 날아오른다. 허공에 바람이 불기 때문이었다. 얼마 전까지도 언제나 꿈에서 떨어졌다. 이것은 침대나 말 등에서 떨어지는 것과는 비교도 안 된다. 떨어지는 순간 나는 우선 내가 떨어지고 있다는 생각이 든다. 그러나 이 말을 몇 번씩 되풀이해도 땅에 닿지는 않고 바람 부는 허공에서 팔만 내젓고 있다. 그래서 머리에서 윙윙 소리가 나고 내 혀를 얼결에 깨물고 만다. 한 가지 안 좋은 점은 누운 채 떨어지니까 아무리 몸을 일으켜 세우려 해도 안 되는 것이다. 가까스로 몸을 돌리면 대지가 휙휙 스쳐 지나갔다. 아무래도 인간은 진실된 무엇을 두려워하는 모양이다. 안 그렇다면 내가 어떻게 꿈에서 소리지르며 깨어날 수 있겠는가.

나는 소리를 지르며 깨어났다. 여자의 손이 나를 진정시켜 주었다. 뜻밖에도 나는 두려워하는 것이 하나 생긴 것 같아 기뻤다. 적어도 이렇게 살아야 의미가 생기는 것이다.

내가 뭘 두려워하는지 아는가?

분명히 떨어지고 있는데도 날아가는 것과 같은 꿈, 그런데 어딘가로 날아가던 꿈에서 깨어나는 것이 두렵기도 하다. 인간이 반드시 무언가를 두려워하며 살아야 된다면 나는 앞으로도 무언가를 두려워할 것이다.

똑똑한 사람과 바보

그해 가을, 보리는 풍작이었고 늦가을에는 옥수수도 풍성했다. 가을이 오기 전에 형은 "두고 봐라. 그렇게 늦게 파종했으니까 옥수수가 익기도 전에 서리가 내릴 거야." 라고 입버릇처럼 말했다.

사실 추수 전까지 그건 투스와 우리 모두의 근심거리였다. 북쪽 투스들이 무얼 심는지 보려고 십여 일이나 늦게 씨앗을 뿌렸기 때문이었다.

"이 놈이 이제 보니 자기 집을 저주하는 거잖아?"

형이 그런 말을 할 때마다 아버지는 버럭 화를 냈다.

"형이 그냥 해 본 소리일 거예요."

나는 그때마다 아버지의 화를 가라앉히려고 무진 애를 썼다.

요 몇 년 동안은 행운은 항상 마이치 투스의 편을 들어주었다. 올해 가을은 전년보다 따뜻해 서리도 늦게 내렸다. 옥수수가 다 익었을 때도 서리는 내리지 않았다.

옥수수가 다 익어가자 백성들은 이제는 서리가 내려야 된다고 했다. 다 익은 옥수수는 서리를 맞아야 단맛이 난다. 군것질 거리가 별로 없는 백성들에게는 옥수수에 단맛이 있고 없고가 대단히 중요한 결과였기 때문이다. 단맛이 나면 그들은 살맛이 나고, 투스도 진정한 능력을 가진 사람이라고 생각했다.

아버지는 멘바 라마한테 서리가 내리게 기도하라고 분부했다. 멘바 라마는 산에 있는 옥수수가 아직 다 안 익었으니 좀 기다리자고 했다. 과연 얼마 지나서 산에 있는 옥수수까지 익은 그날, 별빛이 찬란한 맑은 밤이 지나고 동틀 무렵 서리가 내렸다. 아침에 일어나 보니 대지가 딱딱해졌고, 발에 밟히는 서리는 사각사각 소리를 냈다.

마이치 집에는 원래도 식량이 풍부했는데 지금은 더 이상 저장할 데가 없을 정도로 양식이 넘쳐났다. 식량을 바치는 행렬은 끝도 없이 큰길에 나타났다. 절름발이 집사는 마당에서 장부책을 든 채 저울에 양곡을 달고 있었다. 가득 찰 대로 찬 창고는 기어코 무너졌고 하인들은 환호했다. 금빛의 옥수수가 폭포처럼 와르르 쏟아졌다.

"옥수수가 이렇게 많다니… 쳇, 산채마저 터뜨리겠군."

언제부턴가 형은 이런 식으로 말했다. 전에는 아가씨들의 호감을 사려고 일부러 그러는 줄 알았는데 그게 아닌 모양이었다.

"양식이 너무 많은 것 같은데, 음…… 두 아들 다 생각 좀 해 봐라. 뭐 좋은 수가 없을까?"

아버지의 물음에 형은 코웃음을 쳤다.

"너는 더 이상 바보라고 생각하지 말고, 남들이 바보라고 부르는 것도 마음에 두지 마라. 자, 말을 해 봐."

그래서 나는 가장 놀랍고도 간단한 제의를 했다. 백성들에게 일 년 간 공물과 조세를 면제해주자는 것이었다. 이 말이 나오자마자 나는 사관의 눈에서 빛이 번쩍이는 것을 보았다. 어머니는 몹시 걱정스러운 눈빛으로 나를 바라보았고, 아버지는 한참 동안 말을 하지 않았다. 나는 가슴이 뛰어 심장이 목구멍으로 튀어나오는 것만 같았다. 아버지는 손에 낀 산호 반지를 만지작거리면서 말했다.

"마이치 가족이 더욱 부유해지는 것이 좋지 않느냐?"

"한 투스에게는 이 정도면 벌써 충분합니다. 투스는 투스일 뿐 부유하다고 해서 황제가 되는 것도 아니잖아요?"

사관은 그 자리에서 내 말을 기록했다. 그래서 내가 한 말이 틀리지 않았다고 확신했다. 마이치 가문이 강해진 후 무력으로 다른 투스에게 몇 차례 공격을 하긴 했지만 그런 식으로 계속 싸움을 벌인다면 어느 날인가는 백성이 다 사라지고, 하늘 아래에는 투스밖에 남지 않을 것이다. 이런 꼴을 라싸에서도 볼 것이고 난징에서도 볼 것이었다. 이 두 곳에서 우리 꼴을 보면 그럴 줄 알았다면서 고소하게 여길 것이었다. 그러니 우리 마이치 가문이 충분히 강력한 지금 다른 부족의 원한을 살 필요는 없다. 설산 아래 구석진 이 티베트 지역에서 네가 옳으니 내가 옳으니 싸우다 결국 아무도 남게 되지 않는다면 그건 아무 의미 없는 헛짓이다. 이런 사실은 다른 투스들도 알 것이고, 그것을 원하는 사람은 아무도 없다. 마이치 투스는 지금처럼 다른 투스를 꼼짝 못하게 하면 그것으로 그만이다.

우리 집에서는 형만 전쟁을 좋아했다. 전쟁이야말로 그를 투스 후계자답게 만들 수 있기 때문이다. 그러나 그는 어느 투스라도 전쟁으로 최종적인 지위를 얻지는 못했다는 것을 역사를 통해 알아야만 했다.

그러나 형은 그런 생각을 해본 적이 없는 것 같았다. 그는 "다른 투스가 강해지기 전에 그들을 다 먹어버리면 그만이야." 하고 말했다.

"쉽게 먹고 똥을 누지도 못하면 그건 완전히 끝난 일이 된다."

과거에 주변을 모두 정복하고자 하는 투스가 있었다. 그런데 결과는 중국황제가 엄청난 군대를 동원해서 자기의 원래 토지조차 잃어버리게 되었다. 중국하고도 좋은 관례를 유지하지 못했기 때문에 투스는 자기의 토지는 말할 것도 없고 투스의 승인이 어디서 나오는 건지도 잊어버렸다. 머리가 뜨거워지면서 홀랑 까먹은 것이다. 과거의 황제가 지금은 총통으로 바뀌었고 우리가 좋아하는 차와 도자기, 비단 등속도 사실은 모두 그곳에서 나는 물건들인 것을. 형은 전에 중국에 갔다 온 적이 있다. 하지만 여기 있는 군인들이 모르는 것처럼 우리가 지금 갖추고 있는 군장비가 어디서 오는지를 기억하지 못하는 것처럼 보였다.

다행히 아버지는 자기가 처한 세상의 위치를 잘 알고 있었다.

다만 그를 난감하게 만드는 것은 두 아들이었다. 똑똑한 큰아들은 전쟁,

여자, 권력을 좋아하지만 중대한 일에 직면하게 되면 판단력이 흐려졌다. 반면 술에 만취해 만들었던 둘째아들은 멍청하지만 어떤 때는 어느 누구보다도 더 똑똑해 보였다. 다른 투스가 후계자를 결정하지 못해 어려움을 겪을 때 아버지의 얼굴에는 근심이 드리워졌다.

백성들은 투스가 되는 것이 좋다고 하는데 내 보기에 사람들은 투스의 고통을 몰라서 그런다. 사실 투스보다는 투스의 가족이 되는 것이 훨씬 좋다. 바보라면 더 좋다. 어떤 일에 내 의견을 반드시 표현해야 할 때가 있는데 만약 그때 잘못 말한 것 같으면 안 한 셈치면 된다. 나는 바보니까. 그런데 말을 잘하면 사람들은 나를 별스럽게 본다. 어쨌든 지금까지 난 별로 큰 사고를 친 적은 없었다. "내가 아편을 지나치게 피우지 않아서 그나마 네게 영리한 머리를 남겨준 모양이다." 어머니가 놀린 적도 있었지만.

이 말은 어머니가 여전히 아편을 뻑뻑 피워대는 것을 의미한다. 반대로 우리 마이치 가문에서는 이런 물건을 소똥만큼도 중요하게 여기지 않았다. 하지만 그런 정서가 어머니 마음에 상처를 입혔을 거란 생각도 들었다. 어머니가 입에 달고 사는 말이 '너 때문에 속상하다'였다. 아버지는 '네 마음은 남의 손에 좌우되는 게 아닌데 상처받은들 알아채기나 하겠니?' 늘 이런 식으로 말했다. 또 형은 여자한테는 이러저러해야 한다고 일러줬다. 자기가 여자와 많이 자봤기 때문에 여자를 무지하게 잘 이해한다고 여기기 때문이었다. 한두 번 중국 땅에 다녀와서는 중국 사람은 어쩌고 저쩌고 신나게 늘어놓았다. 자기가 중국을 엄청나게 잘 아는 사람이라고 생각하는 아는 모양이다.

아버지가 세금을 일 년 동안 면제해주자 백성들은 풍성한 분위기에서 돈을 모아 극단을 초청했다. 산채 앞 광장은 너, 닷새나 흥겹게 북적였다. 큰아들은 다재다능한 사람이라 극단과 함께 무대 연출에 힘을 쏟고 있었다.

큰아들이 없는 사이 또 한 번 중대한 일이 결정되었다.

"연극 좋아하는 사람은 보러가라." 아버지는 단호하게 말했다.

"백성들이 연극을 보는 동안 난 너희와 의논할 일이 있다."

그가 말한 '너희' 란 어머니, 나, 그리고 절름발이 집사를 뜻하는 것이었다. 하늘을 찌를 듯한 꽹과리와 북소리가 광장에서 울려 퍼지는 가운데 아버지는 그의 결정을 알렸다. 모두 좋은 생각이라고 말했다. 그러나 형은 아버지의 이 좋은 생각을 듣지 못했다.

드디어 연극이 끝났다.

아버지는 형에게 남쪽 변경에 사는 소족장과 함께 어딘가로 출발하라고 명령했다. 연극이 공연될 때 내린 자기의 결정에 따르라는 것이다. 아버지는 변경의 큰길 가까운 곳, 말을 맬 수 있는 곳에 큰 건물을 지으라고 했다. 건물을 지어서 뭘 할 거냐고 형이 묻자 아버지는 다 짓고 나면 알 거라고 말했다.

"공사하면서 생각해봐라. 이렇게 큰 가업을 이으려면 그 정도 생각은 해야지."

형이 명령을 수행하고 왔을 때 몸이 거의 절반 밖에 되지 않게 말라 있었다. 형은 혼신의 힘을 다해 웅장하고 아름답게 건물을 지었다고 보고했다. 아버지는 그의 말을 가로막았다.

"그건 내가 다 아는 이야기다. 장소도 잘 골랐고, 아가씨들 뒤꽁무니 안 쫓아다닌 것 역시 기특하다. 그런데 왜 건물을 지으라고 했는지 해답이 나왔느냐? 그것만 얘기해봐라."

아이쿠! 큰 도련님! 내 가슴은 철렁했다.

"정부에서 다른 투스를 죽이지 못하게 한다는 걸 알고 있습니다. 어차피 전쟁을 못 할 바에야 사이좋게 지내야겠지요. 그 건물은 마이치 가족의 별장입니다. 투스들을 초청해 피서나 사냥을 하기 위해 지으라고 하신 겁니다."

아버지는 그의 똑똑한 아들이 잘못 대답할까 봐 두려워했는데 그게 현실로 나타났다. 별수 없었다. 어쩌랴!

"지금 북쪽으로 가서 다시 똑같은 건물을 지어라. 그리고 다른 용도가 있는지 생각해봐."

형은 방에서 새벽까지 피리를 불었다. 다음날 아침 식사를 하라고 부르러 갔을 때 그는 이미 북쪽으로 출발했다. 불쌍한 형! 나는 건물의 용도를 말해주려고 했는데 그는 벌써 떠나버린 것이다. 우리 집안에서 나는 나대로 형은 형대로 지내왔다. 그나마 형은 투스가 어떻게 처신하고 어떻게 말하는가를 많이 봐온 사람이다.

투스 시대에는 통치 기술을 전문적으로 가르치는 사람이 없었다. 이 수업은 아주 심오한 것이다. 타고난 재질이 있다면 모를까 대부분의 사람들은 배워야만 알 수 있는 것이다. 형은 자신이 그런 기술을 타고난 줄 알고 있었다. 하지만 내가 보기에 형은 결코 그런 사람이 못 되었다. 투스, 더구나 좋은 투스가 되는 것은 여자를 끄는 매력과는 또 다른 것이다.

형이 돌아올 때가 되었다. 아버지는 벌써부터 눈이 빠지게 기다리고 있었다. 날마다 높은 곳에 올라 북쪽으로 난 큰길을 바라보는 게 일이었다. 겨울의 큰길은 잎이 다 떨어진 백화나무들이 차지하고 있었다. 아버지의 마음도 그 나무들처럼 쓸쓸한 것 같았다.

아버지는 오늘 여느 때보다 일찍 일어났다. 멘바 라마가 북쪽 큰길에서 손님이 올 거라는 점괘를 내놓았기 때문이었다.

아버지는 아들이 돌아올 것이라고 말했다.

하지만 멘바 라마는 가족이긴 하지만 큰 도련님은 아닌 것 같다고 했다.

영국 부인

작은아버지와 누나가 돌아왔다!

작은아버지는 인도의 캘커타에서, 누나는 영국에서 생활하고 있었는데 먼저 인도로 가서 작은아버지를 만나 함께 고향으로 돌아온 것이다.

그들이 말에서 내린 후 위층으로 올라가 손 씻고 밥을 먹을 때까지 나는 한마디도 할 기회가 없었다. 얼굴만은 분명하게 볼 수 있었는데 작은아버지는 마냥 좋아 보였다. 아버지와 닮기는 했지만 아버지보다 둥글고 통통하며 웃음도 많았다.

내 생각에 그는 모든 것에서 이기려고 애쓰는 사람은 아닌 것 같았다. 그건 똑똑한 사람이 하는 처신이다. 솔직히 말해 내가 비록 멍청하지만 똑똑한 사람을 좋아한다. 똑똑한 사람이 몇 명이나 되는지 세어보니 그리 많지 않아 손가락으로 꼽아도 한 손을 넘지 않았다. 마이치 투스, 황 특파원, 혀 없는 사관, 그 다음이 바로 작은아버지 같았다. 네 손가락을 꼽은 후에 나는 더 이상 꼽을 사람이 없어서 마지막 남은 새끼손가락은 고집스럽게 세워놓을 수밖에 없었다.

"이 녀석, 손가락 장난을 하는구나."

작은아버지는 손짓으로 나를 부르더니 보석 반지 하나를 그 세워진 손가락에 끼워주었다.

"너무 귀한 선물이에요, 작은아버지. 이 애는 보석을 돌인 줄 알고 버릴 거예요."

어머니가 말하자 작은아버지는 웃었다.

"보석도 돌이니까 버려도 괜찮아요."

그는 다시 고개를 숙이고 나한테 물었다.

"내 선물을 버리지 않을 거지?"

"저도 잘 모르겠어요. 다들 내가 바보라고 하니까요."

"근데 왜 난 그렇게 안 보일까?"

"바보 짓 할 때가 아직 아니거든."

아버지는 작은아버지를 보며 웃었다.

"이리 와봐."

그때 누나가 나를 불렀다. 나는 그녀의 말을 바로 알아들을 수가 없었다. 다시 바보가 된 모양이라고 생각했는데 사실은 누나의 혀가 매끄럽지 못해서 그런 것이었다. 외국에서 계속 살았기 때문인지 누나가 우리말을 할 때 발음이 이상했다.

"이리 와보라니까."

나는 그녀가 뭐라고 하는지 여전히 알아듣지 못했지만 손을 내미는 것을 보고 오라는 뜻인 줄 알았다.

예전에 내게 보낸 편지에는 꽤 친근감이 느껴졌다. '얼굴도 모르는 동생아, 너는 어떻게 생겼어? 귀엽겠지?' 라고 하거나 아니면 '바보라고 거짓말하지 마, 하긴 바보라도 상관없단다. 영국의 신경과 의사가 치료할 수 있으니까.' 라고 했었다. 그 편지를 보면서 어머니는 누나가 좋은 사람이고 영국으로 나를 데려갈 거라고 말했었다. 그런데 지금 바로 그 누나가 돌아와 분명하지 않은 발음으로 내게 손을 내밀었다. 나는 다가갔다. 그런데 작은아버지와 달리 내 손을 잡지 않고 싸늘한 눈빛으로 손만 내밀었다. 방안이 따뜻했는데도 하얀 장갑까지 끼고 있었다. 작은아버지는 그 손등에 입을 맞추라고 나한테 알려주었다. 내가 시키는 대로하자 누나가 미소를 띠며 지갑에서 울긋불긋한 지폐를 꺼내 부채처럼 쫙 펴 내밀었다.

"부인께 감사드려라." 작은아버지가 넌지시 말했다.

"부인은 영국 말로는 누나라는 뜻인가요?"

나는 작은아버지에게 물었다.

"부인은 남의 아내라는 말이지."

누나는 영국에서 무슨 귀족에게 시집을 갔다고 했다. 그래서 내 누나가 아니라 귀족의 아내, 즉 '부인' 이 되었다. 어쨌든 부인은 나한테 외국의 새 지폐를 상으로 주었다. 영국에서 돌아오면서 거쳐 온 여러 나라의 지폐였다. 영국에는 예쁜 금돈이 많다는데 왜 한두 개나마 금돈을 주지 않는지 이상했다. 나는 결국 그녀가 나를 그렇게 좋아하지 않는다고 판단했다. 나도 누나가 싫었다.

사진만 보았을 때는 만나고 싶었다. 사진 속의 그녀에게서는 마이치 가족의 냄새가 났다. 그건 우리 산채의 정원에서 피어오르는 냄새였다. 그러나 지금 저만치 앉아 있는 누나는 완전히 다른 냄새를 풍기고 있었다. 물론 다른 게 한 가지 더 있다. 우리가 종종 중국 사람 몸에서는 아무 냄새도 안 난다, 만약 있다면 그건 물 냄새일 뿐이다 이렇게 말하곤 했다. 바꿔 말해 그건 아무 냄새도 안 난다는 뜻이다. 그런데 앞서 다녀간 영국사람에게서는 양이 풍기는 것 비슷한 냄새가 났다. 미개한 사람들은 냄새가 나더라도 그냥 내버려두는데 누나처럼 영국에서 온 문명인은 냄새가 나면 다른 냄새로 그것을 가린다. 지폐를 준 누나는 내 이마에 입을 댔다. 여러 가지 혼합된 냄새가 지독하게 풍기는 바람에 나는 하마터면 토할 뻔했다. 영국이 우리 여자를 어떤 꼴로 만들었는지 모르겠다.

아버지에게 펠트 천으로 만든 모자를 선물했다. 얼마나 높고 단단한지 뒤집어 놓은 물통 같았다. 어머니는 여러 가지 빛깔이 나는 유리방울을 받았다. 어머니는 그것이 싸구려라는 것을 알아봤다. 손에 끼고 있는 제일 작은 반지 하나면 그런 방울 몇 백 개는 살 수 있을 것이었다.

작은아버지는 나중에 선물을 각 사람의 방으로 보냈다. 내게는 손에 낀 반지 말고도 보석이 찬란한 인도 보검 한 자루를 더 줬다.

"이해해라. 네가 받은 선물이 제일 작아. 작은아들의 운명은 원래 이러니까."

그러면서 다시 물었다.

"얘야, 작은아버지가 있는 게 좋으냐?"

"전 누나가 싫어요."

"그럼 형은?"

"전에는 저를 좋아했었는데, 지금은 아니에요."

작은아버지와 누나는 우리를 보러 돌아온 게 아니었다. 그들이 돌아왔을 무렵 빨간 한족(중국 공산당)과 하얀 한족(국민당)이 연합해 일본과 싸우고 있었다. 그때 중앙정부는 베이징에 있다가 우리가 도통 모르는 난징이란 곳으로 옮겨갔다. 빤차안 활불도 그곳에 갔으니까 우리는 중앙정부를 좋은 정부라고 생각했다. 티베트족의 위대한 활불이 공덕이 없는 곳으로 갔을 리는 없기 때문이다. 작은아버지는 인도에서 티베트로 장사하러 자주 갔는데 위대한 빤차안 활불이 시가체의 짜시룽푸 사원에 있을 때였다. 그 때문에 활불이 난징까지 가게 된 거였다.

작은아버지는 난징에서 사업하며 비행기 한 대를 중앙정부에 기부해서 하늘에서도 일본과 싸울 수 있도록 했다. 하지만 얼마 지나지 않아 중앙정부는 난징을 잃었고, 작은아버지가 바쳤던 비행기는 조종사와 함께 하늘 아래서 제일 큰 강에 떨어졌다. 그러자 빤차안 활불은 다시 티베트로 돌아가고 싶어 했다. 작은아버지는 돈을 마련해 활불을 맞으러 나간 김에 고향을 돌아보러 온 것이었다. 아버지가 지금 투스의 직위를 내놓는다고 해서 작은아버지가 마이치 투스가 되지는 않을 것으로 보였다. 그래서인지 마이치 집안일에 대해 자신의 견해를 털어놓았다.

첫째, 양귀비를 더 이상 심지 말고 싸움의 소용돌이에서 빠져나와야 된다.

둘째, 마이치 가족은 이미 전에 없이 강력해졌으니 더 이상 강하게 보이지 않아도 된다. 투스제도는 오래 가지 않을 것이며, 어느 날 서쪽의 설산 지역이 영국으로 넘어가면 동쪽의 투스들은 자연스럽게 중국에 귀속될 것이다.

셋째, 변경에 시장을 세우는 것보다 더 좋은 것은 없다. 앞으로 계속 마이치가 존재한다면 변경 무역을 통해 큰돈을 벌 수 있을 것이다.

그리고 그는 마지막으로 조카딸을 데리고 온 이유에 대해 말했다. 혼수를 달라는 것이었다.

"내가 자네한테 그 애를 맡겼는데 혼수 준비도 안 했던가?"

"왜 안 했겠어요? 오히려 혼수 많이 가져갈 수 있게 아버지가 두셋쯤 되었으면 좋겠다고 하던데요?"

"아무래도 자네가 그렇게 키운 모양이군."

작은아버지는 웃기만 하고 더 이상 아무 말도 하지 않았다.

모두들 누나의 처신에 언짢아졌다. 누나는 자기가 원래 지내던 방에서 머물겠다고 했다. 집사는 하인들이 그 방을 매일 청소했기 때문에 떠나기 전과 똑같다고 했는데도 코를 찡그리며 안팎으로 향수를 뿌려댔다. 누나는 아버지한테 라디오도 한 대 달라고 했다. 아버지는 내키지 않아 하면서도 가져다주라고 했다. 작은아버지는 그녀가 설마 건전지를 가져왔을 거라곤 생각지도 못했다. 얼마 안 되어 그 방에서 귀를 찢는 듯 이상한 소리가 들려왔다. 라디오 채널을 아무리 돌려도 같은 소리만 나왔다.

"그만 좀 해라. 이곳에는 프로그램을 보내주는 방송국이 없다."

작은아버지가 말하자 누나는 투덜댔다.

"런던에 돌아가면 재미있는 얘깃거리가 없잖아요? 내가 어떻게 이런 야만적인 곳에서 태어났는지 모르겠어!"

아버지는 격노해 고함을 질렀다.

"넌 혼수를 달라고 온 거잖아? 당장 줄 테니까 받는 즉시 영국으로 꺼져버려!"

형은 누나가 왔다는 소식을 듣고 북쪽 변경에서 달려왔다. 말하기 뭣하지만 모든 식구 가운데 오로지 형만 반가워했다. 우리 앞에서 이 영국 부인만이 그의 진정한 식구라는 듯한 태도를 보였다.

"네가 날마다 시골뜨기 여자들을 꼬드긴다는 말은 들었다. 귀족으로서 아주 체면이 안 서는 일이야. 넌 투스들의 딸과 사귀어야 돼." 사랑하는 누나가 충고했다.

형은 이 말을 듣고 울어야 될지 웃어야 될지 몰랐다. 투스들의 딸은 말을 타고도 며칠이나 달려가야 만날 수 있을까 말까했다. 달이 있는 밤에 생각난다고 걸어가서 바로 만날 수 있는 그런 거리가 아닌 것이다. 그는 내 쪽으로 몸을 돌리면서 투덜거렸다.

"마이치 집에는 다 이상한 사람들뿐이야."

나도 그 의견에 동의하려고 했는데 '그 사람들' 중에는 나도 포함된다는 생각이 들어 입을 떼지 않았다.

아버지는 누나한테 두 상자나 되는 은돈과 온갖 보석을 주었다. 누나는 불안한지 4층에 있는 자기 방으로 모두 옮겨놓으라고 했다.

"내 딸이 영국에서 어렵게 사나?"

"형님이 상상할 수 없을 정도로 잘살아요."

작은아버지는 웃음을 지으며 대답했다.

"그 애는 자기가 두 번 다시 돌아오지 못할 것을 알고 그렇게 많은 은돈을 달라는 겁니다. 죽을 때까지 여기 사람들이 상상할 수도 없는 그런 삶을 살고 싶어서 그러는 거지요."

"이런 제길, 싸가지하고는…… 어릴 때는 참 착한 애였는데……. 아예 금돈도 좀 줘버려."

아버지의 말에 어머니는 비꼬는 투로 대답했다.

"마이치 투스가 몇 년 동안 양귀비를 심어 하늘 아래 어떤 사람보다 돈이 많은 줄 아나봐요."

"너무 원통하게 생각하지 마세요. 저는 형보다 훨씬 더 많이 줬어요."

작은아버지의 말을 들은 어머니는 한숨을 쉬며 중얼거렸다.

"금돈을 받으면 바로 떠나라고 하세요."

"제 어미하고 똑같아졌군."

"저도 떠나고 싶어요. 내일 당장 돌아가겠어요." 돈을 받고 난 누나가 입을 뗐다.

분위기가 묘해지자 어머니가 잡는 체했다.

"부인, 더 머물다 가지그래."

"아뇨. 남자는 여자가 오랫동안 곁에 없으면 아무리 영국 신사라도 바람이 날 거예요."

떠나기 전 누나는 형과 함께, 작은아버지는 나와 함께 산책을 했다. 형의 행동은 갈수록 우스웠다. 모두들 누나를 싫어하는데 일부러 좋아하는 척했다. 둘이 무슨 얘기를 했는지 나는 잘 모른다. 아니, 알고 싶지도 않다. 하지만 작은아버지와의 산책은 정말 즐거웠다.

"네가 보고 싶을 것 같구나."

그는 나를 한참이나 바라보았다.

"제가 정말 바보예요?"

"넌 아주 특별한 애야."

"특별하다고요?"

"남과 다르다는 말이야."

"전 누나가 싫어요."

"그런 일에 신경 쓰지 마. 다시는 안 올 테니까."

"작은아버지도 다시 안 돌아오실 건가요?"

"내가 영국 사람이 될 수 있겠니, 인도 사람이 될 수 있겠니? 아니다. 난 다시 돌아올 거야. 죽을 때 이 하늘 아래서 눈을 감고 싶어."

그 다음날 그들은 떠날 채비를 했다. 누나는 하얀색의 영국 사람 옷으로 갈아입더니 모자 앞에는 검은 베일을 드리웠다. 작별할 때 그녀는 그 검은 천을 걷어올리지도 않았다. 누나는 우리를, 고향을 영원히 떠나는 것이었다. 아버지는 아직도 딸이 걱정되는지 작은아버지에게 물었다.

"은돈이 영국에서도 가치가 있는 건가? 돈으로 쓸 수 있느냐 말이다."

"물론 영국에서도 돈이 되지요."

누나는 어떤 나라를 거쳐 갈 것인지 작은아버지와 계속 의논했다.

"정말 중국 사람 가마를 탈 거예요?"

"네가 그러길 바란다면 그러마……."

"검은 옷을 입은 한족 사람이 작은 방을 어깨에 메고 간다는 것이 왠지 미덥지 않아요."

"아냐 누나, 그거 괜찮아. 내가 타봤거든."

"나는 도중에 비적이 타나날까 봐 그게 걱정된다."

이렇게 말을 주고받다 보니 벌써 산 어귀에 닿았다. 우리는 거기서 멈춰 산 아래로 내려가는 그들을 배웅했다. 누나는 한 번도 돌아보지 않았고, 작은아버지는 계속 머리를 돌린 채 우리를 향해 모자를 흔들었다.

누나와 작은아버지가 간 뒤에 형은 다시 나한테 잘해주었다. 그는 투스가 되면 나한테 아가씨를 주겠다고 했다. 나는 헤벌쭉 바보같이 웃었다. 그는 내 머리를 두드렸다.

"내 말을 잘 들어야 돼. 타나를 봐라. 가슴도 작고 엉덩이도 없잖아? 내가 가슴도 크고 엉덩이도 큰 여자를 주마."

"형이 투스가 된 다음 다시 얘기해."

"그런 여자가 진정한 여자야. 내가 진정한 여자를 줄게."

"형이 투스가 된 후에."

"내가 진정한 여자의 맛을 보여줄게."

나는 참을성을 잃었다.

"형! 정말로 투스가 되었을 때 그런 얘기를 하란 말이야."

형은 안색이 달라지더니 더 이상 말을 하지 않았다. 그러나 나는 계속 물었다.

"몇 명이나 줄 건데?"

"꺼져. 넌 바보가 아냐."

"바보가 아니라고 할 순 없어."

이때 아버지가 나타났다. 그는 우리에게 왜 싸우느냐고 물었다.

"형이 내가 바보가 아니래요."

"세상에, 네가 바보가 아니면 누가 바보란 말이냐?"

"그 중국 여자가 애한테 바보인 척하라고 시킨 거예요." 미래의 투스가 악을 썼다.

아버지는 한숨을 쉬고는 낮은 목소리로 말했다.

"동생만 바보인 줄 알았더니 그게 모자라 너도 바보짓이냐?"

형은 머리를 숙이고 서둘러 자리를 떴다. 급히 가버렸다. 아버지의 얼굴에 먹구름이 끼다가 내가 실없는 말을 몇 번 하자 웃었다.

"난 네가 바보가 아니었으면 해. 하지만 넌 확실하게 바보다, 그렇지?"

아버지는 손을 뻗어 내 머리를 쓰다듬었다. 내 가슴 깊은 곳이 아주 세차게 떨렸다. 그리고 보이지 않는 어둠 속에서 한 줄기 빛이 느껴졌다. 내가 그 속을 자세히 들여다보려고 하자 빛은 사라졌다.

6

보루

마이치 투스의 영지에서 다른 투스의 영지로 가는 길은 여러 갈래가 있다. 다른 투스들도 마이치의 산채에 오려면 그 길들을 거쳐야만 한다.

이른 봄, 산을 하얗게 덮은 눈이 녹기도 전에 양식을 구하러 온 사람으로 마이치 영지로 가는 길은 가득 찼다. 양귀비 씨앗 좀 달라고 줄을 잇던 때와 어쩌면 그리도 상황이 비슷한지 놀라웠다. 투스들은 은돈과 아편을 뭉텅이로 가져와 우리식량과 바꾸자고 했다. 아버지는 어떻게 하는 게 좋을지 우리에게 물었다.

"두 배를 내라고 하세요."

형은 조급하게 말했다. 아버지는 나를 바라보았다. 나는 아무 말도 하고 싶지 않았는데, 어머니가 나를 꼬집더니 귀에 대고 속삭였다.

"두 배가 아니야. 두 배의 두 배지."

나는 말없이 있다가 "어머니가 저를 꼬집었어요." 하고 말했다. 그러자 형은 어머니를, 아버지는 나를 바라보았다. 그들의 눈빛이 사나워졌다. 나는 아무렇지도 않았는데 어머니는 얼굴을 딴 곳으로 돌렸다. 형이 어머니에게 무슨 말을 하려는데 아버지가 먼저 입을 열었다.

"두 배? 두 배라고? 두 배의 두 배라도 그냥 주는 것과 똑같은 거야. 열 배를 낸다고 말할 때까지 기다려야 해. 이건 그자들이 양귀비를 재배했던 잘못에 대한 대가야."

형은 난감하고도 분한 표정이었다. 숙였던 머리를 다시 들더니 어머니에게 쏘아댔다.

"열 배라고요? 그게 가능한가요? 식량은 식량일 뿐이지, 금돈도 아니고 은돈도 아니잖습니까?"

아버지는 가슴에 드리워진 희끗희끗한 수염을 만지작거리다 그 중 누런 수염 가닥을 손에 쥐고 몇 번이나 들여다본 뒤 한숨을 쉬었다.

"두 배나 열 배나 나한테는 아무 의미도 없는 거야. 봐, 나는 늙었어. 다만 내 후계자를 강하게 만들고 싶을 뿐이다."

그는 한참 동안 깊이 생각하다가 중대한 결정을 내렸다.

"자, 이 얘기는 그만 하자. 너희는 준비가 끝나는 대로 바로 변경으로 출발해라. 병사와 말은 충분히 데리고 가라."

아버지는 마이치 투스의 미래를 위해 이런 결정을 내린 것이라고 강조

했다.

"내가 왜 너희 형제를 보내는지 아느냐?"

"병사들을 데리고 가라고요."

내 대답에 아버지 목소리가 높아졌다.

"내 말은 병사를 데리고 가서 뭘 할 거냔 말이다."

나는 잠시 생각한 후 대답했다.

"형과 경쟁하라고요."

아버지는 화가 나서 어머니에게 말했다.

"당신 아들이니 이 녀석 따귀를 당신이 때려. 멍청한 놈이 내 말을 거꾸로 이해하고 있잖아."

어머니는 내 뺨을 때렸다. 살짝 때리지 않고 눈에서 불이 번쩍 나게 때렸다. 형은 이런 질문에 충분히 대답할 수 있는데도 아버지는 묻지 않았다. 매번 바보 같은 대답만 할 수도 없는 일이었다. 한편으로는 나도 똑똑한 면이 있다는 걸 드러내고도 싶었다. 아버지가 이렇게 하는 것은 두 아들을 경쟁시키려는 것이고, 특히 바보 같은 막내아들에게 투스가 될 자질이 있는지 알아보려는 심리에서 나온 것이었다. 나는 투스인 아버지의 이런 뜻을 알아차렸고 그래서 대담하게 말해버렸던 것이다.

"당신의 막내아들은 정말 바보군요."

내 말이 끝나자마자 어머니는 다시 뺨을 때렸다.

"마님, 때려봐야 무슨 소용이 있겠어요? 아무리 때려도 바보는 바보일 뿐이거든요."

형의 비웃는 소리에 어머니는 창가로 가서 먼 곳을 응시했다. 나는 총명한 형의 얼굴을 멍하니 바라보며 바보처럼 실실 웃음을 흘렸다.

형은 큰 소리로 웃었다. 사실 웃을 일이 없었는데도 형은 웃음을 참지 못했다. 어떤 때는 형도 꽤나 멍청했다.

아버지는 형에게 남쪽 변경으로 갔다가 다시 북쪽 변경으로 가서 건축을 완성하라고 했었다. 건물을 완공했지만 여전히 그 용도는 알아내지 못했다. 마이치 영지의 식량을 다 수확하고 나서야 형은 비로소 그 건물이 창고란 것을 알게 되었다.

투스는 우리에게 열 배의 가격을 낼 사람이 나타날 때까지 창고를 잘 지키라고 분부했다. 형은 남쪽, 나는 북쪽 변경으로 갔다.

식량을 구하러 다른 투스들이 왔을 때 아버지는 그들을 비웃었다.

"내가 말했잖아? 아편은 좋을 게 없다고. 당신들은 곡식을 심어야만 했소. 마이치 가문 좀 봐. 식량이 창고를 다 채우고도 넘치잖아? 우리도 내년에는 양귀비를 심을 거야. 그러니 지금은 아편이 필요하지 않군요."

투스들은 벼락부자가 된 마이치 투스에게 끝없는 앙심을 품고 빈손으로 돌아갔다.

이미 몇 년이나 기근이 계속됐다. 아무도 짐작하지 못했지만 오랜 기근은 필경 무서운 폭풍으로 그들을 덮칠 판이었다.

다른 투스들이 빈손으로 돌아가자 마이치 영지의 큰길은 굶주린 백성들이 끝도 없이 줄지어 나타났다. 마이치 투스는 그들에게 옥수수 죽 한 끼씩을 먹이며 말했다.

"투스는 각자 자기의 백성을 보호해야 한다. 마이치 창고에 있는 식량은 자기 백성을 위해 준비해놓은 것이다."

사람들은 마이치 가문에서 베풀어준 한 끼의 옥수수 죽을 뱃속에 담고 백성들은 자기투스에 대해 원망을 품은 채 굶주림이 기다리는 자신들의 거처로 돌아갔다.

내가 북쪽으로 떠날 날이 다가왔다. 나는 정예부대 병사들 말고도 주방에서 일하는 여자를 데리고 가기로 했다. 두말할 필요도 없다. 내 시녀였던 쌍지 촐마였다. 본심은 혀가 잘린 사관도 데려가고 싶었지만 아버지가 허락하지 않았다. 아버지는 형과 나에게 말했다.

"너희 둘 중 누구라도 이 사관 같은 수행원을 데리고 갈 자격을 보여주면 내 즉시 보내주마."

나는 아버지를 물끄러미 바라보며 물었다.

"만일 둘 다 자격이 있으면 어떻게 해요? 사관은 한 명밖에 없는데요."

"멍청하긴, 그렇다면 교만한 중놈을 하나 더 잡아다가 혀를 잘라버리면 되잖아?"

형의 말에 아버지는 한숨을 쉬었다.

"너희 가운데 한 명도 자격을 못 갖춘 건 아닌지 걱정된다."

나는 쑤오랑쩌랑을 앞세워 부엌에 가서 쌍지 촐마에게 북쪽으로 데리고 갈 거라는 나의 결정을 알렸다. 이 통보는 전혀 뜻밖이었는지 그녀는 커다란 놋쇠 가마 앞에 서서 입을 크게 벌린 채로 기름때가 반질거리는 앞치마에다 연신 손을 닦았다. 그녀는 "하지만 도련님……, 하지만 도련님……"

하는 말만 중얼거렸다.

부엌에서 나왔을 때 촐마의 남편은 마당에서 일하고 있었다. 쑤오랑쩌랑은 내가 내린 결정을 그에게도 알렸다. 은 세공장이는 쑤오랑쩌랑이 말을 채 끝맺기 전에 망치로 자기 손등을 내리쳤고 얼굴은 해쓱해졌다. 그는 고개를 들고 위층을 쳐다보다가 내 눈빛과 마주치자 얼른 고개를 떨어뜨렸다.

나와 쑤오랑쩌랑은 망나니의 집에도 갔다. 망나니 집 마당에 들어가자마자 늙은 얼이 무릎을 꿇었다. 어린 얼이는 계집애처럼 쑥스러운 웃음을 띠고 있었다. 내가 형 집행 도구를 챙겨 나와 같이 변경으로 출발하자고 했더니 그의 얼굴이 붉게 달아올랐다. 아무래도 너무 신이 나서 그런 모양이었다. 투스의 아들이 하루라도 일찍 투스가 되고 싶어 하듯이 망나니의 아들 역시 빨리 공식적인 망나니가 되기를 기대하고 있었다. 늙은 망나니의 얼굴도 벌게졌다. 그는 아들이 곧바로 칼을 드는 것을 바라지 않았다. 나는 아무 말 말라는 뜻으로 손을 들었다.

"도련님, 저는 할 말이 없습니다. 딸꾹질이 나올 모양이네요. 딸꾹질 자주 하거든요."

"여기에 남는 도구 있어요?"

"도련님, 이 애가 태어난 그날부터 저는 마이치 가족의 어린 노예를 위해 모든 것을 다 마련해놓았어요. 하지만, 하지만……."

"말해봐요. 하지만 뭐예요?"

"하지만 도련님의 형이 장래 마이치 투스가 돼서 이 일을 아신다면 저를 벌하실 겁니다."

나는 아무 말 없이 몸을 돌려 망나니의 집을 나왔다. 출발할 때가 되자 어린 얼이는 형 집행 도구를 가지고 내게 왔다. 아버지는 절름발이 집사를 내게 딸려 보냈다.

형은 영리한 사람이라서 나처럼 많은 보조자가 필요 없었다. 그는 자기가 투스가 되면 마이치 산채에는 빈방이 많게 될 거라는 말을 자주 했다. 많은 사람이 일자리와 지위를 잃게 된다는 의미였다. 형은 십여 명의 하인과 술을 썩 잘 빚는 사람 한 명만 데리고 가겠다고 했다. 그는 자기의 동생이 바보라서 집사, 장래의 망나니, 특히 잠자리를 한 경험이 있는 부엌데기까지 데리고 가는 거라고 생각했다. 내가 타나도 데리고 가려는 것을 안 형은 비웃었다.

"사람이 있는 곳이라면 어디든 여자가 있는 거야. 뭐 하러 이 작은 여자까지 데리고 가니? 내가 여자 데리고 가는 것 봤어?"

내 대답도 바보다웠다.

"타나는 내 시녀인데."

이 한마디에 그는 데굴데굴 굴렀다. 나는 타나에게 말했다.

"됐어. 그만 울고 집에서 날 기다려."

변경으로 가는 길에는 굶주린 사람들로 가득 차 있었다. 식량을 구하러 왔다가 빈손으로 돌아가는 사람들이 우리 일행의 앞뒤에서 걸어가고 있었다. 나는 우리가 밥을 먹을 때는 그들에게도 음식을 주라고 명령했다. 이 일로 그들은 마이치 집의 둘째 도련님인 나를 자비로운 사람으로 여기게 되었다. 그러나 절름발이 집사는 걱정을 많이 했다.

"사람들은 틀림없이 얼마 안 가서 주린 늑대처럼 우리에게 덤벼들 겁니다."

"그래요? 그 사람들이 그렇게 할까요?"

집사는 고개를 절레절레 흔들었다.

"우리 두 도련님이 어쩌려고 이렇게 앞날 생각을 못 하는지……."

"왜요? 앞이 잘 안 보이나요?"

"하지만 우리 쪽이 큰 도련님보다는 확실히 나아요. 제가 도련님을 잘 보필할게요."

앞서 가던 쑤오랑쩌랑도 뒤를 돌아보며 말했다.

"저희도 도련님을 잘 모실게요."

그 말을 듣자마자 집사는 채찍으로 쑤오랑쩌랑을 때렸다. 나는 심하게 웃다가 하마터면 말안장에서 떨어질 뻔했다.

"도련님은 하인들에게 지나치게 잘 대하시는데 이건 옳지 않습니다. 투스다운 행동이 아니라고요."

"왜 내가 투스답게 행동해야 돼요? 미래의 투스는 형이잖아요!"

"정말로 그렇다면 우리 투스님은 도련님을 북쪽 변경으로 보내지 않았을 겁니다."

내가 아무 말도 하지 않자 고삐를 죄어 내게 다가와 낮은 소리로 속삭였다.

"조심하는 건 좋은 일이지만 우리에게만은 도련님의 생각을 알려주셔야 해요. 저는 도련님을 돕고 싶습니다. 그러니 도련님이 무슨 생각을 하는지 제게 말 좀 해주세요."

나는 집사가 탄 말 엉덩이에 힘차게 채찍을 휘둘렀다. 말은 앞발을 높이 처들어 충성스러운 나의 집사를 떨어뜨릴 뻔했다. 다시 채찍질을 했더니 말은 쏜살같이 뛰어나갔고 큰길에는 누런 먼지가 피어올랐다. 나는 고삐를 당겨 걸어가는 하인들과 보조를 맞췄다.

예전의 시녀는 계속 나를 피해 몸을 숨겼다. 그녀는 솥 하나와 쏘시개로 쓸 땔나무 묶음을 지고 있었고 얼굴에는 솥 밑의 검정이 묻어 있었다. 나에게 처음으로 남녀 사이의 은밀한 일을 가르쳐준 시절의 모습이라곤 조금도 남아 있지 않았다. 그런 모습을 보자 인생무상이라는 감회에 가슴이 슬픔으로 가득 찼다.

나는 하인 하나를 불러 솥을 대신 지게하고, 춸마에게는 냇물에 가서 세수하고 오라고 했다. 그녀는 내가 탄 말 앞에서 종종걸음을 치며 말없이 걸음만 재촉했다. 나도 아무 말도 하지 않았고 춸마도 입을 떼지 않았다. 나는 자신이 무엇을 원하는지 몰랐다. 그녀와 자고 싶은 건 아니었다. 그렇다면 나는 무엇을 바라는가? 나의 우둔한 머리로는 종잡을 수가 없었다. 바로 그때 춸마가 어깨를 심하게 떨면서 울었다.

"은 세공장이에게 시집간 것을 후회해?"

그녀는 머리를 끄덕이다가 다시 저었다.

"겁내지 마."

"사람들이 도련님은 투스가 될 수 있다고 하던데, 빨리 투스가 되세요."

춸마가 이런 말을 하리라고는 전혀 예상치 못했다. 그녀의 슬픔이 내 가습속으로 들어오는 것 같았다. 자신이 노예의 신분에서 벗어나기 위해서는 내가 투스가 되어야 한다는 뜻으로 그 말을 한 것이었다. 나는 기필코 마이치 투스가 되어야 한다는 생각이 들었다.

"변경에 한 번도 못 가봤지? 구경하고 난 다음 상황 봐서 곧바로 세공장이한테 돌아가거라."

먼지 가득한 봄날 큰길에서 무릎을 꿇고 절을 하자 촐마의 이마에는 흙이 묻었다. 지나간 세월 속에서 추억을 찾는 게 무슨 소용이랴. 지난날 내 곁에 있었을 때 깔끔하게 단장했던 아가씨가 이 무슨 꼴이냐. 나는 말을 재촉해 앞으로 달려갔다. 말발굽이 봄의 큰길에 누런 먼지를 일으켰다. 뒤처져 있는 사람들이 다 먼지 속으로 빨려 들어갔다.

봄은 갈수록 짙어졌다. 우리는 마치 깊은 봄 속으로 걸어가는 것 같았다. 변경에 도착하자 사방에 진달래꽃이 활짝 피었다. 반면에 식량을 찾으러 다니는 주린 백성도 갈수록 많아졌다. 봄이 깊어감에 따라 굶주린 백성들의 얼굴에는 봄 하늘아래 풀처럼 푸른색이 짙게 스며들었다.

형은 창고를 정말 잘 지어놓았다. 나는 '이곳이 전쟁터가 된다면 정말 견고한 보루가 될 수 있겠다' 고 했다

그러나 형은 창의력이 부족했다. 그렇게 똑똑하고 여자한테 인기도 좋은 투스의 후계자에게 창조력이 없다니 정말 믿어지지 않았다. 우리가 변경에 도착해 형의 걸작품인 건축물을 보고 있을 때 곧바로 절름발이 집사가 말했다.

"세상에, 또 다른 마이치 산채잖아요!"

이 건축물은 복제품이었다.

큰 마당을 둘러싼 건물은 3층인데 모두 진흙으로 쌓았다. 출입문과 넓은 창문은 안으로, 좁은 창문은 밖으로 향했다. 맨 아래층은 반지하의 창고이고, 2층 거실은 적이 공격해올 때 언제라도 총을 쏠 수 있도록 되어 있었다. 심지어 침대에 누워서도 사격이 가능하도록 되어 있었다. 마이치 투스의 산채와 모든 것이 똑같았다. 아무래도 형이 틀렸다. 내 생각에 아버지는 보루를 지으라는 것이 아니었다. 만약 아버지가 변경의 보루로 생활 터전을 옮긴다면 한 세대의 영웅임에는 틀림없다. 하지만 아버지는 나날이 늙어갔고 몽롱한 눈길로, "세상이 정말 달라졌을까?" 이 말을 입에 달고 살았다.

나의 맏형은 이처럼 막막한 상념이 아버지에게 주는 고통에는 아랑곳하지 않고 한마디 툭 내뱉었다.

"세상은 달라지게 마련이지요. 하지만 우리 마이치 가문이 이렇게 강력해졌으니 세상이 어떻게 바뀌든 걱정할 필요가 없어요."

아버지는 알고 있었다. 진정으로 큰 변화가 일어날 때는 아무리 강한 투스라도 이 변화에 잘 대처하지 못한다면 끔찍한 상황에 처해지리라는 것을 말이다. 이런 아버지는 다시 막막한 표정으로 모자라는 아들인 나를 쳐다봤다. 나는 아버지 마음속을 금방 알아차렸고 투스의 슬픔에 맞춤한 표정을 지었다. 투스는 자신의 아픔이 바보 아들의 얼굴에 나타나는 것을 분명히 보았고 바로 이 순간 아들과 한 몸이 된 것 같은 느낌이었다.

아버지가 세상이 달라졌다고 말한 것은 영지에도 변화가 많다는 뜻이었다. 과거에 조상들은 영지의 중심에만 든든한 보루 같은 산채를 지었다. 우리와 투스들 간의 싸움은 끝날 것 같지 않아 보였다. 작년에는 양귀비 때문에 싸웠지만 올 봄에는 식량 때문에 전쟁이 벌어질 것 같았다. 보리를 얻기 위한 전쟁에는 보루가 필요하지 않다.

우리는 일단 보루에서 머물렀다.

이 지독한 흉년에 우리는 거대한 식량더미 곁을 오가며 얘기를 나누고 꿈도 꾸었다. 어두운 창고에 한 알 한 알 쌓인 보리와 옥수수의 구수한 냄새가 우리의 꿈길까지 따라왔다. 봄날의 들판 여기저기에는 얼굴이 누렇게 뜬 굶주린 백성들이 떠돌고 있었다. 그들 대부분은 죽기 전에 한번 배부르게 먹는다는 꿈조차 꿀 수 없었다. 그러나 우리는 식량 더미에 누워 잠을 잤다. 하인들도 이것을 잘 알고 있었다. 그들의 얼굴에는 마이치 가족의 백성과 노예로서의 긍지와 자부심이 나타났다.

청보리

이젠 우리 이웃에 관해 얘기할 차례다.

라셔빠 부족은 예전에 아주 강력했었다. 강한 투스가 약한 투스를 괴롭히며 맛볼 수 있는 기쁨을 라셔빠는 전부 다 경험했다. 과거 언젠가 여동생 한 명을 마이치 투스에게 시집보내 라셔빠 투스는 마이치 투스의 형님뻘이 되었다. 그러나 나중에 우리 이웃인 롱꽁 투스가 일어나서 그들을 물리쳤다. 마이치 투스는 그 틈을 이용해 자기 동생의 딸을 라셔빠의 세 번째 아내로 시집보냈다. 이렇게 해서 마이치 투스는 다시 라셔빠 투스의 큰아버지뻘이 되었다.

변경에 도착한 후 나는 친척이 빨리 오기를 눈 빠지게 기다렸다. 그러나

라셔빠 투스는 나를 실망시켰다. 매일 굶어서 얼굴에 풀빛이 도는 라셔빠의 굶주린 백성들만 우리 보루 주위를 맴돌았다. 한 바퀴, 또 한 바퀴, 그렇게 우리 머리를 어지럽혔다. 그들이 이런 방법으로 보리를 탈취할 수 있다고 생각했다면 정말 가소로운 일이다. 그 사람들이 이틀이고 사흘이고 끊임없이 우리 근처를 빙빙 돌자 기분이 나빴다. 그러나 과거 우리 마이치투스의 형님뻘이자 조카뻘 되는 라셔빠의 현재 투스는 얼씬도 하지 않았다. 그의 백성들은 우리 주변을 돌다가 한 명 한 명 쓰러져 다시는 일어나지 못했다.

혹시 라셔빠 투스는 이런 방식으로 나의 자비와 연민을 불러일으키고 있는지도 모를 일이었다. 하지만 그것이 사실이라면 그는 이미 투스의 자격을 상실한 것이다. 티베트 땅에서는 남이 자비를 베풀어주는 것에 희망을 거는 투스는 이제까지 단 한 명도 없었다. 불쌍한 백성들만이 순진하게도 그렇게 믿고 있을 뿐이었다.

봄이 더욱 깊어졌다. 나는 쌍지 촐마에게 앞으로는 밥 짓는 일을 하지말고 하인들과 함께 가마 열 개를 올려놓고 충분하다고 할 때까지 보리를 볶으라고 명령했다. 촐마는 불을 피웠고 불꽃이 바람에 날리며 활활 가마 밑을 핥았다. 보리는 길게 늘어놓은 가마 속에서 탁탁 터졌다. 집사는 의아한 눈빛으로 나를 바라보았다.

"소리를 내려고 보리를 볶는 건 아니에요."

"그러시겠죠. 그러려면 밖에 있는 사람이 다 듣도록 기관총을 쏘면 될 테니까요."

똑똑한 집사는 코를 찡그리고 말했다.

"냄새가 좋군요. 정말 고소해요."

그 순간 내 의도를 알아채고 이마를 두드렸다.

"세상에, 도련님, 이건 굶주린 사람들을 죽이는 거예요."

그는 내 손을 잡고 보루에 있는 망루로 올라갔다. 망루는 5층 정도의 높이로 그 위에 서면 꽤 멀리까지 볼 수 있었다. 굶주린 사람들은 아직 밖에서 돌고 있었다. 보리를 볶는 냄새가 아직 거기까지 퍼지지는 않은 것 같았다.

"좋은 방법이군요. 서둘지 마십시오."

"난 급한데."

집사의 말에 난 좀 심드렁하게 대꾸했다. 보리 볶는 일을 지휘하던 촐마가 우리를 쳐다보았다. 그렇게 많은 보리를 타도록 볶는 것이 마음 아픈 모양이었다. 나는 손을 흔들었다. 촐마는 무슨 뜻인지 금방 알아차렸다. 내 주변 사람은 대부분 내 뜻을 이해한다. 촐마도 손을 흔들었고 하인들은 뜨거운 가마에 더 많은 보리를 쏟아 부었다. 촐마는 나와 잠자리를 같이했던 때의 모습까지는 아니었지만 더 이상 천한 부엌데기도 아니었다.

불이란 참 좋은 것이다. 밀을 태우는 동시에 열 배 백 배 맛있는 냄새를 굶어죽기 직전의 사람들이 버글거리는 건물 밖으로 발산시켰다. 사람을 홀리는 그 냄새는 보루 한가운데로 솟아올라 들판으로 퍼져나갔다. 굶주린 백성들은 모두 고개를 들고 하늘을 향해 게걸스럽게 코를 벌름거리며 취한 듯 걸음을 비틀거렸다.

어느 누가 수백 수천의 사람, 남녀노소 가리지 않고 모두 술에 취한 모습을 본 적이 있겠는가? 어느 누구도 그런 모습을 보지 못했다고 단언할 수 있다. 그렇게 많은 사람이 동시에 하늘로 고개를 쳐든 장면은 참으로 감동적이었다. 굶주린 사람들은 발밑은 전혀 보지 않고 하늘만 보면서 비틀거렸다. 마침내 그들의 걸음이 느려지더니 제자리에서 돌기 시작했다. 돌다 서다, 다시 돌다가 그들은 마침내 쓰러졌다.

볶은 보리의 짙은 향기는 굶주린 사람들을 기절하게 만들었다.

나는 보리가 총보다 더 강한 위력을 지니고 있다는 것을 직접 목격했다.

나는 아버지가 어떻게 보리의 가격이 열 배로 뛸 것을 믿었는지 당장 알게 되었다.

나는 보루의 문을 열라고 명령했다.

형은 어디서 장인을 구했는지 대문을 참 잘 만들어 놓았다. 닫을 때는 힘들었는데 여는 데는 수월했다. 문짝 밑의 바퀴가 천둥처럼 우르르 소리를 내면서 문이 열렸다.

보루 안에 있던 사람들은 볶은 보리를 들고 나가 땅에 쓰러진 굶주린 백성들 앞에 한 움큼씩 놓았다. 분배가 끝나니 해가 설핏 기울었다. 쓰러진 사람들은 황혼녘 바람에 깨어난 뒤 하늘에서 내려온 보리를 발견했다. 얼마 안 되는 음식이나마 뱃속에 들어가자 그들은 힘이 났다. 어스레한 황혼 속에서 기운을 차린 그들은 한 명씩 한 명씩 시내를 건너고 산마루를 넘어 내 눈앞에서 사라졌다.

집사가 내 뒤에서 얇은 기침을 했다. 나는 바람 때문에 감기가 온 것이 아니라는 걸 알았다.

"할말 있으면 하세요."

"제가 큰 도련님을 따라왔다면 할말이 있어도 그냥 참았을 겁니다."

나는 집사가 솔직하게 말한다는 것을 알고 있었다. 하지만 일부러 비꼬았다.

"내가 바보라서 무슨 말이든 할 수 있다는 거예요?"

집사가 말을 더듬었다.

"솔직히 말하자면 저는 도련님이 바보가 아니라고 생각합니다. 어쩌면 세상에서 제일 똑똑한 사람일지 모른다는 생각도 들어요. 어쨌든 저는 도련님의 사람입니다."

내가 똑똑한 사람이라는 얘기를 듣고 싶었는데 집사는 결국 그 말은 하지 않았다. 가슴이 썰렁해지는 것을 보면 정말로 바보 맞는 모양이다. 하지만 일단 집사가 충성을 맹세했으니 그것으로도 위안은 되었다.

"말해봐요. 하고 싶은 말 있으면 마음 놓고 해요."

"내일, 아니면 모레쯤 손님이 올 겁니다."

"그럼 손님 맞을 준비를 잘하세요."

"가장 좋은 준비는 손님이 알아서 하게 만드는 거지요, 우리는 아무 준비도 안 하고요."

나는 웃었다.

라셔빠 투스가 온다는 소식이 들리자 나는 많은 사람과 최신식 무기를 가지고 사냥하러 산으로 갔다. 이날 우리 친척인 라셔빠 투스는 변경으로 들어오는 길에 우리가 쏘아대는 요란한 총소리를 들었다. 우리는 그들이 보루로 향하는 것을 보면서 하늘로 총을 마구 쏘아댔다. 우리는 바로 돌아 갈 필요가 없었다. 하인들은 산에서 불을 피우고 토끼를 구워 점심을 준비 하고 있었다.

나는 진달래꽃이 활짝 핀 잔디밭에서 잠깐 동안 낮잠도 잤다. 능숙한 사 냥꾼들이 하는 것처럼 내리쬐는 햇빛은 모자로 가렸다. 원래 눈만 붙이려 고 했던 나는 정말로 잠이 들었던 모양이다. 내가 잠에서 깨어서야 모두들 토끼 고기를 먹기 시작했다. 배불리 먹은 사람들은 양탄자 같은 잔디밭에 앉아 여간해 내려가려 들지 않았다. 부근에 있는 목장의 백성이 우유까지 가져다주는 바람에 우리는 더욱 일어날 생각을 안 했다.

배부른 사람들에게는 요즈음이 얼마나 좋은 계절인가!

산들바람이 목장을 스쳐 지나갔다. 하얀 딸기 꽃들은 우리 앞에 산뜻하 게 피어 있었다. 간혹 한두 송이씩 노란 민들레가 섞여 더욱 주위를 환하 게 만들었다. 푸른 숲에서는 뻐꾸기 우는 소리도 들려왔다. 한 번, 또 한 번, 갈수록 그 소리는 맑고도 처량했다. 우리 일행은 잔디밭에 누워서 뻐 꾸기 소리를 흉내냈다. 이것은 좋은 징조였다. 모든 사람들은 처음 뻐꾸기 소리를 들었을 때의 상황이 다음 해 뻐꾸기 소리를 들을 때까지 지속된다 고 믿기 때문이다.

지금 우리는 정말 더 이상 바랄 게 없었다. 전쟁할 때도 써본 적이 없는 신식 무기로 토끼를 잡아먹은 후 맛있는 우유를 마시면서 잔디에 누워 있 는 것이다. 언덕 밑에서는 굶주린 사람들이 창고에 가득 쌓인 보리를 애타

게 바라보고 있었다.

"기분 좋다~"

내가 소리치자 집사와 부하들이 내 앞에 무릎을 꿇었다. 그들은 내가 복 많은 사람이라고 믿었다. 그들이 나를 향해 무릎을 꿇었다는 것은 오늘부터 나한테 충성을 바치겠다는 것을 의미한다. 나는 손을 흔들었다.

"다들 일어나요."

이 말은 그들의 충성을 받아들였다는 의미이다. 그들은 단순하게 무릎만 꿇은 것이 아니라 의식을 거행한 것이었다. 이 의식을 행한 것과 하지 않은 것은 크게 달랐다. 나는 굳이 그 사실을 지적하지 않았다. 다만 그들에게 손을 흔들었고 산에서 내려가자고 말했다. 모두들 말 등에 뛰어올라 환호성을 지르면서 산을 내려갔다.

우리를 찾아온 손님들이 이 위풍당당한 무리를 지켜보고 있었음이 틀림없다.

나는 졸마의 임무 완수에 흡족했다.

손님들 앞에는 배 터지도록 먹어대도 다 먹지 못할 만큼의 음식이 쌓여 있었다. 손님들도 굳이 사양하지 않았다. 더 이상 음식을 위장에 담지 못하는 사람만이 지을 수 있는 멍청한 표정을 하고 있었다.

"그들은 이제 사흘은 안 먹어도 배고프지 않을 거예요."

"잘했다."

내가 칭찬하자 졸마의 얼굴이 빨개졌다. 나는 나중에 노예 신분에서 벗어나게 해주겠다고 약속하고 싶었지만 별 의미가 없을 것 같아 말하지 않

318

왔다. 집사는 손님방으로 갔다. 촐마는 내가 쳐다보는 것을 알고 얼굴이 다시 빨개졌다. 그녀는 보리를 볶아내는 임무를 완수하고 손님접대도 잘 하고 나서는 예전의 자신감을 회복했다.

"도련님, 옛날처럼 그렇게 쳐다보지 마세요. 저는 그때의 촐마가 아니라 이젠 남의 집사람이에요." 이러며 깔깔 웃었다. 여자가 웃을 때도 멍청한 모습이 드러난다.

나는 뭔가 감사의 표시를 해야겠다고 생각했지만 어떻게 해야 좋을지 몰랐다. 더 이상 그녀와 한 침대에 들지는 않을 것이다. 그렇다고 '오늘 일 잘했노라'고 하기에는 좀 미흡했다. 전전긍긍하고 있을 때 다리 저는 집사가 복도 판자가 삐걱댈 정도로 살찐 뚱보를 데리고 왔다. 촐마는 내 귀에 대고 낮은 소리로 말했다.

"라셔빠 투스예요."

라셔빠는 마흔 살이라고 들었는데 내 아버지보다도 늙어 보였다. 너무 뚱뚱해서 평지를 걷는데도 씩씩거렸다. 그는 손에 수건을 쥐고 얼굴에 흐르는 땀을 닦았다. 몇 걸음만 걸어도 숨이 차는 이 뚱보의 모습이 우스웠다. 나는 더 이상 참을 수가 없어 큰 소리로 웃고 말았다. 집사의 눈빛을 보니 내가 때맞춰 웃었다는 것을 알 수 있었다. 이렇게 되니 내가 불청객에게 먼저 인사할 필요가 없었다.

"원 세상에, 웃고 있는 이 사람이 바로 내 조카인가?" 갈라지는 목소리로 라셔빠가 입을 열었다. 그는 아주 옛날에 우리와 맺었던 친척 관계를 기억하고 있었다. 움직이기도 힘든 사람이 어쩐 일인지 내 앞으로 성큼 다가와 잠든 사람 깨우는 것처럼 내 팔을 흔들며 징징거렸다.

"마이치 조카, 난 라셔빠 아저씨야."

나는 말없이 얼굴을 돌려 하늘 저편의 찬란한 노을을 쳐다보았다. 노을이 보고 싶은 건 아니었지만 그를 더 이상 보고 싶지 않아서 그렇게 한 것이었다. 나는 뭘 보아야 될지 모를 때 하늘을 보곤 했다.

"세상에, 내 조카가 정말 소문처럼 된 거야?"

"투스님 눈에도 그래 보입니까?" 집사가 물었다.

라셔빠 투스는 다시 나를 향했다. "불쌍한 조카, 날 알아볼 수 있겠어? 라셔빠 아저씨야."

"우린 보리를 많이 볶았어요."

내가 느닷없이 입을 열었다. 아마 그는 바보 조카가 낯선 사람을 만나면 말을 안 하는 줄 알고 있었을 것이다. 그는 손에 쥐었던 수건을 떨어뜨렸다.

"라셔빠의 백성들이 굶고 있다기에 가엾어서 보리를 볶았어요. 그들은 배불리 먹고 집으로 돌아갔지요."

이 말을 하는 순간에도 볶은 보리 냄새는 남아 있었다. 새들이 고소한 냄새 때문에 보루 주위로 몰려왔다. 해가 질 무렵이었고 새들은 하루를 마무리짓는 석양 속에서 노래를 부르며 날아다니고 있었다.

나는 이 한마디를 끝내고 2층 방으로 올라갔다. 집사가 라셔빠한테 작별 인사를 고하는 소리가 들려왔다. 마이치 가문의 바보를 쉽게 상대할 수 있으리라 생각했던 라셔빠 투스는 떠듬떠듬 말했다.

"그런데 우, 우리 용건은 아, 아직 얘기하지 않았는데……."

"아까 도련님이 얘기했잖아요. 단순히 친척을 보러 온 게 아닌 건 알고 계시니 내일 일찍 와서 기다리세요."

집사의 목소리를 들으며 나는 옆에서 시중들던 하인에게 분부했다.

"졸마한테 알려줘. 내일 아침 일찍 새 먹이를 잘 주라고."

침대에 눕자 나는 금방 잠들었다. 하인은 내 턱 밑에 수건 하나를 받쳐 주었다. 그렇게 하지 않으면 꿈속에서 흘린 침이 내 몸을 적실 것이다.

아침에 나는 수많은 새소리에 놀라 깨어났다.

솔직히 말하자면 나는 요즘 잠에서 깰 때마다 내 머리에 뭔가 문제가 있다는 걸 느낀다. 내가 도대체 어디에 있는지 잘 생각나지 않았다. 나는 물결처럼 꼬불꼬불한 천장의 나무 무늬와 햇빛에 비친 미세한 티끌을 보면서 '내가 지금 어디에 있어?' 이렇게 묻곤 했다. 그러다 자기 전에 먹었던 음식 냄새가 아직 입안에 남아 있는 것을 느끼고서야 여기가 어딘지 깨닫고 자리를 털고 일어났다. 나는 사람들이 바보라고 여기는 것에 개의치 않았지만 이런 버릇이 있다는 것은 알리고 싶지 않았다. 그래서 매번 자문자답으로 그쳤다.

원래는 이렇지 않았다. 어느 천장 아래에 있는지, 어느 침대에 있는지 다 알았다. 그때는 요즘처럼 똑똑하지 않았기 때문이었는지 이런 버릇이 전혀 없었다. 나의 멍청함은 시간이 흘러감에 따라 줄어드는 것이 아니라 변해가는 것이었다. 어떤 면에서는 멍청하지 않았지만 다른 면에서는 여전히 멍청했던 것이다.

나는 사람들이 내가 원래 바보였다가 똑똑해졌다는 것을 알게 하고 싶지 않았고 더욱이 내가 어느 부분이 멍청한가를 알아채지 않기를 바랐다. 최근 들어서는 이런 경향이 더욱 심해졌다. 대부분 한 가지 의문만 품었지만 어떤 날은 두 가지 의문을 동시에 품기도 했다. 두 번째 의문은 '나는 누구냐?' 라는 것이었다.

이 문제에 맞닥뜨리면 꿈속에서 자신을 잃어버린 것 같아 무척이나 괴로웠다. 그러나 다행히 오늘 아침에는 한 가지 의문만 들었다. 나는 조용히 자신에게 말했다.

"너는 마이치 가문의 북쪽 변경에 있다."

해는 벌써 높게 떠 있었다. 라셔빠 투스와 그의 수행원들은 아래층에서 내가 일어나기를 기다리고 있었다. 쫄마는 하인들을 이끌고 마당 가운데서 보리를 볶으며 고소한 냄새가 더 많이 나도록 애쓰고 있었다. 새들이 보루 주변으로 모여들었다. 내가 부르자 쫄마는 툭툭 터진 볶은 보리를 한 바가지 가져왔다. 하인들도 보리를 한줌씩 손에 쥐고 있었다. 내가 새들에게 보리를 뿌리자 하인들도 따라 했다. 마당에는 금방 온갖 새가 가득 내려앉았다. 쫄마는 대문을 열었고 하인들은 그 뒤를 따라 보리를 뿌리면서 밖으로 나갔다.

이런 광경은 우리 손님들의 입이 딱 벌어지기에 충분했다.

"라셔빠 투스의 영지에서는 새들도 굶는 모양이다. 잔뜩 먹여줘라."

나는 보리가 담긴 바가지를 어린 얼이에게 주었다. 죽은 사람처럼 얼굴이 창백하던 이 녀석은 볶은 보리를 뿌리면서 발그레한 혈색을 되찾았다.

마침내 식량 얘기가 나왔다.

회담이 시작되자 마이치 가문의 둘째 아들인 나는 또 한 번 바보짓을 했다. 마이치 집의 창고에 들어 있는 것은 식량이 아니라 보리처럼 생긴 무거운 은돈이라고 한 것이다.

라셔빠 투스의 목소리가 바람맞은 상자처럼 울렸다. "그러면 보리가 은돈만큼 무겁다는 말인가요?"

"그럴 수도 있지요."

"이 세상에 그렇게 비싼 식량은 없어요. 이 세상에 그런 가격에 식량을 살 사람은 없을 겁니다."

"마이치 가문의 식량은 모두 팔려나갈 거예요, 사는 사람들의 편의를 고려해 굶주린 사람들이 먼 길을 걷지 않도록 위대한 마이치 투스는 창고를 당신의 영지 근처에 지었잖아요?"

라셔빠 투스는 참을성 있게 이 바보한테 상식을 가르치려고 했다.

"식량은 식량이지 은돈이 아니에요. 오래 두면 어차피 썩을 텐데 창고에 그렇게 많이 쌓아놓아 봐야 무슨 소용이 있습니까?"

"보리가 썩을 정도가 되면 당신의 백성은 다 굶어죽겠지요."

우리의 북쪽 이웃은 더 이상 인내심을 갖지 못했다. "백성들이 다 굶어죽을지는 몰라도 투스 가족들은 안 죽어."

나는 아무 말도 하지 않았다.

라셔빠 투스는 밭에 보리의 새싹이 이미 돋아나 있고 석 달 후면 수확할 수 있다고 화를 버럭버럭 내면서 나를 떠봤다.

집사도 옆에서 내 말을 거들었다. "당신 백성들이 굶어죽기 전에 해결

하는 게 가장 좋은 수일 겁니다."

내가 다시 느긋하게 입을 열었다. "무당을 불러다 밭에 심어놓은 양귀
비를 보리로 만든 모양이죠? 백성들이 굶어죽기 전에 서둘러야겠군요."

내 말을 들은 라서빠 투스는 자기가 흘린 땀에 빠져죽을 뻔했다.

우리는 그들에게 정중하게 대했다. 그런 다음 변경까지 배웅했다. 손님
을 배웅하면서 우리는 한 걸음도 변경을 넘지 않도록 조심했다. 우리는 사
람이든 말이든 결코 변경을 넘지 않겠다는 것을 증명해 보였다. 작별할 때
나는 과거의 아저씨이면서 조카도 되는 라서빠 투스에게 한마디 못을 박
았다.

"당신은 또 올 겁니다."

그는 입을 크게 벌렸지만 서슬 퍼렇게 "절대로 안 온다"는 말은 감히 하
지 못했다.

그는 이번에도 입을 잔뜩 벌렸지만 아무 말도 없이 말 등에 올라 산골짜
기로 들어갔다.

우리는 그들이 변경 저쪽의 푸르디푸른 산 사이로 사라질 때까지 계속
바라보고 있었다.

여자 투스

라셔빠 투스가 돌아간 지 며칠 지나지 않아 롱꽁 투스가 왔다.

롱꽁 투스는 우리의 북쪽, 라셔빠 투스의 서쪽에 살고 있었다.

롱꽁 투스에 관해 말할 때 한 가지 재미있는 일을 얘기하지 않을 수 없다. 다 알다시피 투스는 자기 영지 내에서는 사실상 황제 같은 존재다. 대부분의 투스들이 여러 명의 여자들을 거느렸다. 그런데 이상하게도 자식은 많지 않았다. 여덟 명, 열 명 이상의 아이를 가진 투스는 아무도 없었다. 부인을 계속해서 얻었지만 왕위를 계승할 수 있는 아들조차 낳지 못한 투스도 있었다.

롱꽁 투스도 마찬가지였다. 아주 오래 전부터 롱꽁 투스는 많은 여자와 결혼했으며, 침대에서 전력을 다해 노력했는데도 아들은 하나밖에 얻지 못했다. 티베트 성지인 서쪽의 라싸와 동쪽의 어메이산(아미산)을 찾아 기도도 했지만 소용이 없었다. 그러다 결국 대가 끊기게 되었다.

이렇게 해서 기막히게 똑똑한 여인이 집안을 거느리게 되었다.

처음, 룽꽁 가문에 여자 투스가 들어서는 것은 임시적인 대안일 뿐이라고 모두들 생각했다. 여자 투스가 취임한 후 첫 번째 한 일은 '데릴사위'를 찾는 것이었다. 아들을 낳은 뒤 서둘러 투스 자리를 물려줄 생각이었다.

그러나 여 투스에게 아들을 임신시킨 남편은 단 한 명도 없었다. 나를 만나러 오는 사람은 제 4 대 여자 투스인데 그녀의 경우는 더 심했다. 침대에서 더할 수 없이 용맹한 모습을 보였지만 첫 번째 남편이 삼 년 만에 폐결핵으로 죽었다. 두 번째 남편은 팔 년이나 살았지만 딸 하나만 남겼다.

그 후 여 투스는 더는 결혼하려 하지 않았다. 투스들은 룽꽁 가족을 영원히 여자에게 맡기면 안 된다고 떠들어댔다. 군대를 출동시켜 공격하겠다는 위협을 받고서야 어쩔 수 없이 다른 투스들이 추천한 남자와 결혼했다. 그 남자는 황소같이 튼튼했다. "이번에는 아들을 낳는 게 확실하다."고 투스들은 말했다. 그러나 얼마 안 가 그 남자도 죽었다는 소식이 들려왔다. 소문에 따르면 여자 투스는 항상 어떤 분야의 우두머리, 예컨대 소족장이나 부대장 심지어 스님까지도 불러 잠자리를 함께하면서 황제처럼 즐기고 있다는 것이었다. 바로 이런 소문 때문에 나는 이 북쪽 이웃인 여 투스를 퍽이나 똑똑한 사람이라고 여겼는데 그녀 역시 경작지마다 양귀비만 심는 바람에 백성들을 굶겨 죽일 지경에 이르게 만들었다.

롱꽁 여 투스는 내가 눈 빠지게 기다릴 때 왔다.

드문드문 측백나무가 장식된 지평선 쪽에서 그들이 나타났다. 측백나무들 사이에는 아름다운 잔디밭이 있고 잔디밭을 가로질러 구불구불 냇물이 흐르고 있었다. 그녀들은 내가 얼마나 기다렸는지는 안중에 없었다. 그 일행은 잔디밭에 말을 풀어 먹이를 뜯게 했다. 잔디밭에서 푸른 연기가 모락모락 피어올랐다. 아무리 봐도 자기들 배가 불러야 변경을 건너올 모양이었다.

"여자 투스가 남자만 못하다고 누가 그래?"

"일 년 치 양식을 가져오지 않은 한 저기서 겨울을 나지는 못할 겁니다."

집사의 말은 옳았다. 나는 밥을 먹으러 내려갔다. 밥을 다 먹도록 큰길에서는 아무 움직임이 없었다. 나는 참다못해 다시 망루로 올라갔다. 그들은 잔디밭에 장막을 치고 밤을 지낼 모양이었다. 나는 울화가 치밀었다.

"보리 한 톨도 주지 마!"

집사는 웃었다.

"도련님, 언제는 주려고 마음먹었나요?"

밤이 되어도 잠을 이룰 수 없었다. 쑤오랑쩌랑에게 여자를 한 명 불러오라고 했더니 예쁜 여자가 없다고 했다. 나는 다시 분부했다.

"여자 하나 데려와."

그들은 방법을 생각해냈다. 내가 자려고 불을 껐더니 별로 예쁘지 않은 여자 한 명을 들여보냈다. 그 여자는 표범처럼 으르렁거리며 나를 덮쳤다. 나는 색다른 즐거움을 누리면서 롱꽁 여 투스가 남자와 잘 때도 이렇지 않을까라는 생각을 했다. 나는 이 맹렬하고 암말처럼 콧김을 내뿜는 여자가 전설 속의 롱꽁 여 투스처럼 생겼는지 보고 싶었다. 하지만 내가 깨어났을 때는 창문으로 들어온 햇빛이 침대를 비추었다. 내가 그 별스런 질문을 하기 전에 어린 얼이가 뛰어 들어와서 소리를 쳤다.

"왔어요, 도련님! 왔어요!"

사람들이 몰려다니는 소리가 들렸다. 여 투스가 온다는 사실에 나만 동요하지 않았다. 옷을 입고 세수를 한 뒤 나가 보니 말 네 필이 우리 보루로 다가오고 있었다. 한 마리는 흰 말이고 한 마리는 붉은 말, 나머지 두 마리는 검은 말이었다. 말은 각각 여자를 태운 채 우리 쪽으로 달음질쳐왔다.

붉은 말을 탄 사람이 여 투스임에 틀림없었다. 남자만큼이나 당당한 모습은 그녀의 아름다움과 투스의 기품을 확실히 드러냈다. 여 투스는 다리를 들어 말 등에서 뛰어내렸다. 빨간 옷을 입은 시녀들도 연이어 검은말에서 내렸다. 시녀 중 한 명은 백마의 고삐를 잡았고 한 명은 땅에 무릎을 꿇었다. 백마를 탄 여자는 두건을 들어올렸다.

"맙소사!" 내가 중얼거리는 소리가 내 귀에 들렸다.

말 등에 앉았던 아가씨가 이렇게 예쁘다니!

어떤 여자를 예쁜 여자라고 하는지 몰랐었는데 이번에 비로소 알게 되었다!

나는 넋이 나가 평평한 복도에서 자빠질 뻔했다. 난간이 없었으면 선녀처럼 예쁜 그 여자의 발 앞에 떨어졌을 것이었다. 집사는 웃으면서 귓속말을 했다.

"도련님, 두고 보십시오. 저 여자는 남자를 백 배나 더 똑똑하게 만들거나 아니면 영 바보로 만들어버릴 겁니다."

두 발은 나도 모르게 아래층으로 움직였다. 한 걸음 또 한 걸음, 그러면서도 내가 무슨 짓을 하는지 전혀 몰랐다. 나는 여전히 말 등에 앉아 있는 그 미인만 바라보고 있었다. 그녀는 천천히 시녀의 등을 밟고 말에서 내렸다.

나는 이미 아래층에 내려와 있었다. 그 아가씨를 더 자세히 보려고 했지만 넉넉한 여자 투스의 몸집에 시선이 가려졌다. 나는 내 앞에 선 여자가 그 유명한 여 투스라는 사실도 까맣게 잊고 있었다.

"좀 비켜 봐. 예쁜 아가씨가 안 보이잖아."

집사가 내 뒤에서 기침을 한 번 했다. 여 투스는 내가 마이치 투스의 바보 아들인 것을 알아채고 웃었다. 그녀는 몸에 차고 있던 권총을 시녀에게 건네고 나한테 허리를 굽혔다.

"둘째 도련님은 내가 생각했던 모습과 똑같네요."

투스들끼리 만날 때 어떤 식으로 예의를 지키는지 모르지만 나는 이처럼 가벼운 분위기를 좋아했다. 정말로 가까운 투스끼리 만나는 것 같아서 마음이 느긋했다.

"남자 같다고 들었는데 내 보기에는 영락없는 여자군요."

"마이치 집에서는 손님을 항상 마당에 세워놓나요?"

그제야 집사가 두 손을 들며 외쳤다.

"환영합니다, 어서 오십시오!"

빨간 양탄자가 위층에서 계단을 따라 굴러 내려왔다. 양탄자를 굴린 하인은 노련했다. 양탄자는 짧지도 길지도 않게 손님의 발 앞에까지 깔렸다. 요 몇 년 사이 강력해진 마이치 가문을 찾는 손님이 많아지자 하인들도 손님을 맞는 의식에 익숙해졌다.

"올라갑시다."

모두들 붉은 양탄자를 밟고 위층으로 올라갔다. 나는 여자 투스의 아름다운 딸을 다시 보고 싶어서 뒤쪽에 섰다. 그러나 여 투스의 시녀들이 "도련님, 발밑 조심하세요." 하며 나를 앞으로 밀었다.

"우리 집 앞까지 왔는데 밖에서 주무시다니 우리 도련님이 속상해하셨습니다."

하인들이 술과 차를 가져왔을 때 집사가 말했다.

"도련님은 골 아픈 일을 찾아다니는 분 같지는 않는데요."

나는 여자 투스의 잘난 체하는 태도가 싫었지만 인사치레로 대꾸했다.

"마이치 가족은 손님을 초대하는 것을 좋아하니까요."

"우리 룽꽁 가족은 여자니까 다른 사람을 만날 때 화장을 해야 되거든요. 나, 내 딸, 시녀들 모두 시간이 필요했어요."

여 투스가 웃었다. 그녀의 딸도 내게 웃음을 보냈다. 여자 투스의 웃음 속에는 자신이 유일한 여자 투스라는 거만함이, 딸의 웃음 속에는 자기가 얼마나 예쁜지 잘 안다는 자만이 들어 있었다. 그들의 웃음은 머리에 문제가 있는 놈과 상대한다는 것을 알고 있다는 의미를 내포했다. 나는 목소리를 높여 집사에게 말했다.

"그럼 손님들 용건을 들어보기로 합시다."

집사는 고개를 꾸벅 하고 말했다. "그러면 우리 용건을 얘기하겠습니다."

롱꽁 투스는 도움을 청하러 온 것이 아닌 척했다.

"내 딸이 신랑감을 찾아야 할 때가 됐는데……."

참다못해 내가 먼저 소리를 질렀다.

"보리 얘기를 합시다."

여 투스의 검은 얼굴이 빨갛게 변했다.

"나는 내 딸을 소개시키려고 그래요."

"나는 당신한테 우리 집사를 소개했고 나 자신도 소개했는데 당신은 아무 소개도 하지 않았어요. 시간이 넘었으니 우리 집사하고 식량 얘기나 좀 하시지요."

나는 어린 하인 둘을 데리고 자리를 떴다. 여 투스는 나를 무시한 것을 크게 후회할 것이다. 똑똑한 사람이 늘상 저지르는, 바보를 무시했다. 이런 순간에 마이치 집의 바보를 무시한다는 것은 바로 식량인 보리를 무시하는 것이다. 자리를 뜨는 내 뒤로 집사의 목소리가 또렷하게 들려왔다.

"우리 도련님은 오늘 최선을 다하셨습니다. 당신들이 오자마자 빨간 양탄자를 깔게 했고 또 바로 식량 얘기를 하라고 분부하셨어요. 지난번에 라셔빠 투스가 왔을 때는 사흘 동안이나 기다리게 한 후 식량 문제를 의논했고 거기서 다시 사흘이 지나서야 일반적인 가격으로는 식량을 살 수 없다는 것을 알게 됐죠."

나는 어린 하인들을 돌아보았다.

"우리 집사는 참 유능한 집사야."

그러나 이 두 녀석은 내 말뜻을 알아듣지 못했다. 나는 단도직입적으로 어린 얼이한테 대놓고 말해버렸다.

"앞으로 너는 나를 위해 좋은 망나니가 될 수 있겠지?"

얼이는 앞으로도 사람을 죽여야 한다는 사실에 갈등을 느끼고 있었다.

오히려 쑤오랑쩌랑이 나섰다. "전 앞으로 도련님의 좋은 부관, 제일 충성스러운 군관이 될 겁니다."

"넌 노예다. 노예가 군관이 된 경우는 한 번도 없었어."

"제가 공을 세워 투스께 자유민의 신분을 달라고 하지요. 그리고 다시 공을 세운다면 군관이 될 수도 있겠죠."

누가 생사여탈권을 쥐는 투스가 되는가, 이 문제에 맞닥뜨렸다.

"나를 따른다면 너희 둘 다 아무것도 못 얻을 거다."

내 말에 두 아이는 웃었다. 나도 따라 웃었다. 우리는 웃고 또 웃었다. 쑤오랑쩌랑이 겨우 허리를 펴고 말했다.

"도련님, 그 아가씨 참 예쁘더군요."

그랬다. 그렇게 예쁜 여자는 몇백 년 만에 한 명 나올까말까 했다. 이 말을 하며 나는 후회했다. 아까 롱꽁 투스의 소개를 받아들여야 했는데, 이제 와서 뻔뻔스럽게 다시 돌아갈 수도 없었다.

집사가 다가왔다. "여 투스는 예쁜 딸로 도련님을 흔들려고 했어요. 그것은 계략입니다. 하지만 도련님은 속지 않았어요. 제가 도련님을 잘 본 겁니다. 도련님은 정말 보통 사람하고는 달라요. 앞으로 저는 도련님이 시키시는 대로 어떤 일이든 다 할 겁니다."

나는 안타까운 신음을 섞어 말했다. "하지만 나는 벌써 후회하고 있는데…… 나오자마자 그 아가씨가 보고 싶어졌단 말예요."

"그럼요. 세상에 그렇게 예쁜 여자에게 마음이 끌리지 않는다면 도련님은 사람들 말대로 정말 바보일 테니까요."

"그럼 난 이대로 방에 있을 테니까 당신이 가서 얘기 좀 잘 해줘요." 나로서는 이 말 외에 더 할 게 없었다.

집사는 내 모습이 불쌍해 보인 모양이었다. "도련님, 다소 잘못이 있더라도 여 투스는 도련님을 탓하지 않으실 겁니다."

"가보세요."

집사는 나가자마자 다른 아가씨를 보냈다. 하지만 롱꽁 투스의 딸을 꽃송이면 이 여자는 이파리도 되지 못했다. 나는 아가씨를 내쫓았다. 다른 아가씨가 또 왔다. 집사는 여 투스의 딸에게 홀린 마음을 잠시 가라앉혀 주려고 한 모양인데 틀렸다. 그녀를 대신할 수 있는 사람은 한 명도 없었다. 나는 그 여자와 잠자리를 하고 싶었던 게 아니다. 얘기를 하고 싶을 뿐이었다. 그 예쁜 여자와 얘기를 나누다 보면 혹시 머리가 맑아져 마이치 가문의 둘째 도련님이 더 이상 구제불능의 멍청이가 아닌 영리한 사람이 될 수도 있다는 생각이 들어서였다.

〈2권으로 계속〉

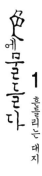

1 흔들리는 대지

초판 1쇄 인쇄 2008년 5월 22일
초판 1쇄 발행 2008년 5월 30일

지은이 아라이
옮긴이 임계재
펴낸이 김연홍

기획 · 책임편집 천명애
편 집 박애경 김수진
디자인 박선희
영 업 이상만
관 리 오재민

펴낸곳 디오네
출판등록 2004년 3월 18일 제 313-2004-00071호
주소 121-865 서울시 마포구 연남동 224-57
전화 02-334-7147 **팩스** 02-334-2068
주문처 아라크네 02-334-3887

값 9,800원
ISBN 978-89-92449-31-1 04820(set)
           978-89-92449-32-8